무적택배

무적택배 4

이원 판타지 장편 소설

초판 1쇄 찍은 날 § 2004년 6월 4일
초판 1쇄 펴낸 날 § 2004년 6월 14일

지은이 § 이원
펴낸이 § 서경석

편집장 § 문혜영
편집 § 유경화 · 신혜미
마케팅 § 정필 · 강양원 · 이선구 · 김규진 · 홍현경

펴낸곳 § 도서출판 청어람
등록번호 § 제1081-1-89호
등록일자 § 1999. 5. 31
어람번호 § 제1-0503호

주소 § 경기도 부천시 원미구 심곡1동 350-1 남성B/D 3F (우) 420-011
전화 § 032-656-4452 팩스 § 032-656-4453
E-mail § eoram99@chollian.net

ⓒ 이원, 2004

값 8,000원

ISBN 89-5831-140-1 04810
ISBN 89-5831-020-0 (SET)

이원 판타지 장편 소설

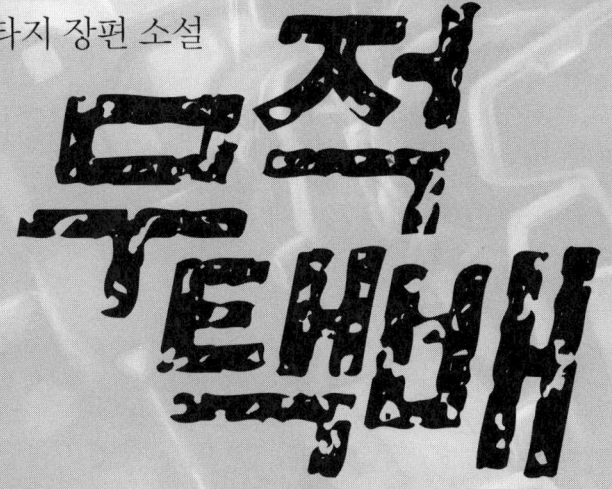

무적 특배

4 고대 금속 메도쿰

도서출판
청어람

목차

4
고대 금속 메도쿰

■ 제 13장

금속을 찾다

"이건 또 뭐야? 어떻게 된 일이지?"

지식의 관에서 올라와 기억의 보관소 정문으로 걸어나오던 박상은 바깥의 풍경에 놀라 걸음을 멈추고 황당해했다. 어찌 된 영문인지 기억의 보관소 앞에 수많은 사람들이 몰려들어 있었다. 여기저기 무리지어 고개를 치켜들고 건물 위쪽을 쳐다보고 있던 사람들은 무적택배 사람들이 나오는 것을 보고 황급히 바닥에 엎드렸다.

"왜 이렇게 사람들이 모여 있는 거야? 우리가 들어올 때만 해도 안 이랬잖아?"

뒤따라 나오던 박창이 박상에게 소곤거렸다.

"낸들 알겠냐?"

작은 소리로 대꾸한 박상은 불편한 기색으로 사람들을 둘러보았다. 그때 저쪽에서 기억의 보관소의 관리자 코든이 서둘러 달려오는 모습이 보였다. 박상 일행의 앞에 온 그는 고개를 조아리고 인사를 했다. 박상은 코든에게 사람들이 모여 있는 이유부터 물어보았다.

"무슨 일이 있었습니까? 사람들이 왜 여기에 모여 있지요?"

"빛의 구슬 때문인 것으로 압니다."

코든의 대답을 듣고도 처음에 박상 등은 영문을 몰랐다. 그런데 우진이 갑자기 생각난 듯 작은 소리로 일행에게 말했다.

"이 건물 꼭대기에 있던 그걸 말하는 게 아닐까요?"

그 말에 무적택배 사람들은 얼른 건물 앞쪽으로 걸어나와 건물 위를 올려다보았다. 건물 꼭대기에 있는 반구형의 물체에서 부드러운 황금빛이 흘러나오는 것이 그들에게도 보였다.

"저게 왜 빛나지?"

박상이 어리둥절해서 중얼거리는데 아담이 답했다.

—지식의 관을 가동시키고 있기 때문입니다. 현재 지식의 관은 기스칼 제3호 종합 인공위성에서 송출한 에너지를 받고 있습니다.

"뭐?"

박상은 황당한 얼굴로 빛나는 구체를 바라보다가 뒤로 두어 걸음 물러나서 통역기를 끄고 아담에게 작은 소리로 명령했다.

"지금부터는 지구 말로 답하도록."

—알겠습니다.

아담의 대답을 확인하고 나서 박상은 질문을 던졌다.

"지식의 관에는 자체적인 발전 시설이 없는 건가? 왜 인공위성에서 에너지를 받아야 하지?"

—지하 최하층에 지열을 이용한 발전 시설을 갖추고 있습니다만 그리 대규모는 아닙니다. 외부에서 에너지를 전혀 공급받을 수 없는 최

악의 경우 지식의 관을 유지하고 활용하는 데 필요한 최소한의 에너지를 생산할 수는 있으나, 자유로운 이용에 충분할 정도는 아닙니다. 따라서 그런 상황이 아닌 경우 외부에서 에너지를 공급받고 최대한 충전해 두도록 되어 있습니다.

그러자 우진이 위쪽을 흘끔거리며 물었다.

"그건 좋아. 그런데 건물 꼭대기에 있는 저건 왜 저렇게 빛나는 거야? 혹시 저것이 에너지를 공급받는 안테나 같은 거야?"

—그렇습니다.

이번에는 박창이 물었다.

"너무 눈에 띄는데. 빛나지 않게 할 수는 없어?"

—죄송합니다. 가동 중일 때는 저렇게 되게끔 만들어져 있기 때문에 저로서도 어쩔 수가 없습니다.

"사용하는 이상은 저대로 둘 수밖에 없단 말이로군."

박상은 씁쓸하게 중얼거리고 기억의 보관소 앞에 모여 있는 사람들을 둘러보았다. 다양한 옷차림이나 여러 연령대의 사람들이 섞여 있는 것으로 보아 주로 일반 시민들인 것 같았다. 호기심에 보러 온 모양들이었다.

"이번에는 뭐라고 설명하죠? 펠레즈의 시간의 관 때처럼 설명하실 겁니까?"

우진이 물었다.

"아마도 그래야겠죠."

박상은 한숨 섞어 대답하고 난감한 얼굴로 그들 앞에 고개를 조아리고 있는 코든을 쳐다보았다. 무적택배 사람들이 자신들끼리 이야기를 나누는 동안 기다리고 있던 코든은 그들이 이야기를 끝내자 조심스럽게 다가와 박상에게 물었다.

"제가 기억의 보관소에 있은 지도 40년 가까이 되어갑니다만, 이번처럼 빛의 구슬에서 실제로 빛이 나는 현상은 본 적도 들은 적도 없습니다. 실례가 되지 않는다면 어떤 일이 일어나고 있는지 말씀해 주실 수 없겠습니까?"

코든의 질문에 바닥에 엎드린 다른 디파 사람들까지 귀를 쫑긋 세우고 박상의 답변을 기다렸다. 박상은 이전에 펠레즈의 슈스 성주에게 대답할 때처럼 표정과 목소리를 일부러 엄숙하게 가다듬고 말했다.

"전에 펠레즈의 성주님께도 같은 말씀을 드린 바 있습니다만, 두 위대한 도시 디파와 펠레즈에 남겨져 있는 고대 문명의 유산은 아직 여러분이 활용할 수 있는 시기가 아닙니다. 현재 우리가 하는 작업은 그것들을 점검하고 다시 보존해 두는 것입니다. 그러니 여러분께서는 후일을 위해 지금까지처럼 고대의 유산을 잘 유지하고 지켜주시면 됩니다."

"그러면 우리 도시에도 위대한 도시 펠레즈처럼 중요한 유산이 있다는 말씀입니까?"

코든의 얼굴에는 큰 기대가 담겨 있었다.

"그렇습니다. 두 도시의 유산은 서로 밀접하게 연관되어 있으며 어느 한쪽도 더하거나 덜하지 않은 중요성을 지니고 있습니다."

이젠 전쟁도 끝났고 디파가 레스프라트 영토가 된 이상 이 정도의 설명은 해도 무방하리라 생각한 박상은 그렇게 말해 주었다. 코든은 그 말을 듣자 눈에 띄게 기뻐했다.

"저희도 그렇게 믿어 의심치 않았습니다. 위대한 도시 디파는 고대 문명의 후계자로서 학문과 예술을 수호해 온 곳이니까요. 또 다른 위대한 도시 펠레즈에 비해 부족함이 있을 리가 없지요."

한껏 긍지를 담아 자랑스럽게 말하던 그는 자신이 박상 일행의 진로를 가로막고 있다는 것을 깨닫고 얼른 비켜서며 물었다.

"성주관으로 가실 것이라면 제가 모시겠습니다. 저도 디르크 총사령관님으로부터 연회에 참석하라는 말씀을 듣고 출발하려던 참입니다."

"그렇습니까. 그럼 같이 가시죠."

무적택배 사람들은 코튼과 동행하여 성주관으로 향했다. 기억의 보관소를 지키고 있는 경비병들 중 일부가 그들을 성주관까지 호위했다. 바닥에 엎드려 있던 디파 시민들은 그들이 지나가자 슬그머니 고개를 들고 경외감과 신기함이 뒤섞인 얼굴로 쳐다보았다. 사람들의 뜨거운 시선을 느끼며 박상 등은 걸음을 서둘렀다. 성주관 앞에는 미리 연락받은 로네스와 노드가 나와서 그들을 기다리고 있었다. 박상은 두 사람에게 말했다.

"오늘 연회가 끝난 뒤 곧장 기억의 보관소로 다시 돌아갈 생각입니다. 준비할 시간도 없이 이런 부탁을 해서 미안하지만 며칠 분의 식량과 모포를 준비해 주십시오."

"며칠 분의 식량과 모포 말입니까? 예, 알겠습니다."

대답하면서도 노드는 내심 기억의 보관소 어디에서 잠을 자고 지낸다는 것일까 하고 고개를 갸웃거렸다.

"연회가 시작되려면 시간이 조금 남았습니다. 방에 가서서 쉬고 계시지요."

로네스가 말했다. 준비도 안 된 연회장에 미리 가서 있는 것보다는 그것이 낫겠다고 생각한 무적택배 사람들은 그녀의 말에 따랐다.

코든과 헤어져 숙소로 마련된 방에서 잠시 쉬었다가 연락을 받고 연회장으로 갔을 때는 무적택배 사람들을 제외한 참석자들 전원이 모여 있었다.

"어제 기억의 보관소에 들어가신 뒤 계속 나오시지 않는다는 말을 듣고 조금 걱정했었는데 이렇게 참석해 주셔서 영광입니다."

총사령관 디르크가 일어서며 인사를 건넸다.

"초대해 주셔서 감사합니다. 안지혜는 기억의 보관소에 볼일이 남아 있어 오늘은 참석하지 못했습니다. 그녀를 대신해서 사과드립니다."

박상은 디르크에게 정중하게 인사하고 일행과 함께 상석에 마련된 그들의 자리에 가서 앉았다. 레스프라트 군의 본대가 디파에 입성한 지 아직 오래지 않은 것을 반영하듯 연회의 참석자들 대부분은 디파 토벌군의 지휘관들이었다. 기억의 보관소의 관리인 코든을 포함하여 레스프라트의 군인이 아닌 몇몇 사람들만이 디파 사람들인 것 같았다.

디르크, 샤트, 카라인 등의 낯익은 얼굴들 옆에 레스프라트의 군복을 입고 있는 클루오의 모습이 박상 일행의 눈길을 끌었다. 마라나 자매를 통해 클루오의 활약을 전해 들은 터라 그가 이 자리에 있다는 사실에는 별로 놀라지는 않았다. 그러나 그의 실제 나이와 이력을 알고 있다 보니 신기한 마음에라도 자꾸 눈길이 가는 것은 사실이었다.

오랜 역사를 자랑하는 문화의 도시답게 연회에 나온 음식이며 연주되는 음악은 프라트나 펠레즈와는 또 다른 분위기였다. 여러 악기가 어우러진 세련된 음악과 가인(歌人)들의 노래 속에 연회의 분위기는 서서히 무르익어 갔다. 디르크가 기억의 보관소에 일어난 변화에 대해 질문하지 않을까 생각했지만, 다행히 그는 그것에 대한 이야기는 꺼내지 않고 디파 토벌 전에서 받은 도움에 대한 감사만 표시했을 뿐이었다.

연회가 끝났을 때는 밤이 제법 이슥해져 있었다. 무적택배 사람들은 노드가 준비해 준 식량을 받고 지휘차에 들러 갈아입을 옷이며 칫솔, 비누, 타월 등의 일상용품을 챙겨서 서둘러 기억의 보관소에 돌아갔다. 지혜 혼자 그곳에 남아 있는 것이 마음에 걸렸던 것이다.

기억의 보관소가 있는 곳으로 가니 건물 꼭대기의 구체가 발하는 황금빛이 짙어진 밤의 어둠 속에서 아까보다도 더욱 환하게 주위를 밝히고 있었다. 벌꿀처럼 부드러운 노란빛이 건물과 주위의 풍경을 포근하게 뒤덮고 있었고, 늦은 시각인데도 여전히 많은 사람들이 모여들어 서성이며 그 빛을 경탄의 눈빛으로 바라보고 있었다. 박상 등은 자신들을 보고 황급히 절하는 사람들 사이를 빠른 걸음으로 지나 기억의 보관소에 들어갔다.

"그러고 보면 기억의 보관소 자체에는 사람이 며칠씩 머물 만한 곳이 없다는 걸 여기 사람들도 잘 알고 있을 텐데, 우리가 여기서 이렇게 머물다 가면 나중에 조사해 보지 않을까요?"

지식의 관 입구로 내려가는 도중 릴리가 걱정하자 우진이 말했다.

"그럴 가능성은 있겠지만, 한동안은 지식의 관을 찾지 못할 겁니다. 우린 아담이 있어서 쉽게 내려왔지만, 여기 사람들이 가르쳐 주지도 않는데 석상들이 움직인다는 사실을 어떻게 알아차리겠으며 게다가 12개가 제각기 움직이는 방식은 더 더욱 모를 것 아닙니까?"

우진의 말을 듣고 있던 박창이 새삼 깨달은 것처럼 아담을 쳐다보았다.

"그건 다른 말로 바꾸면 누구든지 아담을 손에 넣으면 최소한 펠레즈와 디파의 시설을 손쉽게 장악할 수 있다는 이야기가 되는 거네요. 나중에 우리가 지구에 돌아갈 때 아담은 어떻게 하죠?"

박창의 갑작스러운 문제 제기에 다들 잠시 말이 없었다. 지금껏 지구에 돌아갈 일만 걱정하며 지냈지, 떠날 때 아담과 철인간들을 어떻게 할 것이라는 생각까지 해본 적이 없었다.

"박상 씨, 어떻게 하실 건가요?"

릴리가 박상에게 물었다.

"왜 제게 그걸 물어보시는 겁니까?"

박상이 뚝뚝하게 되묻자 릴리는 당연하다는 얼굴로 대꾸했다.

"박상 씨가 무적택배호의 선장이자 사장이잖아요. 그리고 아담의 주인이기도 하구요."

맞는 말인 것 같기는 했으나 박상이라고 얼른 적절한 대답이 떠오르지 않았다. 박상이 곤란한 표정으로 가만히 있자 릴리는 재우쳐 물었다.

"어떻게 하실 생각이세요? 레스프라트의 왕에게 주실 건가요? 아니면 처음 발견했을 때처럼 지휘차에 넣어서 펠레즈의 지하 벙커에 가져다 놓을 건가요?"

"글쎄요. 엄밀히 말해서 제 것은 아니니 제가 뭐라 말하기는……."

박상이 곤란한 기색으로 어물거리는데 우진이 말했다.

"아담이나 철인간들의 경우에는 본래부터 있던 완제품이 아니고 지혜 씨의 손을 크게 거친 것이니까 아무래도 지혜 씨와도 의논해야 하지 않겠습니까?"

우진의 말에 박상은 고개를 끄덕였다.

"맞습니다. 아담뿐 아니라 다른 철인간들도 애초에 제 것이 아니고,

지혜를 포함해 모두가 함께 논의해야 할 문제라고 봅니다. 하지만 지금 당장 꼭 결정해야 할 일은 아니니까 차차 의논하기로 합시다."

그때 아담이 비밀 문을 작동시켜 입구가 열렸다. 그들은 이야기를 멈추고 지식의 관으로 내려갔다. 지혜에게 갔을 때 그녀는 그때까지도 특별 열람실에 틀어박혀 정보를 검색하느라 열심이었다. 박상은 자신들이 나가기 전에 가져다 놓은 식사는 했나 싶어 그릇부터 살펴보았다. 다행히 밥 먹을 생각은 났던지 그릇이 비어 있었다.

"뭔가 알아냈어요?"

마리나가 옆에 다가가서 묻자 지혜는 겨우 모니터에서 눈을 떼고 일행에게 고개를 돌렸다.

"단번에 끝날 일이 아니니까 계속 가지를 치면서 알아보는 거죠. 연회는 어땠어요?"

"특별한 건 없었어요. 음식이랑 술 나오고 여흥이 제공되고, 늘 비슷하죠."

심드렁하게 대꾸한 마리나는 지혜가 보고 있던 모니터를 슬쩍 훑어보고는 전혀 모르겠다는 표정으로 이내 시선을 돌렸다.

"이번에는 아예 먹을 것도 많이 가져오고 일용품에 잠옷까지 가져왔다."

박상이 건네는 말에 지혜는 머리를 끄덕였다.

"잘했어. 한참 걸릴 걸 각오해야 할 거야."

"그러니까 너무 무리하지 말고 쉬어가면서 해라. 그러다 탈이 나서 드러눕기라도 하면 도리어 시간이 더 걸릴 테니."

"알았어."

지혜는 건성으로 대답하고 모니터를 끄더니 일행에게 몸을 돌렸다.

"여러분이 연회에 가 계신 동안 이 별의 고대 문명에 대해 몇 가지 사실을 알아봤어요. 그중에는 희망적인 정보도 있구요."

한번에 말하지 않고 뜸을 들이는 그녀의 태도에 답답해진 박창이 물었다.

"어떤 걸 알아봤기에 그래?"

지혜는 점잔을 빼며 이야기를 시작했다.

"우선 이 별의 고대 문명이 멸망하기 직전, 전쟁을 벌인 국가 세력은 기스칼을 포함해 세 개였어요. 이름은 기스칼, 샤이그, 마이테움이고 서로 경제적·군사적 힘이나 기술 발전 정도가 엇비슷해서 꽤 오랜 세월 동안 팽팽하게 세력 균형을 이루고 있었던 모양이에요."

펠레즈의 시간의 관과 이곳 디파의 기억의 보관소에 남긴 기록에서는 단순히 고대인들이 파멸적인 전쟁을 했다고만 되어 있었기에 막연히 두 개 세력이 아닐까 하고 짐작했던 무적택배 사람들에게는 다소 뜻밖의 사실이었다. 그러나 그런 사실이 현재 이들이 처한 상황에 특별히 다르게 작용할 것 같지는 않았기에 그것은 그저 약간의 놀라움에 그치는 정도였다. 다들 잠자코 듣고 있는 가운데 지혜의 말은 계속되었다.

"그리고 이건 우리의 짐작과 같은 사실인데, 이 별의 고대 문명은 발달한 과학 문명에도 불구하고 외계의 문명과 공식적으로 접촉한 적이 없어요. 대신 그 때문에라도 외계에 대한 탐사는 매우 활발히 진행되었더군요. 워프 기술이 개발되고 태양계 개발이 본격적으로 이루어진 뒤부터는 기스칼을 비롯한 다른 두 개 세력에서도 경쟁적으로 우주 탐사를 실시했다고 해요. 태양계 내에서는 지구의 워프 게이트 비슷한 개념으로 우주 고속도로라는 것을 설치해서 이용했고, 외계로 가는 탐사선이나 대형 우주 군함은 자체적으로 워프할 수 있는 기능을 갖추고 있었대요. 뭐, 이 별의 사이버네틱스 기술을 보더라도 그 정도 발전은 놀라운 일이 아니지만요."

듣고 있던 바다가 재빨리 지혜의 말을 가로챘다.

"그렇다면 그런 탐사선의 우주 항행 기록도 남아 있겠군요."

"네. 유감스럽게도 다른 두 나라의 것은 없지만 기스칼의 것은 있다고 해요."

"그건 상당히 유용할 수 있겠군요."

바다는 크게 기대를 하는 눈치였다. 우진은 다른 것에 관심을 보였다.

"혹시 달이나 다른 곳 어딘가에 남아 있는 우주선은 없을까요? 워프 기능을 가진 것이 남아 있다면 정말로 희망을 걸어볼 만도 하겠는데요. 우리 우주선인 무적택배호는 워프 기능이 없기 때문에 사실 무적택배호만으로 지구에 돌아가기는 어렵지 않습니까?"

"제가 하고 싶은 말도 바로 그 말이에요."

지혜가 기다렸다는 듯이 맞장구쳤다. 그러자 박창이 이상해하며 말했다.

"그럴 것 같으면 금속을 만들려고 애쓸 게 아니라 차라리 이 별 내에서 그런 우주선을 찾아보는 편이 낫지 않을까요? 금속을 만드는 건 일이 너무 많잖아요?"

그러나 우진은 머리를 흔들었다.

"그건 기대하기 어려울 것 같습니다. 워프 기능이 있는 우주선은 필연적으로 대형일 수밖에 없는데, 펠레즈나 디파처럼 보존 상태가 완벽한 위대한 도시에도 남아 있지 않은 것이 다른 곳에 있다고 보기는 어럽습니다. 어쩌다 남은 것이 있다고 해도 선체 전체를 어딘가에 넣어 완전 밀봉하지 않고 그대로 방치해 뒀을 경우, 풍화 때문에라도 망가졌을 겁니다. 하지만 우주는 풍화가 없으니까 남은 것이 있다면 사용할 수 있을 가능성이 큽니다. 그러니 기약없이 이 별을 헤매고 다니느니 차라리 달이나 우주에 나가서 찾아보는 편이 빠를 겁니다."

우진의 말에 지혜뿐 아니라 다른 사람들도 수긍하는 분위기였다. 박창이 생각하기에도 틀린 말은 아닌 것 같아 잠자코 있었다.

"앞으로 그렇게 하는 것으로 하고, 오늘은 어떻게 할래? 여기에 더 있을 거냐?"

박상이 지혜에게 물었다.

"응. 아직 별로 늦은 시간도 아닌데 더 찾아봐야지."

"그러면 전 다른 열람실에 가서 조선소나 공항, 우주 스테이션 같은 곳의 정보를 찾아보겠습니다."

우진이 말하자 바다도 자신이 조사할 분야를 자청하고 나섰다.

"저는 우주선과 비행기에 대해 살펴보겠습니다."

마리나와 릴리도 가만히 있지 않았다. 릴리가 말했다.

"마리나랑 전 군사 기지나 군 관련 시설 쪽으로 살펴볼게요. 펠레즈의 지하 벙커처럼 중요한 군 시설은 보안이 좋고 튼튼하게 만드는 법이니까 다른 곳에 남아 있는 것이 있을지도 모르죠."

모두들 자러 가지 않고 자료를 찾는 분위기가 되어가자 박창은 박상에게 물었다.

"형은 어떡할 거야?"

"나도 바로 잘 것 같진 않은데."

"그럼 나랑 먹을거리에 대한 거라도 찾아보자."

"또 향신료 찾아보려고?"

박상이 그다지 내키지 않는 얼굴로 묻는데 지혜가 말했다.

"상이 넌 여기 남아서 날 도와줘."

"내가 도울 일이 있겠냐? 난 금속 같은 것에 대해서는 아는 게 전혀 없는데."

"아는 게 없어도 네가 도와줘야 할 일이 있어. 여기 사서가 그러는데, 극비 정보에 접근하려면 최고 책임자인 너의 재가가 필요하대. 일일이 널 찾아서 허락받으려면 귀찮잖아. 차라리 여기에 있으면서 도와줘."

"그냥 여기서 너 찾고 싶은 것 다 찾아도 된다고 해두면 안 되나?"

내키지 않는 마음에 박상은 그렇게 말하며 아담을 쳐다보았지만, 아담의 대답은 박상의 기대를 배신했다.

─죄송합니다만, 그런 포괄적인 명령은 이행이 어렵습니다. 사안에 따라 총사령관께서 보시고 직접 판단해 주셔야 합니다.

"…알았어."

복잡하고 어려운 과학에 시달리느니 차라리 박창과 향신료를 찾아보는 편이 나았을 것이라는 생각이 들었지만, 할 수 없는 노릇이라 박상은 지혜의 옆에 남아 있기로 했다.

"어때? 총사령관 역할도 쉬운 것만은 아니지?"

지혜는 박상의 속내를 눈치 채고 재미있어하며 그를 놀렸다. 박상은 떨떠름한 얼굴로 긍정도 부정도 하지 않았다.

"목이 마른데, 뭐 마실 것 없어요?"

마리나가 물병을 찾자 수정이 그녀에게 물을 가져다 주었다. 물을 마시는 마리나의 모습을 보고 있던 지혜가 무엇 때문인지 길게 한숨을 내쉬었다.

"커피 마셔본 지가 언제인지 모르겠네. 커피 한 잔만 마셨으면······."

지혜의 장탄식에 릴리가 서글픈 어조로 덧붙였다.

"정말······ 따뜻한 커피에 초콜릿 케이크 한 조각 곁들여 먹으면 소원이 없겠다."

그러나 커피도, 초콜릿도 떨어진 지 오래였다. 그 두 가지뿐 아니라 지금은 약간의 양념을 제외한 모든 식료가 레스프라트의 것이었다. 쌀이 떨어진 지도 꽤 되었는데, 그나마 에티라는 지구의 보리 비슷한 곡물이 있어서 그것을 푹 삶아서 밥 대용으로 먹고 있는 형편이었다.

"없는 걸 자꾸 말하면 뭐 해요. 커피와 초콜릿은 대용품이 없으니 어쩔 수 없지만, 꿩 대신 닭이라고 프라트에 가면 치즈 케이크 만들어 줄게요. 그나마 그건 비슷하게 만들 수 있으니까."

나름대로의 방법으로 두 사람을 위로하던 박창은 불현듯 좋은 생각이라도 떠올랐던지 표정이 환해졌다.

"아, 그렇다. 여기 열람실의 장치는 냄새뿐 아니라 미각까지 재현하는 기능이 있던데, 고추뿐 아니라 커피, 카카오, 후추 같은 것도 대용품이 될 만한 것이 없는지 알아보면 되겠다. 왜 진작 그 생각을 못했지?"

대단한 착상을 해냈다는 듯 박창은 혼자서 으쓱해했다.

"커피나 후추는 특정 작물의 열매인데 대용품이 있겠어요?"

마리나가 그럴 리 있겠냐는 투로 말했지만, 박창은 자신있어했다.

"후추는 몰라도 커피 같은 건 옛날에 대용품이 통용된 적도 있어요. 치커리 같은 작물이 커피 대용으로 쓰인 적도 있거든요."

"커피 대용품이 있었다고? 진짜 커피 같은 맛이었어?"

솔깃해진 지혜가 관심을 보였다. 박창 대신 박상이 시큰둥하게 말했다.

"그랬다면 커피를 밀어냈겠지. 그런 류의 대용품은 전쟁 등으로 인해서 커피를 구할 수 없게 되었을 때 부득이하게 일시적으로 사용한 거야. 기대하지 않는 게 좋을 거다."

"형은 왜 응원은 못할망정 동생의 의욕을 꺾고 그래?"

박창이 볼멘소리를 했지만 박상은 냉철한 태도로 대꾸했다.

"지구에서도 후추나 커피의 대체 작물은 없어. 하물며 기후, 토양 등의 환경이 전혀 다른 이 별에 그런 게 있을 리가 있냐? 게다가 향신료나 조미료의 종류도 한두 가지가 아닐 텐데 언제 그걸 다 찾아본단 말이야?"

박상의 날카로운 지적에도 박창의 의욕은 꺾이지 않았다.

"해보지 않고는 모를 일이야. 해봐서 손해 볼 건 없잖아. 아무튼 난 해볼 거야."

"잘해봐요. 향이라도 비슷한 것이 있다면 그게 어디예요."

릴리는 박창을 격려했다. 그런데 지혜가 문득 박상에게 물었다.

"사람들이 우리가 이 안에 들어와서 오래 있으면서 뭐 하나 궁금해하진 않아?"

"왜 아니겠냐? 그렇지 않아도 바깥에 잔뜩 모여서 구경하고 있더라."

박상의 말에 지혜의 얼굴이 의아해졌다.

"구경하다니? 뭘?"

"이 위의 건물 꼭대기에 있는 구체에서 계속 빛이 나고 있어. 아담의 말로는 그게 인공위성에서 에너지를 받는 장치라서 그렇다는군."

"빛이 난다고? 그거 끌 수는 없는 거야?"

"가동 중일 때는 어쩔 수 없다더군."

"그래……."

지혜는 미간을 찡그렸다. 그녀 역시 이곳에 사람들의 주의가 쏠리는 것이 탐탁지 않았던 것이다.

"지금은 이 안에 사람들이 들어온대도 제대로 활용하기도 어려울 테고 무엇보다 관리가 안 돼. 펠레즈의 시설처럼 후일을 위해서 손대지 말고 조용히 보관해 두는 것이 제일인데……."

입속말로 중얼거린 그녀는 박상에게 물었다.

"여기 사람들에게 말은 잘해뒀겠지?"

"일단은……."

박상이 고개를 끄덕이자 지혜는 일행에게 말했다.

"원래부터 여기에 오래 머물 생각은 없었지만 되도록 서두르는 편이 좋겠네요. 우리가 머무르는 기간이 길어질수록 사람들의 호기심만 더 키우게 될 테니까요. 자, 잡담이 너무 길었네요. 다들 할 일을 하죠."

지혜의 말에 다들 수긍하여 박상만 지혜 옆에 남고 각자 흩어져서 필요한 정보를 검색하기 시작했다.

지식의 관에 들어온 지 여러 날이 지났다. 모두들 자기 일에 바빠서 식사도 모여서 하지 않고 따로 먹는 터라, 누가 특별히 찾지 않는 경우에는 서로 얼굴을 마주치는 일도 별로 없었다. 그러다가 지혜의 요청이 있어 며칠 만에 무적택배 전원이 대피 시설의 회의실에 모였다. 회의실은 지식의 관 열람실처럼 육각형의 방으로 중앙에 원형 테이블이 있고, 테이블 주위로 커다란 의자들이 빙 둘러놓여 있었다. 테이블 가운데에는 지식의 관 열람실처럼 홀로그램 장치가 되어 있었다. 일행이 방 안에 들어서자 먼저 와 있던 지혜와 박상이 그들을 맞았다.

"며칠 동안 모습도 거의 볼 수 없더니 웬일이야? 무슨 좋은 소식이라도 있어?"

박창이 의자에 앉으며 물었다.

"그럭저럭 괜찮은 소식은 있지."

지혜의 대답에 바다와 우진 등은 기대감에 그녀의 얼굴을 쳐다보았다.

"앉으세요. 이야기가 길어질 것 같으니까."

지혜는 의자를 가리키며 앉기를 권했다. 모두가 앉고 나자 그녀는 테이블 위에 넙적한 금속 조각이 들어 있는 투명한 상자를 올려놓았다.

"예상했던 것처럼 문명 보존을 위해 만들어놓은 곳답게 각종 샘플과 자료를 풍부히 갖춰놓았더군요. 이건 메도쿰이라는 이름의 금속인데, 내구성과 강도를 검사해 본 결과 현재의 여건에서 만들 수 있는 금속 중에 가장 나은 답이라고 생각해요."

"그러면 금속 문제가 해결된 겁니까?"

바다가 반색을 하고 물었다.

"완벽하다고 할 수는 없지만 제가 알아본 중에는 이게 제일 나은 것 같아요. 일단 이 별 내에 있는 자원으로 만들 수 있고, 상당한 내구성과 강도가 있어서 우리 우주선을 보강하고 수리하는 데 사용할 수 있겠어요. 실제로 이 별의 우주 시대가 열리기 시작할 무렵까지 사용되었던 금속이기도 하구요."

지혜는 자신의 뒤에 서 있는 수정에게서 길쭉한 통을 받아 안의 것을 꺼냈다. 이 별의 과거 문명에서 디스켓처럼 정보 저장에 사용했다는 수정봉이었다. 지혜는 수정봉을 자신이 앉은자리 앞에 있는 장치에 끝까지 밀어 넣고 계기를 조작했다. 그러자 회의실 전체의 조명이 약해지더니 테이블 중앙에 있는 장치에서 홀로그램이 생겨났다. 홀로그램으로 나타난 것은 럭비공을 길게 늘여놓은 것처럼 생긴 긴 타원형의 물체였다. 지혜는 그것에 대해 설명했다.

"이것은 이 별에서도 특히 기스칼의 우주 개발 초기에 만들어진 우주선이에요. 메도쿰은 이 우주선에 사용된 금속이구요."

박창 등은 홀로그램의 우주선을 자세히 살펴보았다. 자신들이 타고 온 무적택배호나 일반적인 지구의 우주선에 비해 매우 촌스러운 생김새였으나 탄탄해 보이기는 했다.

"우주선을 만들 때 사용한 금속이라면 안심이 되는군요. 이제 큰 문제 한 가지는 해결된 셈이네요."

마라나가 한시름 놓았다는 투로 말하자 지혜는 애매한 표정으로 말했다.

"완전히 해결되었다고 말하기는 좀 그래요. 이것을 생산하려면 그전에 해결해야 할 몇 가지 과제가 있어요. 그래서 그걸 의논하려고 모이자고 한 거구요."

"원재료인 광석에 대한 건가요?"

릴리의 추측에 지혜는 고개를 끄덕였다.

"그것도 포함해서요."

"포함해서라는 걸 보니 또 다른 문제가 있나 보지? 뜸 들이지 말고 한번에 설명을 해봐."

박창이 답답해했다. 지혜는 대답에 앞서 홀로그램 장치를 조작하여 지금의 레스프라트와 인근 지역의 지도를 불러냈다.

"메도쿰은 이 별 사람들이 현재 가장 광범위하게 사용하는 철광석에 세 가지의 광석을 특정한 비율로 더해서 만드는 합금이에요. 철광석은 비교적 흔하게 분포하는 광물이라 별문제없고, 다른 세 광석 중 한 가지도 그래요. 나머지 두 가지 광석이 문제인데 다행히 같은 광맥에서 산출되는 것이어서 그나마 수고는 덜어질 거예요. 또 산지도 일단 이 지도상으로 보면 레스프라트 쪽이구요. 나중에 인공위성으로 조사해 보면 더 정확하게 알 수 있겠지만, 지금의 지도와 맞춰보니 이 지역은 레스프라트 인근의 황무지와 그 너머의 초원 지역 안쪽이더군요. 이쪽은 아메트와도 멀리 떨어져 있으니까 자원 확보는 그렇게 어렵지는 않을 것이라고 봐요."

"그런데 뭐가 또 문제라는 겁니까?"

바다가 물었다. 그 질문에는 박상이 대답했다.

"용광로입니다. 우선 그것부터 만들어야 합니다."

"예?"

바다와 마리나 자매 등은 어리둥절한 표정이 되어 지혜와 박상을 보았다. 펠레즈나 디파에 당연히 있을 것으로 막연히 생각하고 있었던 터라 용광로를 만들어야 한다는 말은 뜻밖이었다.

"용광로가 없었단 말입니까?"

바다가 황당해하며 물었다. 지혜는 떠름한 얼굴로 고개를 살짝 끄덕였다.

"네. 미리부터 그런 이야기를 하면 괜히 기운만 빠지게 될 것 같아서 말하지 않고 있었어요. 펠레즈의 경우는 도시를 건설할 때 사용했던 전기 용광로가 있었지만 차차 노후하고 관리하기도 어려워지면서 끝내 해체해서 사용해 버려 남아 있지 않았어요. 디파에 오면 혹시 남아 있지 않을까 생각했지만 디파도 펠레즈와 같은 경로를 밟았던 것 같구요."

"그래서 용광로를 만들어야 한다고? 우주선에 사용할 금속을 재래 식 용광로로 만들 수 있어? 그만한 온도를 견디는 재래식 용광로가 어 딨겠어?"

박창이 머리를 짤짤 흔들며 투덜거렸다. 그에 대해 박상이 대답했 다.

"벽돌로 용광로를 만드는 방법이 있어. 현대식 용광로 이전에 이 별 에서 널리 쓰였던 방식인데, 지금으로선 그것이 가장 높은 열을 낼 수 있는 방법이야."

"용광로를 벽돌로 만든다고? 벽돌로 오븐 만드는 건 알겠는데, 용광 로도 만들어?"

박창은 설마 하는 반응을 보였다. 그러나 우진은 긍정적으로 받아들 였다.

"벽돌로 용광로를 만드는 건 지구에서도 과거에 사용했던 방법이에 요. 옛 한국·중국·일본 등의 지역에서 그런 용광로를 썼다고 하더군 요. 이들 지역은 벽돌로 만든 용광로에다 숯을 태워 얻은 높은 열, 그 리고 풀무가 어우러져서 오랜 세월 동안 서양보다 훨씬 우수한 제철 기술을 자랑했죠."

"하지만 우주선에 사용할 금속입니다. 그런 용광로를 가지고 만들 수 있겠습니까?"

바다가 우려를 표명했다. 지혜는 침착하게 대꾸했다.

"가능해요. 그래서 현실적으로 만들 수 있는 가장 나은 금속이라고 말한 거구요. 전기 용광로가 있으면 좋겠지만 없는 걸 이야기해 봤자 소용없는 일이고, 그것 외에 제일 높은 열까지 얻을 수 있는 것이 박상 씨가 말한 벽돌 용광로예요. 그리고 사용하는 연료에도 특별한 비법이 있더군요. 이 별 사람들이 지금도 사용하고 있는 숯에다 세아라는 광석을 가공해서 같이 태우면 특별한 화학 반응이 일어나 매우 강한 열이 발생해요."

지혜는 홀로그램으로 용광로의 모습도 불러내 보여주었다.

"그럼 까짓것 만들면 되잖아요. 그걸 만들려면 뭘 어떻게 하면 되는데요?"

릴리가 박상에게 물었다.

"아무 벽돌이나 용광로를 만들 수 있는 것은 아닙니다. 우선 용광로를 만드는 데 사용할 벽돌을 찾아봐야지요. 만일 현재 그런 벽돌이 남아 있지 않다면 방법을 가르쳐서라도 그것부터 제작하는 한편, 메도쿰의 원료 광석 및 열을 얻는 데 사용할 광석 자원을 확보해야 합니다. 다음으로 용광로를 실제로 제작하고 새로운 금속을 제련하여 다룰 사람들도 구해서 교육시켜야 하구요."

"하나같이 우리들만으로 해결할 일이 전혀 아니군요."

마리나가 말했다. 박상은 고개를 끄덕였다.

"그렇습니다. 베르테스 왕에게 협력을 얻지 않고는 어느 것 하나 해결할 수 없을 겁니다."

"단순한 협조 정도가 아니라 상당히 대규모 작업이 되겠는데요. 게다가 새로운 금속을 만드는 일이니 국가적으로도 파급 효과가 클 테구요. 용광로며 금속 제조까지 이곳 사람들에게 기술을 가르쳐 주지 않고는 안 될 테니까요."

우진의 짐작에 박상은 내키지 않지만 인정했다.

"어쩔 수 없지요. 여기 사람들의 도움 없이는 어떤 작업도 진행할 수 없으니 그 과정에서 그들도 자연스럽게 배우게 되겠죠."

"일종의 금속 혁명이 일어나겠군요. 현재 이 별의 철이 형편없이 무르고 약한 걸 고려하면, 새로운 금속은 여기 사람들에게 신기에 가까울 테니까요."

마리나가 말했다. 박상의 떨떠름한 태도와는 달리 그녀는 은근히 즐기는 듯한 반응이었다. 지혜는 담담하게 말했다.

"이 나라 사람들의 노동력과 자본을 투자받는 일인데 그 정도의 반대급부는 있어야죠. 기브 앤드 테이크라고. 세상에 공짜는 없는 법이니까."

그때 우진이 지혜에게 말했다.

"그럼 금속은 정해진 셈이고 본격적으로 진행하는 일만 남았군요. 어떤 일부터 어떤 순서로 해야 할지 생각해 보죠. 지혜 씨 생각에는 무엇부터 해야 할 것 같습니까?"

"우선 인공위성으로 자원 탐사를 해서 매장 지역을 보다 정확히 확인하고 현장에 가서 살펴보는 것이 어떨까 해요. 광석의 샘플도 확보하고 어떤 곳을 빨리 개발할 수 있을지도 확인해서 구체적으로 매장 지역이 표시된 지도를 가지고 베르테스님에게 이야기를 해야겠죠."

"여기에는 광석의 샘플이 없습니까?"

"물론 있어요. 하지만 그건 이 별의 고대 사람들이 후대를 위해 남겨놓은 것이니까 우리가 함부로 손대서는 안 된다고 생각해요. 그리고 샘플만 덜렁 던져 주고 찾으라는 것보다는 이왕이면 매장 지역을 우리 눈으로 둘러보고 정확하게 확인한 다음에 말하는 편이 시간도 단축되고 말하기도 쉬울 거구요."

"그럼 여기서 나가면 프라트에 돌아갈 일이 아니라 그쪽부터 둘러봐야겠군요."

"다른 특별한 일이 없다면 그렇게 했으면 좋겠어요. 누구, 다른 의견 있나요?"

지혜가 일행을 둘러보며 물었다. 당연히 아무도 이의를 제기하지 않았다.

"그 다음에는요?"

릴리의 질문에 이번에는 박상이 대답했다.

"숯과 함께 태워 연료로 사용할 광석의 매장지도 찾아봐야지요. 한때는 지구의 석탄 비슷한 용도로 쓰인 모양인데, 다행스럽게도 그렇게 희귀한 광물이 아니고 지구의 석탄보다는 사용된 시기가 비교적 짧아서 확보하기가 크게 어렵지는 않을 것으로 추정됩니다."

"왜? 석유 같은 다른 에너지원이 빨리 나왔나 보지?"

박창이 물었다. 그러자 우진이 기다렸다는 듯이 가르쳐 주었다.

"그보다는 태양 에너지의 개발과 축전지 기술의 발달이 지구에 비해 대단히 빨리 이루어졌기 때문이더군요. 지구의 아인슈타인에 비견할 만한 굉장한 천재가 약간의 시차를 두고 둘이나 나타나서 에너지 혁명을 일으켰더라구요. 브런트 아뉴와 벨라스 르센이라는 사람인데, 이 별의 고대 문명이 상대적으로 지구보다 이른 시기에 성공적으로 우주에 진출할 수 있었던 것도 그 덕분이었던 것 같아요. 우주 개발 초기 시대의 지구처럼 어마어마한 연료를 실어서 어렵사리 쏘아 올리는 로켓식 우주선을 아예 만들지 않아도 되었거든요."

"우진 씨는 조선소랑 공항에 대해 알아본다더니, 언제 그런 것까지 알아냈어요?"

마리나가 감탄했다. 우진은 쑥스러워하며 머리를 긁적였다.

"그냥 이것저것 재미 삼아 찾다보니까 자연스럽게 나오더군요."

"그 다음에는 어떻게 합니까? 프라트로 가면 됩니까?"

바다의 건조한 음성이 일행의 주의를 일깨워 다시 원래의 주제로 되돌렸다.

"일단은 그래도 되겠죠."

지혜가 모호한 투로 말을 흐리는데 우진이 물었다.

"벽돌 용광로는요? 아까 특별한 벽돌이 필요하다고 한 것 같은데, 그건 어떻게 할 겁니까? 그 벽돌을 만드는 기술이 아직도 남아 있을까요?"

"프라트에 가서 알아봐야죠."

지혜의 어정쩡한 대답에 우진은 그럴 줄 알았다는 양 고개를 주억거리더니 말했다.

"혹시 모르니까 그 벽돌에 대해서는 제가 알아보겠습니다. 그런 벽돌을 지금도 만들 수 있다면 다행이지만, 그렇지 못할 경우도 대비해서 나쁠 건 없겠죠. 광석이며 연료를 확보해도 정작 용광로를 제대로 만들지 못하면 아무 소용이 없을 것 아닙니까. 특별한 벽돌을 사용했다면 아무 지역의 흙이나 쓸 수 있는 건 아닐 겁니다. 지구의 도자기처럼 흙의 종류를 따질 수도 있고, 유약이나 흙을 개는 방법 등 특별한 공법도 있을 테구요. 지식의 관에는 홀로그램으로 볼 수 있게 제작한 다큐멘터리나 자료도 많이 있는 것 같던데, 그런 것 중에 쓸 만한 것이 있을지도 몰라요."

"우진 씨가 찾아보던 정보는 어떡하구요? 그건 다 끝났습니까?"

박창이 물었다. 우진은 멋쩍은 얼굴로 대답했다.

"그게… 거의 마무리되었는데, 우리에게 당장 도움이 될 만한 소득은 별로 없었습니다. 우주가 아니라 진짜 바다를 항해하는 배를 만드는 조선소 이외에는 생산 시설이 거의 우주에 있었더군요. 달에 있었다는 우주 조선소 두어 군데는 기대를 걸어볼 만한 것 같은데 그건 일단 달에 갈 수 있어야 의미가 있는 것이구요. 혹시 모른다 싶어 이 별에 있던 조선소의 위치와 규모도 확인은 해봤습니다. 나중에 정리해서 보여 드리겠습니다."

"우주선 조선소만은 못하겠지만 확인해 볼 필요는 있겠네요. 후에 시간이 나는 대로 가보기로 하죠."

지혜가 그렇게 말하는데 마리나가 우진에게 물었다.

"우진 씨가 찾아본 자료에는 기스칼 이외의 다른 세력의 주요 시설도 있던가요?"

"일반적인 조선소나 공장 지대 같은 건 있습니다. 개중에는 흥미로운 곳도 있었습니다. 마이테움에 속한 다쉬트 군도라는 곳인데, 개발이 많이 된 곳인지 조선소, 해군 기지, 공항이 다 갖춰져 있더군요."

그 말에 박상이 관심을 보였다.

"레스프라트에서는 가깝습니까?"

"아뇨. 마이테움 세력권이 이쪽 대륙과는 바다를 사이에 두고 떨어져 있지 않습니까? 다쉬트 군도는 그 사이에 있습니다."

우진이 설명하는데, 지혜가 홀로그램으로 이 별의 전체 지도를 불러냈다. 다쉬트 군도는 우진의 설명대로 레스프라트나 아메트가 있는 대륙과 크게 떨어진 다른 대륙의 사이에 위치해 있었다. 그런데 마리나는 그것에 별로 의미를 두지 않는 듯한 투로 말했다.

"그런 시설들이 모여 있다는 점은 흥미롭지만, 우리에게 실질적으로 도움이 될 것 같지는 않군요. 우주선을 만드는 조선소가 있는 것도 아니고, 해군 기지나 공항도 지금의 우리와는 별 상관이 없잖아요. 국가기관 산하의 비밀 연구소나 기지 같은 거라면 몰라도요."

"그런 비밀 시설에 대한 정보는 없는 것 같았습니다."

애매하게 대답한 우진은 자신이 없었던지 얼른 덧붙였다.

"적어도 제가 본 바로는 그렇습니다."

마라나는 그럴 줄 알았다는 반응이었다.

"우리가 찾아본 바로도 그래요. 릴리랑 비행장이나 군기지 등을 찾아봤는데, 기스칼 쪽은 그런대로 나와 있지만 다른 국가의 것들은 일반에도 알려져 있었을 정도의 수준밖에는 없었어요. 펠레즈의 지하 벙커나 여기 같은 시설에 대해서는 전혀 찾을 수가 없더군요."

"중요한 기밀이어서 우리가 접근하지 못한 것 아닐까요?"

우진이 박상을 쳐다보며 물었다. 박상은 머리를 흔들었다.

"그런 것이라면 지혜와 저도 찾아봤지만 없었습니다."

"어찌 보면 그게 당연한 거죠. 그런 정보는 기밀 중의 기밀일 텐데 죽기 살기로 전쟁까지 한 적국에게 알려져 있겠어요? 일단 정보 검색을 하는 김에 찾아보기는 했지만, 처음부터 별로 기대도 하지 않았어요. 그래서 그런 이야기를 애초에 꺼내지도 않은 거구요. 그리고 다른 국가에서 이런 시설을 남겨놓았다고 해도 여기처럼 잘 보존되어 있을지도 의문이에요. 모든 시설이 다 디파처럼 운이 좋지는 않았을걸요. 이 이상의 곳은 있기 어려울 거라고 봐요."

지혜가 말했다. 마라나는 그녀의 말에 수긍하면서도 씁쓸해했다.

"그 말이 맞겠죠. 어느 정도 예상하고 있던 바이긴 했지만 그래도 혹시나 했는데……. 결국 손쉬운 행운 따위는 기대하지 말고 우리 손이 닿는 범위 내에서 애써볼 수밖에 없다는 이야기로군요."

체념 어린 그녀의 말에 다들 조용해지면서 분위기가 착잡해졌다. 기분이 더 침울해지기 전에 바다가 다른 이야기를 꺼냈다.

"그런 이야기는 그만 하고, 아까 하던 이야기로 돌아갑시다. 그 메도쿰이란 금속은 다루기 까다롭지는 않습니까? 용광로를 만들고 재료를 가져다가 메도쿰을 제련한다고 해도 그걸 다루는 건 여기 사람들에게 맡겨야 할 텐데, 여기 대장장이들이 전혀 생소한 신금속을 제대로 다룰 수가 있을지도 생각해야 하지 않겠습니까?"

"방법을 찾아서 가르쳐야죠. 아까 우진 씨가 말한 그런 자료에서 찾아보면 있지 않을까요."

지혜가 대충 에둘러 말하는데, 우진이 선뜻 자청하고 나섰다.

"그건 용광로를 만들 벽돌에 대해 찾으면서 제가 같이 알아보겠습니다. 그 벽돌과 메도쿰은 서로 연관이 있으니까 어쩌면 같이 찾을 수도 있을 겁니다."

"그래준다면 고맙겠네요."

지혜는 우진의 제안을 기꺼이 수락했다. 테이블에 턱을 괴고 이야기를 듣고 있던 박창이 재미있다는 듯 히죽 웃더니 말했다.

"대충 메도쿰을 만들기로 방향이 정해진 것 같은데, 우리 우주선을 벽돌 용광로에서 만든 금속으로 수리하게 될 줄은 몰랐네요."

그 말을 들은 우진은 박창을 따라 웃고는 가벼운 어조로 말했다.

"왜요? 지구의 우주 개발 초기에는 세라믹으로 표면을 바른 우주선을 타고 달에도 가고 그랬잖아요. 거기에 비하면 우린 훨씬 나은 거죠. 그때의 우주선은 망치나 스패너 같은 걸로 표면을 살짝 깨기만 해도 대기권 진입이 불가능할 정도였다던데요."

"나도 전에 어떤 다큐멘터리에서 본 기억이 나요. 그 시대 사람들은 참 용감하기도 하지. 어떻게 그런 걸 타고 우주로 나갈 생각을 했을까."

박창이 키득거리는데, 바다가 진지하게 말했다.

"위험을 몰라서 그런 우주선을 타고 우주로 나간 것이 아닙니다. 그만한 사명감과 목적 의식이 있었던 거지요. 그들의 숭고한 희생을 딛고 인류의 우주 개발이 전진할 수 있었던 겁니다. 우리 역시 우주인으로 살아가는 처지에 그런 선조들을 가벼운 웃음거리로 삼아서는 안 됩니다."

"우린 현재 우주인이라기보다는 외계인 아닌가요?"

박창이 냉큼 되받아치는 말에 우진과 마리나 자매 등은 유쾌한 웃음을 터뜨렸고 바다는 한두 번 겪는 일도 아닌지라 예의 복잡한 표정으로 자신의 태평한 동료들을 잠자코 바라볼 뿐이었다. 웃음 끝에 릴리가 박창에게 물었다.

"참, 박창 씨 쪽은 어때요? 커피나 후추, 아니면 고추라도 비슷한 게 나오던가요?"

"아직은요."

박창은 어색하게 머리를 긁적였다.

"하도 여러 가지를 냄새 맡고 느껴보고 하다 보니 막 헷갈리기도 하고, 생소한 것이 많아서 더 어지럽고 그러네요. 간장은 냄새와 혀에 느껴지는 맛이 대충 비슷한 걸 찾았는데, 딴 건 아직 못 찾았어요."

"간장이 있었다고?"

박상이 놀라서 물었다.

"지구의 간장처럼 콩으로 메주를 쒀서 만드는 건 아닌데 맛이 그런대로 비슷해. 색깔은 지구의 간장과는 달리 밝은 와인 색에 가깝지만.

음식의 양념으로 쓴다는 점에서 용도도 비슷하고."

"어떤 간장과 비슷한데? 진간장? 조선간장? 아니면 가츠오부시 장국?"

박상은 관심을 보이며 자세히 캐물었다. 박창은 주머니에서 작은 메모장을 꺼내 확인하고 말했다.

"두 종류가 있던데, 하나는 조선간장 비슷하고 그보다 연한 색깔의 것은 가츠오부시 장국과 가까운 것 같았어."

"간장도 다 떨어져 가는데 마침 잘됐군. 국이나 조림, 우동 같은 건 만들 수 있겠다."

그런데 메모를 들여다보던 박창이 조금 미안한 얼굴로 말했다.

"그런데, 이게 레스프라트에선 안 나. 특정한 지역에서 나는 식물 줄기에서 짜낸 즙을 달여서 발효시켜 만드는 것이라서 그 식물이 자라는 지역이 아니면 구할 수가 없을 거야."

"여기서 멉니까?"

우진이 묻자 박창은 고개를 주억거렸다.

"좀 멀죠. 아예 다른 대륙이거든요."

그러자 지혜가 매몰차게 이야기를 잘랐다.

"그럼 그건 미루기로 해. 지금 해야 할 일들이 한두 가지가 아냐. 이가 없으면 잇몸으로 버틴다고, 간장이 없으면 없는 대로 다른 걸 먹으면 돼. 다른 일로 신경을 분산시켜서 좋을 게 없어."

틀린 말은 아닌지라 박창은 조금 뚱한 얼굴을 하면서도 뭐라 말은 하지 못했다. 그저 입속으로 조그맣게 웅얼거리고 지나갔을 따름이었다.

"먹는 문제도 중요한데……."

2

시간을 쪼개가며 서둘렀으나 무적택배 사람들이 지식의 관에서 대략의 볼일을 마치고 나온 것은 디파에 온 지 16일이나 지나서였다. 지혜는 프라트에 가서 검사할 것이라며 지식의 관 안쪽의 요인 대피소에서 발견한 철인간의 머리들을 마라나와 릴리가 디파 토벌군과 함께 올 때 타고 왔던 에어 트럭의 화물칸에 싣게 했다.

박상 일행이 지식의 관에 들어가 있는 동안 성주관에서 그들을 하릴 없이 기다리고 있어야 했던 노드와 로네스 및 미테르 교의 사제들은 기억의 보관소에서 대체 어떤 일이 있었는지 몹시 궁금해하는 눈치가 역력했다. 그러나 박상 등은 그에 대해 한마디도 언급하지 않고 별일 없으면 이틀 뒤 디파를 출발해서 다른 곳에 잠깐 들렀다가 프라트로 돌아갈 것이라고만 말했다.

"어디에 들르시려는 겁니까?"

로네스가 물었다. 박상은 현재 레스프라트 사람들이 사용하는 지도에 있는 지명을 댔다.

"쿠네이라는 곳으로 갈 겁니다."

"쿠네이요?"

생소한 지명인지 로네스가 고개를 갸웃거리는데 노드가 말했다.

"쿠네이라면 동북 초원 사람들의 땅으로 레스프라트의 영토가 아닌데요, 저도 가본 적은 없습니다만."

레스프라트의 영토가 아니라는 말을 듣고 로네스 등의 얼굴에 염려스러운 기색이 서렸고 미테르 교의 사제 르벤이 우려의 뜻을 나타냈다.

"쿠네이에 대해서는 저도 얼핏 들은 적이 있습니다만, 풀도 제대로 자라지 않는 거친 황무지라 동북 초원의 유목민들도 살지 않는 거의 버려진 땅이라고 알고 있습니다. 여러분이 가시기에는 위험한 곳입니다."

르벤은 무적택배 사람들의 경호를 위해 동행하고 있는 특공대원들과 미테르 교의 전투 사제 중 가장 연장자로서 전체의 리더를 맡고 있는 사람이기도 했다.

"오래 있을 것도 아니고 이삼 일 정도만 둘러보면 됩니다. 그리고 지휘차를 타고 다닐 테니까 별일없을 겁니다."

박상은 아무 일도 아니라는 식으로 가볍게 넘기려 했다.

"쿠네이의 어디를 가실 생각입니까?"

안 되겠다 싶었던지 노드가 구체적으로 물었다. 박상은 미리 준비해 둔 자세한 지도를 꺼내 자신들이 가려는 곳을 짚었다. 쿠네이라 불리는 땅에서도 레스프라트 영토에 근접한 지역이었다.

"레스프라트 땅에서 그리 멀지는 않군요."

노드가 중얼거렸다. 그나마 레스프라트에서 가까운 것을 다행으로 받아들이는 눈치였다. 그런데 특공대원들의 통솔자인 틸론이 이의를 달았다.

"국경 지역 쪽은 더더군다나 위험합니다. 아직 레스프라트 중앙에서 먼 지방까지는 질서가 채 잡히지 못한 경우가 많아 치안이 불안하고, 게다가 그런 버려진 땅에는 도적 떼들이 출몰하면서 약탈을 일삼는 경우도 많다고 합니다."

그런 말을 들으니 무적택배 사람들도 슬그머니 걱정되었다. 그러나 그렇다고 해서 다음으로 미룰 수도 없는 일이었다. 아무래도 직접 가서 개발할 만한 자원 매장지를 찾고 샘플이 될 광석을 구해야 베르테스에게 구체적으로 이야기를 꺼낼 수 있고 또한 진행에 걸리는 시간을 단축시킬 수 있을 터였다. 지혜는 굳은 표정으로 고집스레 말했다.

"걱정해 주시는 마음은 알겠지만 반드시 들러야 할 곳이에요."

박상도 이때만큼은 단호한 자세를 취했다.

"꼭 가야 할 사정이 있으니 그렇게 아시고 준비해 주십시오."

무적택배 사람들이 끝까지 가야겠다고 고집하는 데야 노드와 르벤 등도 더는 말리지 못했다.

"알겠습니다."

노드는 못내 불안한 얼굴을 하면서도 어쩔 수 없이 받아들였다.

그때부터 디파를 떠나기 전까지 이틀 동안 노드와 로네스는 쿠네이와 주변 지역에 대한 자료를 수집하고, 디르크 총사령관에게 협조를 부탁하여 지휘차에 식량과 물, 일용품을 가득 채워 넣고 석궁과 화살, 칼 따위의 여벌 무기까지 넉넉히 마련하는 등 열심히 준비를 갖췄다.

디파를 떠나는 날, 총사령관 등과 만나 작별 인사를 하는 자리에서 특공대의 대장 카라인은 디파 토벌 전에 출정해 있던 아르데와 라얄을 다시 무적택배 사람들의 경호 역으로 임명해 그들을 따라가도록 했다. 아르데는 디파에 입성한 후 꽤나 지루하게 보냈던 모양인지 기쁜 기색이 역력해서 기꺼이 따라나섰다.

디파를 떠난 검은 지휘차는 인공위성의 유도를 받으며 메도쿰의 원료 광석이 있는 쿠네이를 향해 날아갔다. 유목민들조차 살지 않는 버려진 땅이라던 말처럼 쿠네이 일대는 온통 거칠고 메마른 느낌의 바위 투성이 땅이었다. 전반적으로 그리 높지 않으나 험준한 바위산들이 제 멋대로 부딪쳤다가 깨져서 사방으로 흩어진 것처럼 느껴지는 지형이었다. 지휘차는 인공위성과 연결해 아래의 지면을 스캔하며 한동안 그곳을 천천히 돌아다녔다. 지혜는 모니터를 열심히 응시하면서 내용을 검토했다.

"이 일대를 스캔해 보니 광물이 분포해 있는 지점과 겹치는 곳에 동굴이 여러 군데 나오는군요. 자연 동굴 같지는 않아요. 아마도 먼 옛날에 개발했던 폐광이 아닐까 싶은데, 이 일대의 매장량이 풍부했고 이 별의 우주 시대가 비교적 일찍 열렸다는 점을 감안하면 아직 쓸 만한 곳이 있을 가능성이 있어요. 한 군데라도 그런 곳을 찾으면 개발이 훨씬 수월해질 테니까 동굴들부터 먼저 둘러보기로 하죠."

"알겠습니다. 적당한 지점이 나오면 말씀해 주십시오."

주 조종간을 잡고 있는 바다가 대답했다. 얼마간 더 그곳을 돌아보던 중 지혜가 말했다.

"저기쯤에 내리죠. 저쪽의 동굴부터 조사해 보기로 해요."

바다와 우진은 지혜가 말한 어느 거대한 바위 언덕 아래에 지휘차를 착륙시켰다. 지휘차가 바닥에 내려서고 무적택배 사람들이 나가려는 기미를 보이자 일행을 호위하는 특공대원의 통솔자인 틸론이 재빨리 박상에게 다가와 말했다.

"전에 말씀드렸듯이 이곳은 레스프라트의 영토가 아니고 인적이 드문 땅이라 수상쩍은 자들이 숨어 있을 가능성이 있습니다. 밖으로 나간 뒤에는 되도록 저희들의 호위 선 안쪽으로 다니시고 단독으로 행동하지 않으셨으면 합니다."

"예. 조심하겠습니다."

박상은 선선히 대답하고 일행에게 말했다.

"혹시 모르니 각자 충격총을 가지고 갑시다."

"충격총 이외의 다른 무기도 가져가도 되나요?"

릴리가 대뜸 물었다.

"가져가는 것까지는 말리지 않겠습니다만, 만일 사용하게 된다면 충격총을 권하고 싶군요."

"알았어요. 되도록 충격총을 사용하도록 할게요."

릴리는 생긋 웃고 마라나와 무기를 가지러 갔다. 그녀들이 충격총을 가지고 와서 일행에게 하나씩 나누어 주는데 아담이 박상에게 요청했다.

—박상님, 제게도 무장 허가를 해주십시오.

"무장을 하겠다고?"

—박상님을 위험으로부터 보호하는 것은 저의 주요한 임무 중 하나입니다.

박상은 지혜를 쳐다보았다.

"어떻게 하지?"

"필요하다면 줘. 만일의 사태에서 도움이 될지도 모르잖아."

그렇게 말하는 지혜 자신은 총이라고는 잡아본 적도 없다는 이유로 충격총을 받지 않았다.

"아담에게는 이걸 주죠."

마리나가 아담에게 권총 크기의 일반 충격총에 비해 훨씬 크기가 큰 것을 내밀었다. 연사가 가능한 충격총이었다.

"이것도."

릴리는 허리에 총을 찰 수 있게끔 되어 있은 허리띠를 주었다.

—감사합니다.

아담은 그것을 받아 허리에 둘렀다.

"민둥한 맨몸에 총을 차니까 꽤 웃긴데? 꼭 누드촌의 경찰 같아."

박창은 아담의 모습을 보고 키득거렸다. 마리나 자매와 우진도 그 말에는 웃음을 터뜨렸다. 당연한 일이겠지만, 아담은 그런 말에는 아무 반응도 보이지 않고 박상에게 말했다.

—무장을 허락해 주셨으니 박상님과 저의 전기봉을 가져오겠습니다.

'전기봉은 또 뭐지?'

그런 생각을 하며 박상이 쳐다보고 있는데 아담은 조종실을 나가더니 잠시 후 두 개의 금속제 작대기를 가져와 하나를 박상에게 내밀었다.

—전(前) 총사령관께서 사용하시던 지휘봉 겸 호신용 전기봉입니다.

무엇일까 궁금해하면서 박상은 그것을 받았다. 길이는 6, 70㎝가량이었고, 별로 무겁지는 않았다. 전체가 검은색이었으나 손잡이 부분에는 은회색의 금속 장식이 세밀하게 되어 있어 간결하면서도 세련된 생김새를 하고 있었다. 아담 자신의 것은 별다른 장식이 없는 은회색의 심플한 모양이었다.

"어떻게 사용하는 것이지?"

박상이 그것을 살펴보며 중얼거리는데 아담이 사용법을 가르쳐 주었다. 손잡이를 살짝 돌리면 안에서 길쭉한 금속 작대기가 튀어나오고, 손잡이 끝에 달린 둥근 장식으로는 전기파의 강도를 조절해 놓았다가 유사시 끝을 누르면 전기파가 흐르도록 되어 있었다.

"이런 건 지구에도 비슷한 게 있어요. 아무튼 잘 만든 물건 같네요."

관심 깊게 그 모습을 지켜보던 마라나가 말했다. 충격총만으로 간단히 무장한 다른 동료들과 달리 그녀와 릴리는 온갖 장비로 완벽하게 무장을 꾸리고 있었다.

"두 분은 준비가 대단하신데요."

우진이 놀리듯이 말하자 마라나는 당연하다는 얼굴로 대꾸했다.

"우린 무장 승무원이잖아요. 이럴 때 당연히 제 역할을 해야죠."

그런 그녀들의 모습을 보니 정말 위험한 지역으로 들어가는 것 같은 기분이 들었다. 박창이 찜찜해하며 중얼거렸다.

"은근히 긴장되네. 정말 도적 떼 같은 것과 마주치는 건 아닐까?"

"별일없겠지. 미리 걱정할 필요는 없잖아."

박상은 그를 타이르고 앞장섰다. 지휘차의 문이 열리고 특공대원들부터 사방을 경계하면서 조심스럽게 내려갔다. 미테르 교의 사제들 역시 단단히 무장하고 박상 일행의 뒤에서 움직이고 있었다.

"으아, 찌네. 이런 날에는 썬크림을 발라야 하는데. 얼굴 다 타겠어."

지휘차에서 내려서자마자 지혜는 인상을 찡그리며 손바닥을 펼쳐

눈 위를 가렸다. 강렬하게 내리쬐는 햇빛이 따갑기도 했거니와 한껏 달구어진 바위가 뿜어내는 건조한 열기가 칼칼하게 목구멍을 찔러댔다.

그곳은 습기가 없는 찜통이나 사우나를 방불케 하는 더위가 지배하고 있었다. 지휘차에서 내려다볼 때도 느낀 것이지만 거칠고 마른 바위산들이 제멋대로 엉켜 있는 가운데 드문드문 약간의 덤불과 관목이 삐져 나온 것이 보일 뿐 푸르름도 사람의 흔적도 찾아볼 수 없었다. 지혜는 저쪽에 보이는 바위 언덕 아래쪽에 뚫려 있는 구멍을 가리켰다.

"저기부터 조사해 봐요."

박상 등이 걸음을 내디디자 경호를 하는 사람들은 무적택배 사람들을 완전히 에워싸고 보조를 맞춰 움직였다. 구멍에 가까이 가보니 그것은 자연적으로 생성된 것이 아니라는 것을 한눈에도 완연히 알아볼 수 있는 인공 동굴이었다. 오랫동안 이용하지 않은 듯 황폐해져 있기는 해도 입구에서부터 일정한 폭과 높이로 일직선을 이루는 모양과 평평하게 골라진 바닥을 보면 사람의 손으로 만들어진 것이 분명했다.

"저 안에 들어가실 것이라면 저희들이 먼저 조사해 보겠습니다. 혹시라도 안쪽에 위험물이 있을지도 모릅니다."

박상 일행이 그 안으로 들어가려는 것을 알고 경호팀의 리더 르벤이 재빨리 나섰다.

"알겠습니다. 그럼 아다다를 데리고 가십시오."

박상은 아다다에게 전등을 주고 특공대원들과 같이 움직이도록 했다. 르벤은 아다다와 3명의 대원들을 동굴에 앞서 들여보냈다.

"아다다가 뭐야? 아라미스라니까."

지혜가 작은 소리로 따졌지만 박상은 못 들은 척하고 구태여 대답하지 않았다. 동굴 안으로 들어갔던 아다다와 3명의 특공대원들은 얼마간 시간이 지난 뒤에야 나왔다.

"입구 근처에 사람이 다녀간 듯한 흔적이 있기는 합니다만 오래 전의 것으로 보입니다. 현재는 사람도 동물도 없습니다."

안전하다는 판단이 서자 그들은 수정과 조수, 아담 등 로봇들을 앞세우고 동굴에 들어갔다. 동굴 안은 해가 비치지 않아서인지 바깥보다는 그나마 서늘한 느낌이 들기는 했지만 그렇다고 썩 시원하지는 않았다. 공기가 건조하기도 매한가지여서 생물이 살 것 같지는 않았다.

"아직 깊이 들어오지 않아서 그런지 공기가 축축해지는 기미가 없군요. 기술이 발전했던 시절의 광산이라 땅속 깊이 파들어 갔다면 지하수가 나오든지 했을 텐데요."

우진이 통역기를 끈 상태에서 중얼거렸다. 지혜가 역시 통역기를 끄고 답했다.

"그렇게까지 깊이 팔 필요는 없었을 거예요. 이 일대는 매장량이 풍부하고 자원이 표층에 주로 분포하는 것 같더군요."

"그렇다면 다행이군요. 만일 깊이까지 파들어 가야 한다면 분명히 지하수가 나올 텐데, 현재 이곳 사람들이 그런 문제를 해결할 기술은 없을 테니까요."

"맞아요. 그랬다간 우리의 일이 더욱 골치 아파졌겠죠."

지혜가 그렇게 말하는데 박창이 그녀에게 물었다.

"이렇게 하나하나 직접 해결하고 다니는데 광산까지 애를 먹이면 거의 포기해야지. 그나저나 여기에 남은 광맥이 있을까?"

"광맥은 지금 여기에도 있어. 인공위성으로 스캔한 결과를 보더라도 이 지역의 자원은 고갈되지 않고 남아 있어."

지혜는 대수롭지 않게 한쪽 벽면을 가리키고 덧붙였다.

"문제는 함유량이지."

"눈으로만 봐서 알아?"

"그러니까 샘플을 채취해서 조사해 봐야지."

그렇게 말한 지혜는 조수를 시켜 광석을 채취하게 했다. 그리고 채취한 광석들을 자루에 넣고 자루 겉에 A-1이라는 글씨를 쓰더니, 벽면에도 가지고 온 야광 스프레이로 같은 표식을 썼다. 동굴은 입구에서부터 완만하게 아래로 내려가는 편이어서 다니기는 크게 어렵지 않았다. 그러나 광맥을 따라 파들어 가다 보니 자꾸 여러 갈래로 갈라지는 구조였다. 경호하는 이들은 행여 방향을 잃지 않을까 무척이나 신경 쓰는 눈치였으나 지혜는 그런 것에 아랑곳없이 모든 곳을 다 둘러볼 태세였다. 지혜는 조수의 두부에 부착된 조명으로 벽면을 비추어 보면서 적절한 지점을 골라 조수에게 광석을 채취하게 하고 야광 스프레이로 지점마다 표시를 남겼다. 그녀는 그런 식으로 동굴 여러 곳에서 광석 샘플을 채취하고 번호를 매겼다. 그러다 보니 그 한곳을 조사하는 데 걸린 시간도 꽤 만만치 않았다. 동굴에서 돌아 나오는 길에 박상이 지혜에게 물었다.

"이런 곳을 앞으로 얼마나 더 조사할 생각이냐?"

"한 일곱 군데쯤 볼까 해."

"이삼 일은 넘게 잡아야겠군. 광석의 분석은 프라트에 가서 할 거지?"

"그래야지. 분석하는 데만도 시간이 꽤 걸릴 테고, 또 내가 가진 주요 장비는 거의 무적택배호의 내 작업실에 있으니까."

동굴을 나오자마자 또다시 뜨거운 햇빛과 열기가 기다렸다는 듯이 숨막히는 기세로 덮쳐 왔다. 박상 일행은 걸음을 급히 하여 지휘차로 돌아갔다.

"바깥과는 달리 이 안은 다른 세상처럼 전혀 덥지 않군요."

지휘차의 조종실에 들어선 아르데가 새삼 신기해하며 말했다. 다른 사람들도 그제야 그 사실을 깨달은 듯 감탄하는 얼굴들이었다. 지휘차 내부는 냉방 장치가 가동되고 있어 적당한 온도와 습도를 유지하여 바깥과는 딴판으로 쾌적했다.

"고대에는 사람들이 더위도 추위도 모르고 항상 가장 좋은 날처럼 생활했다더니 이래서 그런 말이 나왔나 봅니다."

사제들 중 한 명이 맞장구를 쳤다. 무적택배 사람들은 그들의 이런 모습에 살짝 눈웃음을 주고받았다.

"다들 지친 것 같은데 여기서 잠시 쉬었다가 갑시다."

박상의 말에 아무도 이의를 제기하지 않았다. 동굴 안이 바깥보다는 낫다고 해도 덥기는 매한가지여서 돌아다니는 동안 너나 할 것 없이 땀을 많이 흘리고 또 더위에 지친 상태였다. 그들은 샤워실에 가서 얼굴과 몸을 씻고 얼마 동안 휴식을 취하고 나서 다음 장소로 이동했다.

두 번째 폐광이 있는 곳은 첫 번째 장소에서 얼마간 떨어진 곳이었다. 그곳은 여러 개의 바위 언덕이 맞물리듯 이어져 있는 지형의 중턱쯤에 있었는데 동굴 앞쪽으로 평평하게 다져진 넓은 공간과 바위산 아래로 이어지는 길이 넓게 다듬어져 있어 첫 번째 장소보다 더욱 인공적인 냄새를 강하게 풍겼다.

그곳에서도 특공대원들이 박상 일행에 앞서 동굴 내부를 조사하러 갔다. 그런데 아다다를 대동하고 동굴로 들어갔던 대원들 중 한 명이 잠시 후 밖으로 나와 손으로 크게 신호를 하고 다시 안으로 들어갔다. 그것을 본 특공대 리더 틸론이 긴장한 태도로 말했다.

"조심하십시오. 뭔가 이상이 있나 봅니다."

그 말을 들은 경호팀의 전체 리더 르벤은 특공대원들과 전투 사제들로 무적택배 사람들을 단단히 에워싸고 사방을 경계하면서 지휘차 쪽으로 유도했다. 다행히 모두 지휘차 안으로 들어갈 때까지 아무 일도 일어나지 않았다.

한참 뒤 동굴 안으로 들어갔던 대원들이 나오더니 크게 수신호를 하고 지휘차 쪽으로 달려왔다. 틸론은 그것을 보고 박상 일행에게 말했다.

"큰일은 아닌 듯합니다. 일단은 안심하셔도 될 것 같습니다."

잠시 후 지휘차 안으로 들어온 특공대원들의 보고에 따르면 동굴 안에 최근 사람이 머물렀던 흔적이 있었으나 안쪽까지 확인해 본 결과 현재는 아무도 없는 것 같다는 것이었다.

"어떻게 할래? 들어가 봐?"

박상이 지혜에게 물었다.

"어쨌든 여기까지 왔는데 당연히 조사를 해봐야지. 지금은 사람이 없다잖아. 인가도 없는 곳이니까 어쩌다 지나게 된 사람이 밤을 보낸 것일 수도 있잖아."

지혜는 웬만한 일에는 꿈쩍도 않을 태세였다. 그녀의 말처럼 이대로 지나갈 수는 없는 노릇이라 박상은 안으로 들어가 보기로 결정했다. 무적택배 사람들은 다시 지휘차를 나가서 동굴로 갔다. 르벤은 특공대원들의 확인에도 불구하고 마음을 완전히 놓을 수 없었던지 계속 신경을 곤두세우고 있었다. 대원들이 말한 대로 입구에서 멀지 않은 동굴 안쪽의 여러 군데에 불을 피우고 취사를 했던 흔적들이 있었다. 재와 동물의 뼛조각 등이 어지럽게 흩어져 있었는데 재의 상태를 볼 때 비교적 최근으로 보이는 것들도 있었다.

그곳은 처음 폐광보다 더 깊었으며 갈래도 보다 많았다. 누군가 근래 이곳에 머물렀을지도 모른다고 생각하니 캄캄한 어둠 속에서 누군가가 느닷없이 튀어나오지나 않을지 박상 일행도 은근슬쩍 긴장이 되었다. 그러나 안으로 깊이 들어감에 따라 그런 불안은 차차 스러져 갔다. 빛이라고는 조금도 새어 들지 않는 이런 깊은 곳을 불도 켜지 않고 돌아다닐 만큼 간이 큰 사람이 있을 것 같지 않았다. 그러나 경호하는 사람들의 입장은 달라서 새로운 갈래가 나타날 때마다 극도로 조심에 조심을 거듭하고 있었다. 그런 와중에도 지혜는 아까처럼 조수를 시켜 광석을 채취하고, 꼼꼼히 기록하고, 표시하는 작업을 계속했다. 이번에는 B-1, B-2의 순으로 번호가 매겨졌다. 한 무더기의 광석을 철인간들에게 들려서 들어온 길을 더듬어 바깥으로 나왔을 때는 꽤나 시간이 지나 버려 아까까지만 해도 기세 등등하게 열기를 내뿜던 태양의 기세가 한풀 꺾여 있었다.

"오래잖아 해가 질 것 같습니다. 오늘은 이만 쉬시고, 다음 일정은 내일로 미루는 것이 어떻겠습니까?"

르벤이 하늘을 올려다보며 말했다.

"그렇게 합시다. 오늘은 쉬고 내일 아침부터 다시 시작합시다."

박상 등도 갑자기 많이 걸어다녀 피곤했던 터라 르벤의 말에 따랐다.

지휘차에서 하룻밤을 보내고 다음날 아침부터 작업을 재개한 무적택배 사람들은 두 군데의 동굴을 더 조사했다.

"대략 내일 오후나 모레쯤이면 여기서의 작업은 끝나겠네요. 두어 군데만 더 조사하면 될 것 같아요."

저녁 식사를 하는 자리에서 지혜는 이틀간의 작업에 만족감을 표시했다.

"여기서 우리가 필요한 광석을 채굴하는 건 가능할 것 같아?"

박상이 묻자 지혜는 머리를 끄덕였다.

"응. 아직 남은 매장량도 적은 양이 아니니까. 그리고 우리가 필요한 양이 그리 많은 것도 아니고."

"하지만 일단 메도쿰을 생산하기 시작하게 되면 필연적으로 대량 생산으로 나가지 않겠습니까? 지금 사람들이 쓰고 있는 형편없는 철을 대신할 절호의 소재니까요."

우진의 말을 지혜도 부정하지 않았다.

"그렇겠죠. 일단 제조법을 알게 되면 활용하려고 할 테죠. 그 다음의 개발은 여기 사람들에게 달린 일이긴 하지만 역시 큰 문제는 없을 거예요. 말했다시피 여긴 아직 광산 개발의 여지가 많아요. 기존의 광산을 활용해도 얼마 동안 수요를 충당할 수 있을 테고, 더 이후에는 자체적으로 새로운 광산을 개발할 수도 있겠죠."

"어찌 됐든 우리 우주선은 수리할 수 있을 것 아니에요. 일이 생각보다 잘 풀려 나가는 것 같아 다행이에요."

릴리는 아무려면 어떠냐는 식이었다.

쿠네이에서 맞이하는 세 번째 날 오전, 무적택배 사람들의 지휘차는 다섯 번째 조사 지점을 찾아갔다. 그곳은 높고 험준한 바위산들에 둘러싸인 널따란 계곡 안쪽에 있었다. 그곳 역시 건조하고 뜨겁기는 다른 곳과 매한가지였으나, 그래도 바위산들에 둘러싸여 있어서인지 비교적 바람이 적고 공기가 잔잔했다.

그동안 별다른 사고 없이 평탄하게 작업이 진행된 터라 박상 일행은 편안한 마음으로 지휘차를 나와 폐광을 향해 걸어갔다. 동굴 앞에 거의 다다랐을 때였다. 아르데가 돌연 멈춰 서서 코를 킁킁거리더니 경계의 눈초리로 주위를 둘러보며 큰 소리로 말했다.

"조심하십시오! 이 근처에서 대단히 더러운 냄새가 납니다."

그와 거의 동시에 아담이 모두에게 경고했다.

―매복자입니다!

다음 순간 계곡의 양편 비탈에서 두 무리의 사람들이 일제히 튀어나오더니 아래로 달려 내려왔다. 줄잡아 4, 50명은 넘음직한 숫자였다.

그때였다. 부웅, 부웅 나직한 음이 울리더니 달려오던 괴한들 중 두 사람이 단말마의 비명을 내지르며 나가떨어졌다. 어느새 연발식 충격총을 뽑아든 아담이 사격을 개시한 것이었다.

"신의 사도 분들을 보호하라!"

르벤이 다급히 소리치면서 박상 일행을 에워싸고 동굴 쪽으로 유도해 갔다. 전투 사제들이 무적택배 사람들을 호위해 동굴 안으로 들어가게 하고 다른 사람들은 동굴 바깥에서 적을 맞았다. 아담은 박상의 옆에 붙어서서 그와 보조를 맞추어 움직이면서 충격총을 발사하다가 박상 등이 동굴로 들어가 안전이 확보되자 동굴 바깥에서 싸우는 특공대원들에게 합류했다. 충격총을 든 아담의 반대 편 손에는 전자봉이 쥐어져 있었다. 마리나 자매는 동굴 입구 양편으로 갈라져서 바위에 몸을 숨기고 충격총으로 특공대원들을 지원했다. 충격총을 맞고 이미 여러 명이 쓰러졌지만 도적들은 숫자를 믿고 육박해 들어왔다.

"빨리 가까이 가서 붙어!"

그들은 그렇게 소리치며 특공대원들과 얽혀 들어갔다. 수적인 우세를 믿고 육탄전으로 들어간 그들의 의도는 일순 먹혀들 듯 보였다. 도적 떼들은 부채꼴을 이루고 호위 전사들을 압박해 들어왔다.

"사제들은 동굴 입구를 지키시오."

르벤의 명령에 호응해 미테르 교의 사제들은 일직선을 이루고 동굴 입구를 가로막았다. 특공대의 통솔자 틸론도 특공대원들을 독려했다.

"우리는 전방을 맡는다. 최대한 많이 쓰러뜨려라!"

미테르 교의 사제들이 한 덩어리로 뭉쳐서 전투를 치르는 데 비해 틸론과 아르데 등의 특공대원들은 각자 따로 도적들 사이를 파고들어 싸웠다.

"동굴에 들어가서 대장 놈을 잡아. 제일 높은 놈을 잡으면 나머지는 꼼짝 못해!"

대장인 듯싶은 자가 그렇게 소리치자 몇몇이 특공대원들을 피해 빙 둘러서 동굴 쪽으로 왔다. 커다란 방패를 앞에 두고 동굴 입구를 막아서고 있던 미테르 교의 전투 사제들은 전혀 당황하는 기색없이 제자리를 지키고 있다가 동굴에 들어오려고 덤벼드는 적을 향해 가차없이 무기를 휘둘렀다.

뻐억 소리와 함께 머리를 가격당한 도적이 피와 뇌수를 튀기며 날려가는 모습이 박상 등에게도 보였다. 그 모습에 놀랄 틈도 없이 달려드는 도적의 배에 검을 깊이 박아 넣고 다음 순간 발로 팍 차서 떼어내고, 뛰어오는 다른 도적에게 망치를 던져 머리를 터뜨려 버리는 광경이 이어졌다.

"헉! 굉장한 박력이다."

박창이 숨을 삼키며 중얼거렸다. 르벤을 비롯한 네 명의 전투 사제들은 잘 짜여진 전투 기계처럼 효율적으로 적을 상대했다. 한 사제가 다가온 적을 검으로 찌르자마자 옆의 사람이 곤봉을 휘둘러 적의 숨통을 아예 끊어버리고 곁의 다른 사제가 즉시 발로 차서 자신들의 움직임에 방해가 되지 않게 떼어내 버렸다. 그런 식으로 7, 8명이 순식간에 죽어 나갔다. 그 광경에는 그들 가까이에 있던 마리나와 릴리조차도 가볍게 몸을 떨었다.

"난 도저히 못 보겠어."

지혜는 하얗게 질려서 귀를 틀어막고 주저앉았다. 지혜뿐 아니라 다른 사람들도 놀라고 두렵기는 마찬가지였다. 당장 자신들에게 닥친 위험도 그렇지만, 실제로 피가 튀고 살이 찢어지는 광경을 보는 것은 처음이라 더 더욱 충격이 컸다.

오래지 않아 도적들의 숫자는 눈에 띄게 줄어버렸다. 뜻대로 풀리기는커녕 피해가 속출하자 도적들은 당황하는 기색을 보였다.

"안 되겠다. 일단 달아나자!"

대장이 소리치자 그렇지 않아도 엉거주춤 뒷걸음질치고 있던 도적들은 무기까지 내버리고 달아나기 시작했다.

무적택배 사람들을 보호하는 것이 최우선인지라 특공대원과 사제들은 달아나는 도적들을 추적하지는 않았다. 도적들이 달아난 얼마 뒤에 멀리서 요란한 말발굽 소리가 들려왔다.

"말을 숨겨놓았었나 보군."

도적들이 달아난 방향을 노려보고 있던 특공대원의 통솔자 틸론이 중얼거렸다. 두세 명의 특공대원들이 높은 곳으로 올라가서 주위를 살

퍼 도적들이 물러난 것을 확인했다. 안전하다는 결론이 나자 르벤은 무적택배 사람들에게 도적을 몰아냈다고 보고했다.

"또 몰려오지는 않을까요?"

웅크리고 주저앉아 있던 지혜가 모기만한 소리로 걱정했다. 르벤은 단호하게 말했다.

"그럴 만한 자들로 보이지는 않습니다. 이 일대를 노략질하고 다니는 도적들인 것 같습니다."

"단단히 혼이 났을 테니 돌아오진 않을 거예요."

릴리도 르벤의 생각에 동의했다.

"만일을 대비해 동굴 안쪽도 살피고 바깥도 정리해야 하니 잠시 지휘차에 들어가 계십시오."

르벤의 권유를 받아들여 무적택배 사람들은 동굴을 나왔다. 동굴 입구 부근에 널브러진 처참한 시신부터 시작해서 여기저기에 벌건 피를 흩뿌리며 나뒹굴고 있는 도적들의 모습에 박상 등은 몸서리를 치면서 걸음을 서둘렀다. 역한 피 냄새에다 도적들에게서 풍겨나는 지저분한 악취까지 더해 속이 메스꺼울 지경이었다.

"나… 토할 것 같아."

지혜는 울 것 같은 표정이 되어 코와 입을 틀어막았다. 무적택배 사람들이 지휘차에 오르는데 마라나가 말했다.

"저와 릴리는 밖에 있을게요. 혹시라도 숨어 있는 놈들이 있다가 몰래 접근해 올지도 모르니까요."

그녀들은 헬멧에 부착된 탐색기를 작동시키고 사방을 둘러보았다. 박상 등이 지휘차에 들어가고 나자 특공대원과 사제들은 바깥을 정돈하기 시작했다. 충격총을 맞고 기절하거나 싸움 중에 부상한 도적들부터 골라내 줄로 묶어서 한데 끌어다 모으는데, 난데없이 작은 소동이 일어났다. 기절한 줄 알았던 한 남자가 벌떡 몸을 일으킨 것이다. 남자는 두 팔을 번쩍 위로 치켜들고 절박하게 외쳤다.

"항복합니다! 저를 좀 도와주십시오!"

깜짝 놀라 경계했던 특공대원들은 무기를 겨눈 채 남자의 몸을 살살이 수색해 숨겨둔 무기가 없는 것을 확인하곤 그를 다른 도적들과 조금 떨어진 곳에 있게 하고 르벤과 틸론에게 알렸다. 그렇지 않아도 그 소동을 지켜보고 있던 르벤 등은 무슨 일인지 궁금해하며 그 남자에게로 다가갔다.

"항복이라니, 무슨 말이냐?"

르벤이 차갑게 질문을 던지자 남자는 묶인 두 손을 모으고 간절한 표정으로 말했다.

"저는 마적이 아닙니다. 제 가족이 놈들에게 잡혀 있어서 어쩔 수 없이 끌려온 겁니다. 제발 제 가족을 구해주십시오. 놈들의 소굴에는 그 밖에도 잡혀 있는 사람들이 많습니다."

"가족까지 잡고 억지로 도적 떼에 끌어들일 이유가 뭐냐?"

틸론은 그의 말을 미심쩍어했다.

"저는 릭스라고 하고 원래 사냥꾼이었습니다. 고향은 오리어 지역의 작은 시골 마을입니다. 태어나고 자란 곳이 그곳이라 떠날 생각 따위는 없었는데 평소부터 지 아비 위세를 믿고 행패를 부리던 지주 아들 놈이 자꾸 제 마누라를 넘보고 추근대는 통에 어느 날 참다 참다 못해서 놈을 실컷 두들겨 패고 그 길로 식구들을 데리고 떠났습니다. 그 뒤 어쩌다가 이 부근의 마을까지 흘러왔습니다. 그런데 제가 잠시 마을을 떠나 있을 때 마적 놈들이 마을을 습격해서 마누라와 자식새끼들을 잡아갔더라구요. 저는 마을 사람들에게 잡힌 사람들을 구하러 가자고 했지만 다들 겁을 먹고 나서는 사람도 없더군요. 그래서 혼자서 놈들을 쫓아 소굴까지 갔는데, 마누라랑 자식들 데리고 빠져나오다가 놈들에게 걸려 싸우다 애가 잡히는 통에 항복했습니다. 그래서 마누라랑 애들을 살리려고 놈들에게 차라리 나도 끼겠다고 거래를 한 겁니다. 추적 기술이 있고, 활도 좀 쏘고, 싸움도 그럭저럭 할 줄 아는 걸 보고 두목이 허락해 주더군요. 원해서 한 건 아니지만 마적 떼에 끼어서 죄를 지었으니 무슨 벌이든 달게 받겠습니다. 하지만 제 마누라와 애들은 죄가 없으니 구해주십시오."

"어떻게 우리에게 항복하겠다는 생각을 했소?"

틸론이 조금 누그러진 말투로 물었다.

"제가 비록 배운 건 없지만 바보는 아닙니다. 첫눈에 보기에도 여러분이 보통 병사가 아닌 걸 알 수 있었습니다. 그리고 하늘을 나는 차를 타고 다니는 분들이니, 프라트에 오셨다는 신의 사도들이 아닌가 짐작했습니다. 미테르 교의 사제 분들을 보고 더 확신을 했구요."

"저자들은 그런 사실도 모르던가?"

르벤은 다른 쪽에 묶여 있는 도적들을 가리키며 물었다. 릭스는 경멸의 눈빛으로 얼마 전까지 한패였던 도적들을 쳐다보더니 비아냥을 섞어 말했다.

"저놈들의 머리에는 돈밖에 든 게 없습니다. 누군가 하늘을 나는 것을 타고 다닌다면 프라트에 떨어졌다는 신의 사도가 아니겠냐고 얘기를 하자 두목이란 자는 철인간들을 팔아넘기면 한몫 단단히 떨어질 거라는 소리나 하더군요."

"이런 무지몽매한 것들을 보았나!"

르벤은 어이가 없다는 표정으로 내뱉었다.

"우리가 이곳에 오는 것은 어떻게 알았소?"

틸론이 물었다.

"며칠 전부터 저 하늘차가 날아다니는 걸 보고 뒤를 쫓았습니다. 그래서 이 근처의 동굴마다 들르는 것을 알고, 숨어 있기 좋은 이곳에서 기다렸다가 덮쳐서 동굴 안으로 몰아넣은 뒤에 항복을 받아내자는 의논을 했습니다."

묻는 질문에 모든 사실을 순순히 털어놓은 남자는 꿇어앉은 자세로 몸을 숙여 바닥에 엎드리고 애원했다.

"제발 제 식구들을 구해주십시오. 저는 죽어도 상관없으니 처자에게는 제발 자비를 베풀어주십시오."

르벤과 틸론 등은 애매한 표정으로 침묵했다. 한 사제가 작은 소리로 르벤에게 말했다.

"혹시 우리를 소굴로 끌어들이려는 함정일 수도 있지 않겠습니까?"

그러나 르벤은 그 추측에 동의하지 않았다.

"싸우는 자세나 상대방의 수준도 가늠하지 못하고 막무가내로 덤벼드는 수준으로 봐서 그만큼의 지력을 발휘할 자들 같지는 않네."

"제 생각도 그렇습니다."

틸론도 르벤과 같은 생각이었다.

"어떻게 하실 겁니까?"

다른 사제의 질문에 르벤은 곤혹스러운 신음을 흘렸다.

"으음, 사정은 딱하지만 우리의 임무는 어디까지나 신의 사도 분들을 보호하는 것이니만큼 함부로 자리를 비울 수는 없지 않겠소? 근처의 도시에 가서 토벌하도록 말하는 것이 좋을 듯싶소."

그러자 릭스는 절박하게 외쳤다.

"그랬다간 늦습니다. 놈들은 2, 3일 내로 약탈한 물건들과 납치한 사람들을 챙겨서 다른 곳으로 달아날 겁니다. 사람들을 끌고 가는 것이 여의치 않으면 그 자리에서 죽여 버릴 수도 있구요. 나중에 토벌군이 와봤자 이 넓은 황무지 어디에서 놈들을 찾아내겠습니까?"

르벤의 얼굴에는 곤혹의 빛이 더했다. 그때 조용히 그들의 이야기를 듣고 있던 릴리가 끼어들었다.

"알면서도 돕지 않고 지나치기는 그렇지 않습니까? 우리가 할 수 있는 일이라면 돕는 것이 마땅하지 않을까요?"

마라나도 릴리의 말에 찬동했다.

"특공대원들의 적진 침투와 인질 구출 실전이라고 생각하고 해보는 것도 괜찮지 않을까 싶습니다만."

두 사람의 말을 들은 나머지 특공대원들과 사제들은 은근히 기쁘게 받아들이는 눈치였다. 자신들의 임무가 있어 선뜻 나서지는 못했으나 남자의 애원을 무시하고 지나가는 것이 마음에 걸렸던 것이다. 르벤이 신중하게 대답했다.

"두 분의 뜻을 잘 알겠습니다. 지휘차에 계신 다섯 분의 뜻도 같으시다면 방법을 강구해 보겠습니다."

"걱정 마세요. 다들 우리와 같은 생각일 겁니다."

릴리가 자신있게 말하고 박상 등에게 연락을 보내 의사를 타진했다. 지휘차에 있는 다섯 명은 르벤과 틸론 등 자신들을 호위해 주는 사람들이 다치지나 않을까 염려하기는 했지만, 마적 떼에 잡혀 있는 사람들을 구한다는 데 대해 반대하지 않았다. 나서기로 결정이 되자 마라나 자매는 지휘차의 회의실에서 르벤, 틸론과 함께 마적들의 소굴에서 사람들을 구출할 작전을 세우기 시작했다. 그들은 항복한 남자 릭스를 그곳에 불러 마적들의 소굴에 대한 상세한 정보를 얻었다.

"마적들의 소굴은 어디쯤에 있소?"

틸론의 질문에 릭스는 반색을 하고 재빨리 대답했다.

"말을 타고 하루 거리쯤 됩니다. 바위산의 중턱에 있는 동굴입니다."

"오늘 우리를 습격한 자들 외에 숫자가 얼마나 더 있소?"

"이만큼 죽거나 잡혔으니 달아난 숫자까지 합해서 많아봐야 20여 명 남짓일 겁니다. 나머지는 여자와 아이들, 그리고 잡혀서 어디론가 팔려 나갈 때까지 갇혀 있는 사람들이구요."

"여자와 아이들도 있단 말이오?"

"예. 전부 그런 건 아니지만 두목과 부두목 등 몇몇은 자기 여자들을 두고 있으니까요. 물론 팔기 위해 잡아놓은 부녀자들도 있습니다."

릭스는 이들이 자신의 바람을 이루어줄 것이라는 확신을 가지게 되자 밤에 보초를 서는 지점과 사람들이 갇혀 있는 장소, 두목이 있는 곳 등 기꺼이 자신이 아는 것을 세세하게 설명했다. 필요한 정보를 남자에게서 확인한 네 사람은 일단 그를 내보내고 구체적인 작전을 논의하기 시작했다. 주로 의견을 내는 것은 마라나와 릴리였다.

"오늘 달아난 자들이 소굴에 돌아간 뒤에 덮쳐야 일망타진이 될 테니, 작전 개시는 내일 밤으로 정하고 오늘은 여기 있으면서 아까 못한 일을 합시다."

마라나가 말하자 틸론이 물었다.

"한번쯤은 놈들의 소굴을 정찰해 보는 것이 좋지 않겠습니까?"

"정찰은 일의 경중에 따라서 신축적으로 운용해야 합니다. 필요 이상의 정찰은 적에게 노출될 위험을 높일 뿐이므로 신중을 기하는 것이 좋습니다. 내일 일몰 즈음에 적의 소굴 근처에 가서 정찰을 하고, 결행은 적들이 깊이 잠든 시간으로 합시다."

르벤과 틸론은 간간히 고개를 가로저어 가며 마라나의 말을 열심히 경청했다.

"마라나님의 지시에 기꺼이 따르겠습니다. 그런데 혹시라도 두 분께서 직접 나서시는 것은 아니겠지요?"

르벤이 우려를 담아 물었다. 마라나는 두 사람을 안심시켰다.

"걱정 마십시오. 저와 릴리는 후방에서 빛의 총으로 대원들을 지원하는 역할을 하겠습니다."

빛의 총이라고 표현한 무기가 어떤 것인지는 아까의 경험으로 르벤과 틸론도 알고 있었다. 두 사람은 마라나의 확답에 마음을 놓는 눈치였다. 기본적인 작전이 수립된 뒤에도 논의는 계속되었다. 구체적으로 대원들을 어디로 어떻게 침투시킬 것인가와 각자의 역할 분담, 일의 순서 등 세부 사항을 결정한 뒤 네 사람이 회의실을 나왔을 때는 이미 정오가 지나 있었다. 박상 등과 노드, 로네스는 지휘차의 통제실에서 마라나 등의 이야기가 끝나기를 기다리고 있었다. 통제실에 간 마라나는 동료들에게 간략하게 회의 내용을 전했다.

"작전 개시는 내일 밤으로 정해졌어요. 밤이 깊으면 작전을 개시해서 날이 밝기 전에 종료할 예정이고, 작전이 종료된 뒤에는 그곳에서 휴식을 취한 뒤, 여러분이 반대하지 않는다면 그날 오전 중에 이곳에서 가장 가까운 레스프라트의 국경 도시 토리콘에 가는 것으로 이야기가 됐어요. 그곳에 가서 도적들을 넘겨주면 알아서 처리할 것이라고 하더군요."

"그게 좋겠습니다. 프라트까지 데리고 갈 수는 없죠."

박상은 군말없이 동의했고 나머지도 마찬가지였다.

"내일 밤에 움직일 거라면 그때까지는 시간이 있는 거죠?"

지혜가 묻자 마라나는 고개를 끄덕였다.

"네, 그런 셈이에요."

"잘됐네요. 그럼 아까 하던 일을 마저 하기로 해요. 여기까지 온 목적이 그것인데 조사는 마쳐야죠. 점심때가 되었으니 식사부터 하고 일을 시작하죠."

지혜의 의견에 따라 무적택배 사람들은 점심을 먹고, 이곳의 폐광을 조사하러 지휘차를 내려갔다.

"아후, 냄새~ 얼마나 안 씻었기에 이런 냄새가 나는 걸까? 머리가 다 아프려고 하네."

지휘차에서 내리자마자 지혜는 코를 틀어쥐며 인상을 팍 썼다. 도적들에게서 풍기는 강렬한 냄새 때문이었다. 언제 씻었는지 머리는 제멋대로 엉켜 있고 흙먼지와 땟국이 말라붙은, 보기에도 지저분한 사람들이 열대여섯 명이나 모여 있다 보니 악취가 코를 찔렀다. 거리가 제법 멀찍이 떨어져 있는데도 모두에게 느껴질 정도였다.

"진짜 냄새가 메가톤 급이네. 아무리 물이 귀한 곳이라지만 좀 씻고 살지 말이야."

박창도 코를 비비며 투덜거렸다.

"소굴에 있는 사람들도 저 사람들과 크게 다르지는 않을 텐데 나중에 다들 어떻게 레스프라트의 마을로 데리고 가죠?"

우진 역시 괴로운지 손으로 코앞을 부채질하면서 말했다.

"그러게 말입니다. 인가까지는 멀어서 걸어가게 할 수도 없을 텐데요."

바다가 중얼거리는 것을 듣고 지혜가 재빨리 못박았다.

"미리 말해 두겠는데 어떻게 처리하든 우리 지휘차에 태우는 건 절대 반대예요. 보나마나 고약한 냄새가 배어서 빠지지도 않을걸요."

"그건 그렇지만 레스프라트 국경 지역의 도시까지 걸어가게 하면 시간이 많이 걸릴 겁니다. 우리가 같이 걸어가기도 그렇고, 그렇다고 지휘차랑 에어 트럭을 사람들의 걸음에 맞춰 느리게 운행하기도 답답하지 않을까요?"

우진이 말했다. 그때 릴리가 뭐가 문제냐는 듯 당연하게 말했다.

"에어 트럭이 있잖아요. 거기 있는 물건들을 지휘차에 옮기고 일단 그 안에 태우는 걸로 하죠. 냄새가 좀 배기는 하겠지만 나중에 환기시키고 잘 씻어내면 괜찮을 거예요."

"에어 트럭요?"

지혜는 지휘차 뒤에 세워져 있는 에어 트럭을 쳐다보았다. 그곳에 태우는 것도 썩 내키는 일은 아니었지만, 우진의 말처럼 도적들과 몇몇 일을 도보로 다닐 수도 없는 노릇이라 그 정도 선에서 양보했다. 그런데 우진이 미안한 표정으로 말했다.

"그래도 지휘차에 어쩔 수 없이 사람들을 태워야 할 것 같은데요. 도적들의 소굴에서 잡혀 있는 사람들을 구하고 나면, 그 사람들을 도적들과 같이 에어 트럭에 태울 수는 없지 않겠습니까?"

"도적들을 꽁꽁 묶어놓으면 되잖아요?"

지혜는 어떻게든 지휘차에 냄새 나는 사람들을 태우는 일만은 피하려 했다. 그러나 이야기가 더 길어지기 전에 박상이 결론을 내렸다.

"우진 씨 말대로 합시다. 서로 적대적일 것이 뻔한데, 한곳에 타게 했다가 행여 불상사가 일어날지 모릅니다. 지휘차도 나중에 환기를 잘 시키면 괜찮을 겁니다."

"상아, 그치만……."

지혜는 여전히 불만스러워했으나 그녀를 제외한 다른 사람들은 박상의 판단에 동의했다.

"어휴, 몰라. 난 나중에 헬멧이라도 쓰고 있어야겠어."

지혜는 입속으로 구시렁거렸다.

박상 일행이 동굴을 향해 걸어가는 동안 다른 쪽에서는 특공대원들이 죽은 도적들을 파묻기 위해 구덩이를 파고 있었다. 돌이 많고 단단한 땅이라 잘 파지지 않아 고전하는 그들의 모습을 본 박상은 아담에게 지시했다.

"아담, 가서 땅 파는 걸 도와드리도록 해."

—예.

아담은 즉시 철인간 셋을 데리고 그곳으로 가서 곧 땅을 파기 시작했다. 그런데 아담 자신은 하지 않고 철인간 셋만 작업을 했다. 아담은 감독관처럼 명령을 내리며 그것을 지켜보고 있었다.

"와, 아담 저 녀석 하는 짓이 꼭 사람 같네. 자기는 안 하고 쫄병들만 시키잖아."

박창이 픽 웃으며 하는 말에 우진과 릴리 등은 분위기상 크게 웃지는 못하고 웃음을 삼켰다.

죽은 자들의 숫자는 기절하거나 부상당한 도적들의 숫자와 엇비슷했다. 철인간들은 얼마 지나지 않아 커다란 구덩이를 파냈다. 사람들은 그 작업 속도에 그저 놀랄 뿐이었다. 그 작업이 끝나자 무적택배 사람들은 폐광 안으로 들어가서 앞서 다른 곳에서 했던 것처럼 광석의 샘플을 채취하고 꼼꼼히 내부를 조사했다.

　다음날 낮에 다른 동굴 두 군데를 더 조사하고 저녁 무렵이 되어 무적택배 사람들은 생포한 마적들을 에어 트럭에 가두고 그들의 소굴이 있는 곳으로 갔다. 저공으로 빠르게 비행하여 소굴의 입구 반대 편 산자락에 내려선 뒤, 마리나 자매와 특공대원들은 즉시 행동을 개시했다. 르벤과 전투 사제들은 박상 등 지휘차에 남아 있는 사람들을 경호하기 위해 지휘차에 있었다.

　마리나 자매와 9명의 특공대원들은 긴장된 태도로 빠르게 걸었다. 한 시간가량 이동한 그들은 일단 멈춘 뒤 작전 개시에 앞서 두 명의 대원을 보내 정찰을 실시했다. 창고 겸 잡아온 사람들을 가둬두는 데 이용한다는 큰 동굴을 기점으로 해서 작은 광장처럼 트인 공간을 중심으로 그보다 작은 동굴들이 여러 개 있는 구조는 항복한 남자가 말한 것과 일치했다. 큰 동굴이 있는 산을 타고 가서 그 입구를 내려다보는 위치에 몸을 숨기고 적들의 동향을 살핀 그들은 아무에게도 들키지 않고 동료들이 은신해 있는 곳으로 돌아와 보고했다.

　"물건들을 큰 동굴에서 내어서 바깥에 쌓아두고 바쁘게 움직이는 것으로 보아 이동하려는 것으로 보였습니다. 우리가 추적해 올 것은 전혀 예상하지 못한 모양으로 그다지 경계하는 기미는 없었습니다."

　"제가 보기에도 어수선한 분위기였습니다."

　두 사람의 보고를 들은 마리나는 흡족해했다.

　"그렇다면 더욱 쉽게 일을 끝낼 수 있겠군요. 여기서 밤이 깊을 때까지 기다립시다."

　그들은 그곳에서 밤이 이슥해질 때까지 끈질기게 기다렸다. 드디어 시간이 되자 그들은 목표를 향해 나갔다. 마리나와 릴리는 몸을 숨기고 적을 쏘기에 적합한 지점을 찾아 레이저 조준기가 달린 저격총을 세팅하곤 적외선 스코프를 눈에 장착한 뒤 아래를 조준하고 대기했다. 다른 9명의 대원들은 미리 정해놓은 위치로 흩어져서 행동 개시를 기다렸다. 잠시 팽팽한 긴장의 시간이 흐르고 특공대원들의 통솔자인 틸론이 마리나가 있는 쪽을 돌아보고 시작하겠다는 신호를 보냈다. 그리고 대원들에게 개시를 알렸다.

그러자 큰 동굴 입구 위쪽에 가서 기다리고 있던 두 명의 대원이 바위에 묶어놓았던 줄을 아래로 늘어뜨리고 그것을 타고 미끄러지듯 내려가면서 동굴 입구에 있던 두 명의 보초를 덮쳤다. 입을 틀어막고 단검으로 목을 푹 찌르자 보초들은 소리도 지르지 못하고 절명했다. 두 대원은 재빨리 동굴 안으로 들어가 안에 갇혀 있는 사람들을 탈출시켰다. 열 명 남짓한 사람들이 그들의 뒤를 따라 동굴을 나오는 모습이 보였다. 모두 겁에 질린 모습이었으나 입을 꼭 다물고 뒤를 따르고 있었다. 대원들은 사람들을 산 아래로 내려가는 길 쪽으로 유도했다. 그들이 아직 길에 미처 다다르지 못했는데 큰 동굴 옆에 뚫려 있는 다른 동굴에서 누군가가 나오는 것이 릴리에게 감지되었다. 릴리는 주저없이 쏘았다. 강한 빛이 날아가 가슴을 맞추었다.

잡혀 있던 사람들이 어느 정도 안전한 지점까지 갔다는 판단이 서자 틸론을 위시한 나머지도 행동을 개시했다. 소리없이 땅에 내려선 대원들은 서로 손짓으로 신호하며 조용히 각자 맡은 곳으로 빠르게 접근해서 동시에 공격을 시작했다. 잠자리에 있다가 갑작스러운 기습을 받은 마적들은 크게 당황했다. 마리나와 릴리는 계속 자리를 지키면서 바깥으로 뛰어나오는 자들이 보이는 대로 쏘아서 기절시켰다. 캄캄한 밤

공기를 가르며 빛의 줄기가 날아와 사람들을 족족 쓰러뜨리는 것을 본 마적들은 기겁해서 동굴 안으로 다시 들어갔다. 얼마 동안 소란이 이어졌으나 오래 가지는 못했다. 불과 한두 시간 안에 상황은 종료되었고 도적들은 죽거나 부상을 입은 채 사로잡혔다. 달아나는 데 성공한 자는 없었다. 살아남은 도적들을 전부 줄에 엮어서 모두 모은 것을 확인한 마라나 자매는 지휘차에 연락해서 작전이 성공리에 끝났음을 알렸다.

지휘차에 남아서 기다리고 있던 무적택배 사람들은 마라나의 연락을 받고 지휘차와 에어 트럭을 몰고 마라나 자매와 대원들이 있는 곳으로 가서 동굴들의 정면에 있는 트인 공간에 내렸다. 그리고 즉시 현장을 정리하는 작업을 도왔다. 우선 도적들의 소굴에 있는 약탈한 재물은 전부 지휘차에 옮겨 싣고, 말을 비롯한 가축은 일단 에어 트럭의 화물칸에 싣기로 하였으며, 사람들도 두 무리로 나누었다. 두목을 비롯한 마적들은 앞서 잡힌 동료들과 함께 에어 트럭의 화물칸에 태우고, 그들에게 잡혀 있던 사람들은 지휘차에 타게 했다. 항복하여 정보를 제공했던 릭스는 자신의 가족이 무사한 것을 확인하고 얼싸안고 눈물로 기뻐했다. 그 모습을 보고 자연히 지구에 있는 가족들을 떠올린 무적택배 사람들은 부러운 한편 자연히 울적한 기분이 되었다.

"저 사람은 어떻게 되는 겁니까? 토리콘이란 곳에 가서 도적들과 같이 처벌을 받게 되는 겁니까?"

우진이 로네스에게 물었다. 로네스는 복잡한 표정으로 릭스와 그의 가족을 쳐다보고 말했다.

"원해서 한 일이 아니라지만 마적 떼에 가담하여 죄를 저지른 사실이 있으니 토리콘에 가면 처벌은 면키 어려울 것입니다."

"처벌이라면 어떤 벌을 받는다는 말입니까?"

바다가 다소 불만 섞인 어조로 물었다. 로네스는 송구스러워하며 대답했다.

"떼를 지어 도적질을 일삼는 자들은 대개의 경우는 엄한 처벌을 받습니다. 특히 국경 지역에서는 국경 수비와 치안을 위해 더욱 엄하게 처벌하는 것으로 알고 있습니다. 죄질이 특히 악랄한 자이거나 두목급의 경우에는 극형에 처해지기도 하는 모양입니다. 이번 경우에는 상습적으로 국경 지역을 약탈해 온 데다 인신매매를 일삼고, 나아가 신의 사도 여러분을 공격하는 대죄까지 저질렀으니 극형에 처해질 가능성이 크다고 봅니다."

로네스의 말을 듣고 있던 지혜가 놀라며 물었다.

"극형이라면 사형을 말하는 건가요?"

"예."

"하지만 저 사람은 이번 일에 공이 크지 않습니까? 정상 참작이라는 것도 있을 것 아닙니까?"

바다는 평소의 그답지 않게 릭스에 대한 처분에 크게 관심을 보였다. 그러나 로네스는 곤란한 기색을 보였다. 하지만 그가 원하는 대답은 하지는 않았다.

"말씀처럼 저 사람의 경우에는 어느 정도 참작의 여지는 있겠지요. 그러나 법 적용의 형평성 문제도 있고, 엄연히 지은 죄가 있는 이상 완전한 사면은 어렵다고 봅니다."

그러자 바다는 뜻밖의 말을 던졌다.

"그러면 저 사람과 가족은 우리가 프라트에 데리고 가겠습니다. 설마 토리콘의 책임자가 억지로 처벌을 주장하지는 않겠지요."

갑작스러운 그의 발언에 로네스는 어리둥절하기도 하고 놀라기도 해서 가만히 있었다. 바다는 동료들에게 강력한 어조로 주장했다.

"저 사람의 협조 덕분에 큰 희생 없이 도적들을 토벌하고 사람들을 구하지 않았습니까? 다른 것도 아니고 가족의 목숨을 구하려고 나쁜 일인 줄 알면서도 부득이하게 가담한 것이 죄라면, 지금의 우리 역시 죄가 없다고는 할 수 없습니다. 토리콘에서 처벌을 받게 두느니 우리가 프라트에 데리고 가서 베르테스님께 직접 사면을 요청합시다."

다분히 감정적인 주장이었지만 바다의 심정을 이해 못할 것도 아니라 박상 등은 안 된다고 말하지 못했다. 그래서 릭스와 그 가족은 무적택배 사람들이 책임지는 형태로 프라트까지 동행하기로 결정되었다.

3

날이 밝은 뒤 무적택배 사람들은 레스프라트의 국경 도시 토리콘으로 방향을 잡고 출발했다. 그들이 현재 있는 지점에서 가장 가까운 곳에 있는 도시인 토리콘은 생각보다 거칠고 척박한 지역에 자리하고 있었다. 쿠네이처럼 완전한 황무지는 아니었지만 제대로 농사짓기에 적합한 땅이 아닌 것은 금방 알 수 있었다.

성벽과 성문에서 방비를 하고 있던 병사들은 난데없이 하늘을 날아 등장한 지휘차와 에어 트럭을 보고 크게 놀라 허둥거렸다.

성문 앞에 지휘차를 세운 무적택배 사람들은 사제와 특공대원들의 경호를 받으며 밖으로 나갔다. 노드와 로네스가 성문의 병사들에게 프라트에서 신의 사도들을 모시고 있는 관리라고 자신들을 소개하고 신의 사도들을 모시고 왔으니 이 도시의 책임자에게 안내해 달라고 말하는 동안, 박상 등은 지휘차와 에어 트럭에 타고 있는 사람들을 내리게 하고 철인간들에게 지시해 도적들의 약탈품을 아래로 옮기게 했다. 곧 성문의 수비대장이 달려나왔다. 노드가 자신들의 신분을 보증하는 증서를 내밀었으나 수비대장은 그것을 보기도 전에 철인간들과 무적택배 사람들의 존재만으로도 그의 말을 믿는 눈치였다. 그는 정신없이 고개를 조아려 인사하면서 말했다.

"토리콘의 시장관(市長官)이신 에든님께 연락을 드렸으니 곧 마차가 올 것입니다. 잠시만 기다려 주십시오."

노드가 어떻게 하겠냐는 듯 박상을 쳐다보았다. 박상은 대답하기 전에 일행의 얼굴을 둘러보았다. 다들 고개를 살짝 흔들고 있었다. 그래서 박상은 마차를 사양했다.

"아주 멀지만 않다면 번거롭게 마차까지 부를 것 없이 그냥 걸어가는 게 좋겠습니다."

그러자 수비대장은 무척이나 곤란한 표정을 지었다.

"여러분을 감히 걸어가시게 했다가는 제가 꾸지람을 들을 겁니다. 성문에서 시장관님의 관저까지 거리도 좀 있구요. 경호 문제도 있으니 어떻게 안 되겠습니까?"

노드에게 사정을 하는 수비대장을 보니 끝까지 걸어가겠다고 고집하기도 미안해졌다. 그래서 박상 등은 성가신 노릇이라 생각하면서도 그의 말에 따라주기로 했다.

"감사합니다. 감사합니다."

수비대장은 허리를 굽실거리며 지나치다 싶을 정도로 감사해했다. 노드는 괜찮다며 그를 진정시키고 에어 트럭에서 내린 마적들을 가리켜 설명했다.

"저자들은 쿠네이에서 무엄하게도 신의 사도들을 습격한 마적 떼입니다. 이곳의 시장관께 처분을 넘길 터이니 병사들을 시켜 달아나지 못하도록 잘 감시하게 해주십시오. 또 저 물건과 가축은 저자들이 그간 모아놓은 약탈품입니다."

"알겠습니다."

수비대장은 즉각 병사들을 풀어 마적들을 에워싸고 달아나지 못하게 감시토록 했다. 다음으로 노드는 지휘차에서 내린 사람들에 대해서도 말했다.

"그리고 이 사람들은 도적들의 소굴에 잡혀 있던 사람들입니다. 시장관께 부탁해 각자의 고향으로 돌아가게끔 조치할 터이니 이 사람들도 우리를 따라가게 해주십시오."

"예, 걱정하지 마십시오."

마차를 기다리는 동안 무적택배 사람들은 그 다음 일정에 대해 잠시 의논했다.

"마차로 마중 온다는 것을 보니 아무래도 우리를 초대하려는 모양인데, 어떻게 할까요?"

박상이 일행의 의견을 묻자 마라나가 가장 먼저 대답했다.

"모두들 여러 날 동안 우리를 따라 황무지를 헤매 다닌 데다 어젯밤에는 도적 소탕 작전까지 벌였으니 말은 안 해도 꽤 피곤할 겁니다. 이곳 책임자가 초대하면 받아들여서 이삼 일 쉬었다 가는 편이 좋을 것 같습니다."

"그래요. 우리도 좀 쉬기로 해요. 난 그간 수집한 샘플을 정리하면 되니까요. 그리고 에어 트럭은 여기에 며칠 둬도 상관없지만 지휘차는 숙소 근처로 가져가기로 해요. 그래야 그 안에서 샘플 정리를 하죠."

지혜가 말했다. 박창과 바다, 우진도 반대할 이유는 없었다. 그래서 그들은 토리콘의 시장관이 초대할 경우 받아들이기로 미리 결론을 내려놓았다.

얼마 후 여러 대의 마차가 달려와서 그들 앞에 멈추고 선두의 마차에서 한 남자가 서둘러 내렸다. 남자는 급한 걸음으로 박상 일행의 앞으로 오더니 고개를 깊숙이 조아렸다.

"어서 오십시오. 토리콘의 시장관인 에든 울리입니다. 저는 레스프라트 사람으로서 베르테스 국왕 폐하께서 신의 사도 분들의 도우심을 받아 레스프라트를 해방하기 전부터 토리콘의 시장관 직을 맡고 있었습니다만, 베르테스 국왕 폐하께서 즉위하신 뒤 황공하옵게도 유임 명령을 받았습니다. 신의 사도 여러분께서 이렇게 먼 곳까지 오시니 황공하기 이를 데 없습니다. 마차로 모실 테니 관저로 드시지요. 누추하나마 최선을 다해 모시겠습니다."

50대 중후반으로 짐작되는 에든은 장황한 인사말을 늘어놓았다.

"환영해 주시니 감사합니다."

무적택배 사람들은 사전에 의논한 바에 따라 에든의 초대를 감사히 받아들였다.

"제 청을 들어주시니 저야말로 감사할 따름입니다. 먼지바람 속에 이렇게 서 계시지 마시고 어서 마차에 오르시지요."

에든은 만면에 미소를 가득 머금고 박상 일행을 마차에 타도록 권했다.

"이 두 사람은 저것을 몰고 따라와야 하니 저희들 다섯 명만 마차에 타겠습니다."

"그렇게 하십시오."

에든의 양해를 구한 박상은 바다와 우진을 지휘차에 보내고 나머지

네 사람과 함께 마차에 탔다. 그때 무심코 고개를 돌리던 에든의 시선이 병사들에 갇혀 있는 마적들에 닿았다. 그것을 본 수비대장이 재빨리 다가와 보고했다.

"쿠네이에서 신의 사도 분들을 습격한 마적 떼라고 합니다. 그리고 저쪽에 있는 사람들은 소굴에 잡혀 있던 인근 주민인데 신의 사도 분들께서 구출해 오신 모양입니다. 신의 사도들께서는 소굴에 모아놓았던 약탈품들도 가지고 오셨습니다."

"신의 사도들을 습격해?"

에든의 미간이 살짝 찌푸려지면서 그는 재빨리 시선을 횡하니 다른 곳으로 돌렸다.

"나중에 죄를 물을 것이니 자네가 끌고 가서 감옥에 가둬두게. 도적들의 약탈품은 창고에 가져다 놓고."

"알겠습니다."

수비대장은 마적들이 있는 곳으로 가서 에든의 명령을 이행했다. 에든은 르벤을 비롯한 미테르 교의 사제들에게도 마차에 오르도록 권하고 자신도 마차에 탔다. 마적들에게 잡혀 있다 구출된 사람들은 병사들의 안내를 받아 도적들과 다른 쪽으로 갔다. 그리고 마적들에 대해 정보를 제공했던 릭스와 그의 가족은 다른 사람들과 달리 특공대원들과 동행했다.

마차는 빠른 속도로 달려 시가지를 지나 에든의 관저에 다다랐다. 도시 가운데에 자리한 토리콘 시장관의 관저는 넓은 정원을 끼고 있는 저택이었다.

"자, 자, 어서 들어가시지요."

에든은 직접 관저 내부를 안내하면서 박상 등이 편히 쉴 수 있도록 편의를 최대한 제공하려 애쓰는 모습을 보여주었다. 그리고 그날 저녁에는 큰 연회를 열어 그들을 대접했는데, 피스벵 설탕을 친 음식과 술이 나왔다. 그동안 생활하면서 레스프라트 사람들에게 술이 대단히 귀한 음식이라는 것을 알고 있는 무적택배 사람들은 술을 전부 마시지 않고 조금씩 마시면서 기분을 돋우는 데 그쳤다.

"이곳에도 피스벵 설탕을 사용하는군요."

노드가 흥미를 보이자 에든은 겸연쩍은 웃음을 지었다.

"예. 상인들이 초원 지대의 유목민들에게 팔려고 여기까지 가지고 오더군요. 그렇지만 값이 비싸서 자주 먹지는 못하고 있습니다. 오늘은 특별히 귀한 분들이 오셨기 때문에 이렇게 했습니다."

"그렇습니까?"

노드는 에든의 값비싸 보이는 차림을 보며 내심 갸웃거렸으나 그냥 넘어갔다.

"그나저나 쿠네이 같은 고약한 땅에는 어쩐 일로 오셨습니까? 쿠네이에 있는 것이라고는 칼칼한 먼지바람과 낮밤으로 돌변하는 기온에 마적들뿐이라는 말이 있을 정도인데요."

에든은 박상 등 무적택배 사람들에게는 감히 말도 붙이지 못하고 주로 노드에게 말을 건네고 있었다.

"그럴 일이 좀 있었습니다."

노드 자신도 쿠네이에서 한 작업이 무엇 때문인지 전혀 모르는 터라 그렇게 답할 수밖에 없었다. 에든은 노드가 말하고 싶어하지 않는다고 생각했던지 화제를 바꾸었다.

"위대한 도시 디파의 토벌이 성공했다는 소식을 얼마 전에 들었습니다. 디르크 원수께서는 정말 불세출의 영웅이십니다. 모두들 쉽지 않을 것이라고 예상하던 일을 그토록 단기간에 끝내시다니, 저 같은 범인은 그저 감탄할 따름입니다."

에든은 화려한 미사여구를 동원하여 디르크 총사령관을 칭송했다. 진작부터 실상을 알고 있던 무적택배 사람들도 그러했지만 디파에 가서 진상을 들을 기회가 있었던 노드와 로네스 등은 기이한 표정으로 웃음을 참고 있었다.

다음날 아침, 지혜는 아침을 먹자마자 밖에 세워둔 지휘차에 들어가겠다고 나섰다. 다른 사람들은 산책이라도 하려고 그녀를 따라나섰다. 그런데 관저 앞의 마당이며 정문에 어제 들어올 때보다 많은 병사들이 있는 것이 보였다.

자신들 때문에 경비를 강화한 것으로 짐작한 박상 등은 지혜가 지휘차 안에 들어간 뒤 별 생각 없이 정원을 천천히 돌아보고 관저에 돌아갔다. 오전 내내 관저에 있으면서 안을 둘러보기도 하고 잡담을 나누면서 지냈지만, 오후에 들어서자 그것도 시들해졌다. 점심을 먹고 레스프라트식 차를 마시며 둘러앉아 있던 중 따분한 표정으로 하품을 해대던 박창이 문득 일행에게 제안했다.

"우리 바깥에 구경이나 나가볼래요?"

"바깥에 뭐 하러요?"

마라나가 물었다.

"마을도 한번 둘러보고 시장 구경도 하는 거죠. 여기는 프라트의 시장과 또 다를 것 같은데."

"왜? 향신료라도 사려고?"

박상의 질문이 핵심을 찔렀던지 박창은 멋쩍게 웃었다.

"아무 일도 안 하고 있는 것보단 낫잖아. 기분 전환도 될 거고."

"사람들이 우릴 보면 엎드리고 난리가 날 텐데."

"그까짓 좀 감수하지 뭐. 여긴 프라트 같은 큰 도시가 아니니까 시장도 그리 크지 않을 거고 금방 끝날 거야."

박창의 말이 그럴듯하기도 했고, 따분하기도 했던 터라 그들은 박창의 말대로 하기로 하고 관저의 집사에게 잠시 마을에 다녀오겠다고 알렸다. 그러자 집사는 무엇 때문인지 크게 당황하는 표정이 되더니 말했다.

"그것은 좀 곤란합니다. 에든 시장관께서 제게 여러분을 불편없이 모시되 시내에 가시려고 하면 적극 만류하라고 하셨습니다."

"왜요? 그럴 만한 이유라도 있습니까?"

박상이 의아하게 묻자 집사는 여러 가지 이유를 댔다.

"시내에서 위험한 일이라도 당하실까 우려해서입니다. 아메트 군이 물러난 이래 병력의 공백이 생기고 충원이 이루어지지 못해 이 주변의 치안이 썩 좋지가 못합니다. 또한 아메트의 잔당이 어딘가에 남아 있을지도 모르므로 미리 조심하시는 편이 좋습니다."

"경호해 줄 사람들도 있는데 잠깐만 나갔다가 오면 안 되겠습니까?"

박창이 미련을 버리지 못하고 말했지만 집사의 태도는 완강했다.

"죄송합니다. 만에 하나 불상사라도 일어나면 저나 에든님께서 감당할 길이 없습니다. 이해해 주십시오."

집사는 고개를 조아렸다.

"이 사람의 말이 타당한 듯싶습니다. 그리고 저희의 입장에서도 위험에 노출되는 일만큼은 피해주셨으면 합니다."

전투 사제들의 리더인 르벤도 집사를 거들고 나섰다. 이렇게 되자 박상 등도 나갈 것을 고집할 수 없었다.

"아아, 어딜 가나 이놈의 과보호를 벗어날 길이 없네."

외출이 무산되자 실망한 박창은 응접실 소파에 몸을 던지고 툴툴거렸다. 그러나 하고 싶은 일은 꼭 하고야 마는 그는 노드와 로네스에게 자기 대신 시장에 가서 향신료를 사다달라고 부탁했다. 디파에서도 그런 심부름을 했었던 터라 두 사람은 흔쾌히 응낙했다.

"오붓하게 두 분이 같이 다녀오세요. 우리 모두 여기에 가만히 있을 거니까 딱히 할 일도 없어요."

박창이 제법 생각해 주는 양 하는 말에 노드와 로네스는 수줍게 웃고는 그렇게 하겠다고 했다. 간편한 차림으로 갈아입은 두 사람은 향신료를 사는 데 필요한 돈을 챙겨 관저를 나섰다. 자신들을 노릴 사람이 있다고는 전혀 생각지 않았기 때문에 집사에게 따로 말하지도 않았다.

"아까 집사가 치안이 나쁘다고 했는데 괜찮을까?"

로네스가 걱정하듯 말하자 노드는 태평하게 말했다.

"걱정할 필요 없어. 치안이 나쁘다고 해도 그건 도시 바깥의 일이지 안은 달라. 이런 국경 도시는 오히려 다른 곳보다 치안이 좋아. 항시 병사들이 상주하고 긴장을 늦추지 않는 곳이라 시내는 안전해. 필시 신의 사도 분들을 나가지 못하게 하려고 집사가 과장한 거야."

어린 시절 여러 곳을 떠돌며 생활한 전력이 있는 노드의 자신있는 단정에 로네스는 안심했다.

"그 말이 맞을 것 같네."

그러나 두 사람이 정문으로 걸어가 밖으로 나가려 하자 정문의 병사들이 가로막았다.

"죄송합니다만, 나가실 수 없습니다."

"이유가 뭐요?"

"시장관님의 명령이십니다."

"우리는 신의 사도의 명을 받아 시내에 잠시 다녀오려는 것이오. 시장관께서 내리신 명령은 신의 사도 분들의 안전을 염려해서이지, 우리까지 포함된 것은 아니니 걱정 말고 비켜주시오."

"하지만……."

노드의 설득에도 병사들이 주저하면서 비켜주지 않자 로네스가 나섰다.

"관저의 수비대장에게 직접 말할 테니 이리로 불러오시오."

"수비대장님을요?"

병사들은 미심쩍은 눈으로 로네스를 쳐다보기만 하고 선뜻 갈 생각을 하지 않았다. 젊은 여자인 그녀가 수비대장을 불러오라 마라 하는 것이 미덥지 않은 듯했다. 갑자기 로네스의 표정이 엄해지더니 호통을 쳤다.

"지금 뭘 잘 모르나본데 우리는 국왕 폐하로부터 신의 사도 분들을 모시도록 직접 임명받은 사람들이오. 3급 행정관으로서 이곳의 시장관보다 높은 직위에 있단 말이오. 그런데 감히 우리의 말을 무시할 셈이오!"

로네스의 호통에 병사들은 화들짝 놀라 자신도 모르게 자세부터 바로잡았다. 로네스는 그들이 변명할 기회도 주지 않고 재우쳐 말했다.

"어서 가서 수비대장을 불러오지 않고 뭐 하는 거요?"

"옛, 알겠습니다."

차려 자세로 굳어 있던 병사들 중 한 명이 급히 수비대장을 부르러 달려갔다. 관저의 수비대장은 오래지 않아 왔다. 병사에게서 자초지종을 들은 모양으로 몹시 곤혹스러운 표정이었다.

"죄송합니다. 병사들의 결례를 용서해 주십시오."

노드와 로네스 앞에 서자마자 고개부터 조아리는 그에게 로네스는 고압적인 자세를 유지하며 말했다.

"어찌 된 일인지 들으셨는지는 모르겠으나, 우리는 폐하의 명으로 신의 사도들을 모시는 관리로서 그분들의 명을 받아 잠깐 시내에 가려는 길이오. 시장관께서 어떤 명령을 내리셨는지는 들었지만, 신의 사도들께서 관저에 계신 이상 우리가 나가는 것은 크게 관계없다고 생각하오. 그러니 더 지체하지 말고 병사들에게 비키라고 하시오."

곤혹스러운 기색으로 망설이고 있던 수비대장은 떨리는 입을 열었다.

"아, 알겠습니다. 하지만 두 분을 아무 호위도 없이 나가시게 했다가는 제가 나중에 문책을 받게 될 것입니다. 그러니 병사들 몇 명이라도 거느리고 가심이……."

로네스는 짧은 한숨을 내쉬더니 그의 청을 수락했다. 더 이상 길게 실랑이를 벌이고 싶지 않았다.

"알겠소. 하지만 너무 많으면 번거로우니 두 사람만 내주시오."

수비대장은 급히 그 자리에서 병사 두 명을 골라 노드와 로네스를 따르게 하고 정문을 직접 열어주었다.

"로네스, 너 대단한데?"

문을 나가며 노드가 로네스에게 소곤거렸다. 로네스는 빙긋 웃었다. 시가지로 향하는 길을 따라 내려가던 두 사람은 병사들에게 물어 시장이 있는 곳으로 향했다. 시장 거리에는 양 옆의 상점들과 노점들이 있어 얼른 보기에는 꽤 규모가 컸으나 가까이에서 보니 형편은 그리 좋아 보이지는 않았다. 남루해 보이는 사람들의 옷차림도 그러했지만 표정에서도 활기라고는 찾아볼 수 없이 흐릿하고 어두워 보였다.

"시장은 큰데 왜 이렇게 활기가 없소?"

이상하게 생각한 노드가 뒤따르는 병사에게 물어보았다.

"그게… 아메트 때문에 그렇습니다. 아메트 군이 달아나기 전에 하도 심하게 긁어가서……."

그러나 노드의 눈에는 어물쩍거리면서 대답하는 폼이 아무래도 자연스러워 보이지 않았다. 게다가 길을 지나는 사람들이 겁먹은 눈초리로 병사들을 피하는 모습도 수상쩍기는 매한가지였다. 뭔가 있다고 생각한 노드는 마침 눈앞에 보이는 잡화상 앞에 멈춰 섰다.

"여기서 향신료를 좀 살 테니 바깥에서 기다리고 있으시오."

아예 들어가기 전에 못을 박고 노드는 로네스와 잡화상 안에 들어가자 문까지 닫아버렸다. 병사들은 머뭇거리면서도 감히 따라 들어오지는 못했다.

"무엇이 필요하십니까?"

텁수룩한 외모의 잡화상 주인이 앞으로 나오면서 조심스럽게 물었다. 그리고 그의 눈길이 닫혀 있는 문에 가는 것이 보였다. 들어올 때 자신들의 뒤에 있는 병사들을 본 모양이었다.

"향신료를 사려구요. 이 가게에 있는 종류를 다 내어보십시오."

주인은 뒤편의 선반에서 병이며 항아리를 가져와서 매대 위에 죽 늘어놓았다. 노드는 그것들을 대충 훑어보고 말했다.

"피스벵 설탕은 빼고 다른 것 전부 500로카씩 주십시오."

"예, 저, 그런데……."

주인은 뭔가 걱정이 있는 사람처럼 입속으로 말을 우물거리며 있다가 간신히 소리 내어 말했다.

"저어, 계산은… 어떻게……?"

노드는 멀뚱멀뚱 그를 바라보다가 지갑을 꺼내 큰 단위의 돈을 내어 주인에게 주었다.

"이걸로 계산하겠습니다. 부족하지는 않겠지요?"

"아, 예, 그럼요. 전부 500로카씩이라고 하셨죠? 곧 대령하겠습니다요."

돈을 받아 들자 갑자기 주인의 얼굴에는 생기가 돌았다. 그는 점원에게 저울을 가져오게 해서 자신이 직접 각 향신료들을 달아서 자루에 담기 시작했다. 그런 그의 모습을 지켜보던 노드는 지나는 말처럼 슬쩍 질문을 던졌다.

"여기 시장관님 말인데, 자리에 오래 계셨습니까?"

"예?"

주인의 손이 멈칫 멈추더니 부쩍 경계의 빛을 띠고 노드와 로네스를 흘끔 쳐다보았다.

"아니, 별 뜻은 없습니다. 우린 프라트에서 와서 어쩌다 여기를 지나게 되었는데, 시내 분위기가 다른 곳과 좀 달라 보여서 그냥 물어본 겁니다."

"프라트에서 오셨다구요?"

주인의 얼굴에 의아한 빛이 떠올랐다.

"예. 어제 도시 밖에 하늘을 날아서 내려온 큰 탈것 이야기는 들으셨죠? 우리는 그것을 타고 왔고, 프라트에서 신의 사도들을 모시고 있습니다. 지금 신의 사도들께서는 관저에 계시구요."

노드는 주인의 경계를 풀게 하려고 일부러 자신들의 이야기를 자세하게 늘어놓았다. 주인의 얼굴에는 반신반의하는 기색이 드러났다. 하늘을 날아온 사람들에 대해 알고 있는 것 같았지만, 그럼에도 끝내 불안을 떨쳐 버릴 수 없는지 그는 계속 문 쪽을 힐끔거리다가 조그맣게 말했다.

"에든 시장관님이 좀 오래 계셨죠."

이번에는 로네스가 부드러운 말투로 물어보았다.

"얼마나 계셨나요?"

"한 15, 6년 되셨나 봅니다."

"굉장히 오래 계셨군요. 이곳을 잘 이끄셨나 보죠?

로네스가 은근한 어조로 물었으나 주인은 분명치 않은 말투로 그렇다고만 했다. 그에게서 더 이상 다른 말이 나오지 않을 것을 깨달은 두 사람은 물건 값을 지불하고 그곳을 나왔다. 일부러 발소리를 죽이고 살금살금 가서 문을 확 열어젖히자 짐작대로 문 앞에 바짝 붙어 있던 병사들이 문에 쿵 부딪쳐 기겁해서 물러서는 모습이 보였다.

이 도시에 뭔가 석연치 않은 점이 있다는 느낌은 더욱 확실해졌다. 두 사람은 그 뒤 가게 두어 곳을 더 들러보았지만 어디서도 신통한 이야기를 듣지는 못했다. 병사들과 다니는 모습을 보고 경계했기 때문이다. 이 상태로는 더 다녀봤자 소용없겠다고 생각한 두 사람은 그만 관저로 돌아가기로 했다.

두 사람이 관저에 돌아가자 집사가 달려나와 맞이했다. 그의 얼굴을 보니 어지간히 초조하게 기다린 것 같았다.

"제게 말씀도 하지 않고 나가셔서 몹시 걱정했습니다. 제대로 된 호위도 없이 다니시면 위험합니다."

"신의 사도님의 명을 받고 시장에 다녀왔을 뿐입니다. 말씀과 달리 위험한 일은 전혀 없던데요. 치안도 아주 좋더군요."

노드가 시치미를 떼고 말하자 집사의 얼굴에 잠깐 떠름한 기색이 스쳐 갔다. 그러나 그는 이내 그런 기색을 지우고 상냥하게 말했다.

"시장에서 필요한 것이 있으셨으면 제게 말씀을 하지 그러셨습니까? 번거롭게 나가실 것 없이 다 가져다 드렸을 텐데."

"괜찮습니다. 볼일은 다 끝났으니까요. 이것을 신의 사도께 가져다 드려야 하니 들어가 보겠습니다."

집사를 상대로 오래 이야기를 하고 싶지는 않던 노드는 집사를 지나쳐서 박상 등이 있는 곳으로 갔다. 도중 두 사람은 마적 떼에서 항복했던 릭스와 그의 아내가 근심스러운 표정으로 복도에서 서성이는 것을 보았다.

"왜 그러십니까? 무슨 일이 있습니까?"

노드가 다가가며 말을 걸자 부부는 황급히 고개를 조아렸다.

"무슨 걱정이라도 있는 겁니까?"

노드가 재차 말을 건넸지만 두 사람은 쭈뼛거리며 주저하는 모습을 보이더니 릭스가 어색하게 미소 지으며 넘기려 했다.

"아무 일도 아닙니다."

그러면서 아내의 손을 잡고 다른 쪽으로 데리고 가려 하는데, 릭스의 아내가 남편의 손을 뿌리치더니 결심을 굳힌 듯 입을 열었다.

"저어, 사실은 이 사람이 괜찮을지 제가 너무 걱정이 되어서요. 우연히 여기의 하인들이 수군대는 소리를 들었는데, 어제 여러분께서 시장 관님에게 넘긴 마적들 말입니다. 오늘 낮에 한 명도 남김없이 전부 참

수되었다고 하더군요."

"예? 오늘 낮에 전부요?"

노드도 로네스도 깜짝 놀랐다. 국경의 요새 도시라는 특성상 시장관에게 행정권과 군사권, 비상시의 사법권이 주어져 있기는 하지만, 전시도 아닌 지금 죄의 경중을 따져 보지도 않고 이런 식으로 즉결 처형하는 것은 분명히 부당한 처사였다.

"그렇게 엄한 처벌이 내려졌는데 혹시 제 남편에게도 죄를 묻지 않을까 걱정이 되어서……."

말을 잇지 못하는 그녀의 눈은 심한 불안으로 떨리고 있었다. 릭스는 작은 소리로 아내를 나무랐다.

"쓸데없는 말을! 신의 사도들께서 자비를 베풀어 우리를 거두어주셨는데 그런 일이 있겠어?"

"그치만……."

부부의 실랑이를 듣고 있던 로네스가 릭스의 아내를 달랬다.

"릭스 씨의 말이 맞습니다. 아무리 시장관이라 해도 신의 사도들께서 데리고 있는 사람을 함부로 하지는 못합니다. 그런 걱정은 하지 마시고 마음 놓으십시오. 절대로 걱정하시는 것 같은 일은 없습니다."

로네스가 확실하게 다짐을 주자 그녀의 불안은 눈에 띄게 누그러졌다. 그녀는 비로소 안도하며 허리를 깊이 숙였다.

"감사합니다. 정말 감사합니다."

"우리에게 감사할 일은 아니지요. 신의 사도들의 뜻이니까요. 아무튼 안심하고 푹 쉬고 계십시오."

노드는 부드럽게 말했다.

"죄송합니다. 근래 여러 가지 일을 겪다 보니 마누라가 부쩍 걱정이 많아져서……. 귀찮게 해서 죄송합니다."

릭스는 꾸벅 고개를 숙이고 아내의 손을 잡고 자신들이 묵는 곳으로 갔다. 두 사람의 뒷모습을 바라보고 있던 노드가 나지막이 중얼거렸다.

"이상해. 여긴 여러 가지로 수상한 곳이야."

그는 갑자기 주위를 두리번거리며 살피더니 로네스의 손을 이끌어 복도 구석으로 가서 그녀의 귀에 대고 속닥였다.

"아무래도 여기 시장관이 구린 데가 있나 봐. 신의 사도들뿐 아니라 굳이 우리까지 관저에 가둬두려는 것하며, 시장에서 본 것들도 그렇고, 그 마적들만 해도 오늘 바로 전부 사형시키는 건 이상하지 않아?"

"마적들이야 신의 사도들을 습격했다는 것 때문에 자기 위신이 상했다고 생각해서 그랬을 수가 있다 쳐도 다른 건 좀 그렇긴 하지."

"그냥 지나쳐서는 안 될 일 같지 않아?"

"어떻게 하려고?"

"나중에 몰래 나가보든지 해서 실상을 알아볼 필요가 있다고 봐."

"하지만 우린 감찰관이 아냐. 그건 월권 행위라구."

로네스는 곤란한 표정을 지었다.

"그래도 모르는 척 넘어가기엔 너무 수상해."

"모르겠어. 그리 좋은 생각 같지는 않아."

노드가 그녀를 더 설득해 보려는데 마침 계단 아래에서 누군가 올라오는 소리가 들렸다.

"나중에 다시 이야기하자."

노드는 그렇게 속삭이고 아무 일도 없는 듯 태연하게 복도를 걷기 시작했다. 로네스는 떠름한 얼굴로 그를 따라 걸었다.

박창에게 가서 시장에서 사 온 향신료를 주고 나온 다음에도 노드는 로네스를 계속 설득했다. 로네스는 노드가 품은 의혹에 수긍은 하면서도 자신들의 권한 밖의 일이라는 말을 반복했다. 좀처럼 결론이 나지 않자 두 사람은 미테르 교의 사제들 중 연장자인 르벤과 특공대원들의 리더인 틸론에게 가서 의견을 구하기로 했다. 로네스와 함께 르벤과 틸론을 찾아간 노드는 그들에게 자신이 느낀 점들을 열심히 설명했다. 관저 안에만 머물러 있던 르벤과 틸론도 병사들의 묘하게 경직된 분위기며 과도하다 싶은 경호에서 수상쩍은 낌새를 느끼고 있던 차라 노드의 말에 관심을 보였다.

"······그래서 제 생각에는 낮에는 좀 그렇고 저녁에 몰래 나가서 이곳의 실상이 어떤지 알아봤으면 합니다. 그런데 로네스, 아니, 외븐은 우리가 감찰관도 아니면서 그렇게 행동하는 것이 온당치 못하다고 합니다. 프라트에 가서 폐하께 보고를 드리든지 해서 감찰관을 파견토록 하는 것이 순리라는 것이지요. 틀린 말은 아니지만, 제가 지금 당장 시장관에게 무슨 조치를 취하자는 것도 아니고 어떻게 된 일인지 알아보는 것까지 월권 행위라 볼 수는 없지 않습니까? 우리가 프라트에 돌아가서 폐하께 보고를 드리고 감찰관이 파견되기까지 걸릴 시간도 만만치가 않겠지만, 무엇보다 뚜렷한 증거도 없이 심증만으로 폐하께 감찰관을 파견토록 말씀을 드릴 수는 없지 않습니까?"

노드의 강력한 주장에 르벤과 틸론은 점차 설득되어 가는 분위기였다. 그러나 르벤과 틸론 둘 다 서로를 탐색하듯 바라볼 뿐 쉽게 가타부타 말을 하지 않았다. 먼저 입을 연 것은 르벤이었다.

"델라제 경의 뜻은 잘 알겠습니다. 타당한 말씀인 것도 알겠구요. 하지만 제가 두 분께 어떻게 하자는 식으로 말씀을 드리기는 곤란하군요. 저는 미테르 교의 사제로서 파디아 대신관님의 명을 받고 신의 사도 분들을 모시는 입장이고, 두 분께서는 베르테스 폐하께 임명받은 국가의 관리시니, 제가 두 분의 행동에 대해 판단을 내리는 것은 주제넘은 일이 될 것 같습니다."

뒤이은 틸론의 대답도 신중했다.

"저 역시 폐하의 명을 받아 신의 사도 여러분과 두 분을 경호하는 입장이다 보니 의견을 말할 수는 있겠으나 함부로 결정을 내리기는 어렵습니다. 하지만 델라제 경께서 하신 말씀에는 동의하는 바이고 레스프라트의 신하로서 마땅히 해야 할 도리라고 생각합니다. 제가 도울 일이 있다면 돕겠습니다."

틸론의 말을 잠정적인 동의로 받아들인 노드는 고개를 살짝 숙여 감사를 표하고 틸론에게 부탁했다.

"이해해 주시니 감사합니다. 낮에는 모습이 보이지 않으면 금방 표가 나니 안 될 것이고, 오늘 해가 진 뒤에 한번 나가볼까 합니다. 별일이야 없겠지만 혹시 모르니 틸론 경의 부하 한 사람만 동행하게 해주십시오."

"두 분이 가시면 경호도 두 사람은 되어야 하지 않겠습니까?"

"그냥 저 혼자 잠깐 다녀오면 될 것 같습니다."

노드가 그렇게 말하자 로네스가 재빨리 말했다.

"아닙니다. 두 사람으로 해주십시오. 저도 같이 가겠습니다."

"알겠습니다."

틸론은 흔쾌히 대답했다. 이야기를 끝내고 나오는 노드는 한껏 고무된 모습이었다. 로네스는 들릴 듯 말 듯 한숨을 쉬고 핀잔을 주었다.

"이럴 땐 유별난 정의감을 발휘한다니까."

"악덕을 보고도 눈감는 것은 악덕에 동조하는 짓이라는 말도 있어. 그리고 나도 앞뒤 안 가리고 아무 일에나 끼어드는 건 아냐. 해도 되겠다 싶으니까 나서는 거지. 잠깐 나가서 사람들 이야기를 듣고 오는 건데 뭘. 그래도 재미있는 모험이 될 것 같지 않아?"

빙글빙글 웃는 노드의 얼굴을 본 로네스는 더 이상 말을 잇지 못하고 웃고 말았다.

그날 저녁 해가 진 뒤, 노드와 로네스는 평상복을 입고 틸론이 딸려준 두 명의 특공대원과 동행하여 몰래 관저를 빠져나왔다. 창문으로 줄을 내려 벽을 타고 내려가서 어두운 곳을 골라 소리없이 이동하며 저택 바깥을 돌며 경비를 도는 병사들을 피해 담을 넘는 등 꽤나 우여곡절이 있었으나 노드는 힘들어하기는커녕 아이처럼 신이 나 있었다. 노드와 로네스 둘만이었다면 상당히 어려웠겠지만, 그런 훈련을 전문적으로 받은 특공대원들의 도움으로 들키지 않고 무사히 저택을 벗어나는 데 성공하자 노드는 의기양양해져서 팔을 흔들면서 거리를 활보했다. 이미 어두워진 뒤여서 바깥을 다니는 사람들은 그리 많지 않다.

"이제 어떻게 할 거야? 어디에 가서 사람들을 만나 물어볼 건데?"

로네스가 물었다. 노드는 당연하다는 듯 대답했다.

"술집에 가면 돼. 술집은 원래 남자들의 휴식처 같은 곳이라 늘 사람들이 있고 늦은 시간까지 죽치고 있는 사람들도 많거든. 게다가 이런 도시는 인근의 중심지로서 사람과 물자가 모여드는 곳이니까 항상 북적거리게 되어 있어."

네 사람은 노드의 제안에 따라 술집 팻말을 내건 곳을 찾아 들어갔다. 하지만 노드의 예상과는 달리 술집은 식사를 하는 사람들만 간간이 있을 뿐 사람들의 모습은 별로 없었다.

"이상하네."

노드는 고개를 갸웃거리며 다른 곳을 찾았다. 그러나 그곳도 처음 들어갔던 곳과 비슷한 분위기였다.

"자꾸 더 다니면 뭐해? 그냥 여기 들어가자."

로네스의 말에 나가려던 노드는 걸음을 돌려 안으로 들어갔다. 네 사람은 한쪽 구석의 빈 테이블에 앉아 약간의 음식과 술을 시켰다. 이런 곳에서 파는 술은 곡물로 빚은 것이 아닌 도정하고 남은 곡물의 껍질이나 나무 열매 등을 으깨어 만든 싸구려 술이었다.

"12파소이고 선불입니다."

이 집의 아들인 듯한 젊은이가 주문을 받고 하는 말에 노드는 조금 놀라 그를 쳐다보았다.

"아니, 뭐가 그렇게 비싼 거요?"

그러자 청년는 노드 일행을 흘끔 훑어보더니 물었다.

"토리콘에 처음 오셨나 보죠?"

"그렇소만. 혹시 우리가 이방인이라서 더 받는 거요?"

청년은 무뚝뚝하게 대꾸했다.

"원래 그 가격입니다. 딴 술집에 가서도 다 같슴다."

"그냥 줘. 뭘 따지고 그래?"

로네스가 노드의 소매를 살짝 당기며 속삭였다. 그러나 노드는 로네스의 말을 못 들은 체 무시하고 계속 질문을 던졌다.

"이 지역에 심한 흉년이라도 든 거요? 그런 말은 듣지 못한 것 같은데, 뭐가 이렇게 비싸요?"

젊은이의 얼굴에 못마땅한 기색이 어리면서 입가가 실룩거렸다. 그가 한마디 하려는 찰나 노드는 재빨리 지갑을 꺼내 그의 손에 돈을 쥐어주고 한결 부드럽게 말했다.

"여기서 안 먹겠다는 건 아니고 그냥 좀 궁금해서 물어본 거니 너무 기분 나쁘게 생각하지 말고 술과 음식을 가져다 주시오. 남는 돈은 얼마 안 될 테니 그냥 가지고."

청년은 못 이기는 척 돈을 받더니 태도가 사뭇 달라졌다. 그는 주위를 슬쩍 살피더니 들고 있던 수건으로 테이블을 훔치면서 작은 소리로 말했다.

"외지에서 처음 오는 사람마다 딴 곳보다 비싸다고 뭐라고 하는데 저희라고 이러고 싶어서 그러겠습니까? 그치만 저희도 세금 내고 나면 남는 것도 없는걸요. 그냥 그러려니 하십쇼."

테이블을 닦고 난 청년은 싹싹하게 말하고 주방으로 갔다.

"금방 가져다 드리겠습니다. 잠시만 기다리십쇼."

젊은이가 가고 나자 노드는 로네스 등 세 사람에게 작은 소리로 말했다.

"봐요. 역시 이상하죠? 제가 그냥 시비를 건 게 아닙니다. 낮에 향신료를 살 때도 그랬지만 여기 물가가 다른 곳에 비해 비싼 것 같아서 물어본 겁니다."

"물자가 멀리서 오다 보니까 그럴 수도 있는 것 아냐?"

로네스의 말에 노드는 동의하지 않았다.

"아냐. 디파에서 찾아본 정보를 봐도 그렇고, 낮에 시장에 가서 살펴봐도 이 도시는 인근의 집산지 역할을 하는 곳이야. 이런 곳은 오히려 상업 활동이 활발해서 경기가 안정적이라고."

그러자 특공대원 중 한 사람인 뒤크가 노드의 말에 동조했다.

"저도 이전에 여러 곳을 다녔지만 제가 알기에도 그렇습니다. 그리고 오면서도 봤지만 관저 바깥까지 경비를 돌게 하는 삼엄함도 수상쩍구요. 시내의 모습을 보면 그렇게까지 요란스럽게 경비를 할 필요는 없을 것 같은데 말입니다."

그들이 그런 이야기를 나누는데 아까의 청년이 술과 음식을 가져왔다. 2/3가량 술이 담긴 작은 잔이 네 개, 데친 야채에 다진 고기가 조금 섞인 음식 접시 하나에 네 개의 나무 포크가 나왔다. 술잔을 들어 입에 댄 노드는 곧 잔을 내려놓고 쓴웃음을 지었다.

"그동안 고급 술만 마셨더니 이젠 이것도 입에 안 맞는군요. 옛날에는 맛만 좋았는데."

다른 사람들도 노드와 다르지 않았던 모양으로 동감하는 분위기였다.

"그러게요. 전에는 이런 술이라도 취할 때까지 한번 실컷 마셔보면 소원이 없겠다고 생각했는데 말입니다."

특공대원 티레이의 말이었다.

"그렇지만 이 정도 근거를 가지고 시장관에게 어떤 혐의가 있다고 보기는 어렵지 않아? 전부 정황 증거뿐이잖아."

로네스가 노드에게 소곤거렸다.

"조금 더 상황을 보다가 이야기를 들어볼 만한 사람을 잡아보자."

노드가 그렇게 대답하며 술집 내부를 찬찬히 훑어보는데, 때맞춰 술집의 문이 열리더니 두 명의 소년, 소녀가 들어왔다. 소녀는 17, 8세쯤 되어 보였고 소년은 그보다 두세 살 어려 보였다. 소녀는 큰 집의 하녀들이 입는 것 같은 차림을 하고 있었다. 어디선가 본 것 같은 느낌이

들어 노드는 그들을 지켜보고 있었다. 둘은 뭔가를 찾는 듯 안을 두리번거리더니 뜻밖에도 노드 일행이 앉은 곳으로 똑바로 다가왔다. 그들이 가까이 온 순간 노드는 그 낯익은 느낌의 정체를 깨달았다. 소녀가 입고 있는 것은 토리콘 관저의 하녀들이 입고 있는 복장이었다. 이상하게 여기며 바라보는데 테이블 옆에 온 소녀가 노드를 향해 몸을 숙이더니 작은 목소리로 물었다.

"저기… 프라트에서 오신 분들이 맞으시죠?"

아직 보드라운 솜털이 남아 있는 소녀의 앳된 얼굴은 두려움과 긴장으로 가득했다.

"그렇소만, 무슨 일이오?"

노드가 대답하자 소녀와 소년은 갑자기 그들 앞에 무릎을 꿇었다. 소녀가 떨리는 음성으로 말했다.

"제발 부탁입니다. 저희를 도와주세요."

깜짝 놀란 노드와 뒤크는 급히 일어나서 두 사람을 일으켜 세웠다.

"이러지 말고 앉아서 이야기합시다."

티레이는 다른 테이블에서 의자 두 개를 가져와서 두 사람이 앉도록 해주었다. 그러나 소녀는 앉을 생각을 하지 않고 빠른 말투로 말했다.

"죄송합니다만, 저흰 오래 있을 수가 없습니다. 언제 여러분을 찾으러 들이닥칠지 모르니까요."

"들이닥치다니? 누가 말이오?"

노드가 물었지만 소녀는 대답 대신 문 쪽을 뒤돌아보며 확인부터 했다.

"불안해하지 말고 무슨 이야기인지 말해 봐요."

로네스는 부드러운 어조로 소녀에게 말했다. 소녀는 고개를 살짝 가

로젓고 입을 열었다

"저는 슈나브 페르제라고 하고 이 아이는 제 동생 세즈입니다. 저희는 토리콘의 시장관을 고발하고자 합니다. 에든 시장관은 토리콘의 왕처럼 행세하면서 사람들을 수탈해 왔을 뿐 아니라 인근의 마적 패거리들과 손을 잡고 그들의 죄악을 눈감아주고 있습니다. 어제 여러분께서 잡아온 마적들을 오늘 낮에 정당한 절차도 없이 전부 서둘러 사형시킨 것도 자신의 죄상이 드러날까 우려해서 그런 것입니다."

떨리는 음성이었지만 확신에 찬 어조였다. 듣고 있던 로네스가 냉철하게 되물었다.

"그렇게 말하는 증거가 있나요? 뚜렷한 증거도 없이 관리를 함부로 고발했다가는 무고죄로 오히려 당신이 벌을 받을 수도 있어요."

"제가 증인입니다. 제가 보고 들은 사실이 있습니다."

페르제는 주저없이 대답하고 말을 계속했다.

"저희 아버지 슈나브 푸게는 상인으로 북쪽 유목민 지역과 정기적으로 오가며 교역을 하던 분이었습니다. 지금부터 약 3개월쯤 전에 저희는 아버지의 일을 배우려고 처음으로 아버지를 따라 북쪽을 향했습니다. 토리콘에 들러 물과 식량을 보충하고 물건을 더 구입한 뒤, 상품들을 가지고 쿠네이를 지나던 도중 우리는 마적들의 습격을 받았습니다. 상인들의 길목을 지키고 있다가 갑작스럽게 출몰한 마적들은 물건을 빼앗는 데 그치지 않고 아버지와 동료 상인들, 물건을 지키는 사람들을 모두 죽여 버렸습니다. 저희는 한창 싸움이 벌어질 때 엎어진 마차 옆에 숨어 있다가 아버지의 말을 타고 구사일생으로 달아나는 데 성공했습니다. 다행히 말이 길을 알고 있어 황야를 벗어난 저희는 어려움 끝에 힘들게 토리콘까지 찾아왔습니다. 토리콘에 도착하자마자 관청에 가서 아버지와 일행이 당한 일을 알리고 마적 토벌을 탄원했지만 관청에서는 그런 일에 내보낼 병력이 없다며 상인들이 알아서 조심할 수밖에 없다는 무책임한 말만 하는 것이었습니다. 그래서 어떻게든 시장관을 직접 만나 탄원해 보려고 관저 앞에 숨어서 기회를 엿보다가 시장관의 모습을 볼 수 있었습니다. 그런데 뜻밖에도 시장관의 옷에 제 아버지가 소중히 간직하고 있던 보석 브로치가 달려 있었습니다. 그것은 돌아가신 어머니가 아버지에게 선물한 브로치로 생김새가 특이하기 때문에 절대 잘못 알아볼 리 없는 물건이었습니다. 뭔가가 있다고 생각한 저는 증거를 잡기 위해 토리콘에 있는 아버지의 오랜 거래처 상점에 동생을 맡기고 그분의 추천을 받아 시장관의 관저에 하녀로 들어갔습니다. 일하는 틈틈이 관저 내부를 살펴본 결과 아버지의 상인단에 있던 물품들이 몇 가지나 있는 것이 눈에 띄었습니다. 게다가 관저에서 일한 지 한 달쯤 되었을 즈음 마적들의 두목이 밤에 시장관을 만나러 온 것도 보았습니다.”

“상인단을 습격했을 때 단 한 번 보았을 뿐일 텐데 두목이 확실한가요? 세 달 전에 일어난 일이라면 150여 일이나 전의 일이라는 이야긴데요.”

로네스의 질문에 페르제는 단호하게 말했다.

“틀림없습니다. 그자의 목소리, 그 얼굴, 그날 이후 한시도 잊은 적이 없었으니까요.”

“그런데 왜 그런 사실을 확인하고도 즉시 고발을 하지 않았습니까?”

노드가 물었다.

“토리콘은 에든 시장관의 사유지나 다름없습니다. 아메트의 지배 아래 있을 때부터 십수 년간 시장관으로 있으면서 자기 하고 싶은 대로 다 해왔다고 하니까요. 여기서는 고발해 봤자 저와 동생만 위험해질 테고, 이 부근도 믿을 수가 없었습니다. 수도에 가서라도 고발을 해야 처벌이 가능할 텐데, 제 말만으로는 고발이 어려울 것 같아 확실한 증거를 잡아보려고 기회를 노리고 있었습니다. 그런데 어제 여러분께서 오시는 것을 보고 어쩌면 제게 기회가 될지도 모르겠다고 생각했지만, 저 같은 일반 하인, 하녀는 여러분께 함부로 다가가지도 못하게 하는데다, 부쩍 집 안팎으로 감시가 심해져서 관저 안에서는 도저히 기회를 잡을 수가 없었습니다. 그런데 아까 집사가 모든 하녀와 하인들에게 두 분이 어디 계신지 관저 구석구석을 뒤져서라도 찾아보라고 채근하기에 혹시나 싶어서 몰래 밖으로 빠져나와 동생을 데리고 여러분을 찾아온 겁니다."

"우리가 여기 있는 건 어떻게 알았어요?"

로네스가 묻자 페르제의 얼굴에 희미한 미소가 지나갔다.

"어두워진 뒤에 나가셨으니 이런 곳에 오시지 않았을까 생각했습니다. 이런 시각에 연고가 없는 외지 사람들이 있을 만한 곳은 대체로 정해져 있으니까요."

페르제의 이야기를 곰곰이 생각하던 노드는 로네스에게 말했다.

"아무래도 그냥 넘어갈 일이 아닌 것 같다. 신의 사도들께 양해를 구해 프라트에 가기 전에 이 지역의 주장관을 찾아가 토리콘의 시장관에 대해 철저하게 조사하도록 건의하기로 하자."

로네스도 이번에는 반대하지 않았다. 페르제는 불안한 얼굴로 물었다.

"그렇게 해주신다면 감사한 일입니다. 그런데 혹시 그쪽에서 시장관의 일을 덮어주지는 않을까요?"

"왜 그렇게 생각하죠?"

로네스가 물었다.

"전에 집사가 에든 시장관은 위의 높은 분들과 가까워서 새로 폐하
가 올라도 염려없다고 자랑 삼아 이야기하는 걸 들었거든요."

"걱정 마십시오. 그런 일이 없도록 프라트에 가서도 말을 해놓겠습
니다. 그런 부정이 용납되어서는 안 되지요."

노드는 단호하게 말했다. 페르제는 그제야 마음을 놓는 듯했다.

"감사합니다. 꼭 부탁드리겠습니다. 그러면 저는 여러분을 믿고 관
저에 돌아가 있겠습니다. 여러분이 안 계시는 것을 이미 알고 있는데,
제가 없어진 걸 집사나 하녀장이 알면 수상하게 여길 테니까요."

고개를 숙여 인사한 그녀는 동생의 손을 잡고 서두르는 걸음으로 나
갔다.

"어떻게 할까? 우리도 지금 돌아갈까? 우리가 없는 걸 알고 있다면
찾으러 올지도 모르잖아. 괜히 발견되어서 돌아가느니 우리 발로 가는
게 낫지 않을까?"

노드가 로네스에게 말했다.

"그래, 그게 낫겠다."

그래서 그들도 일어서려는데 먼저 떠난 페르제 남매가 파랗게 질린
얼굴로 되돌아왔다.

"저 앞에 병사들이 오고 있어요."

그녀의 얼굴은 극심한 두려움으로 경직되어 있었다.

"걱정하지 마시오. 그들은 우리에게 함부로 하지 못하니까."

노드는 남매를 안심시키고 태연한 태도로 문으로 갔다. 문을 열고
나가니 마침 다섯 명의 병사들이 술집 앞에 도착해서 현관문으로 올라

오는 짧은 계단을 오르려는 참이었다.

"여기에 계셨군요."

앞장선 병사가 노드와 로네스를 금방 알아보고 말을 건넸다.

"그렇지 않아도 지금 돌아가려던 참이었소."

노드는 그렇게 말하고 로네스와 나란히 계단을 내려갔다. 두 사람의 뒤에 페르제와 동생이 서고 뒤에는 특공대원 두 명이 섰다.

"그 아이들은 뭡니까?"

병사가 물었다.

"아, 우연히 만났소. 관저에서 일하는 아이라는데 밖에 있는 동생이 보고 싶어서 허락을 받고 잠깐 나온 길이라고 하오."

"그렇습니까?"

병사들은 페르제와 세즈를 슬쩍 훑어보았다. 일견 무심한 듯 보이지만 예리한 눈초리였다. 페르제는 불안감에 입술을 깨물며 고개를 푹 숙였다.

"가시지요."

다섯 명의 병사들은 노드를 비롯한 여섯 명을 에워싸듯이 해서 걷기 시작했다. 어쩐지 그들의 분위기가 이상하다고 노드가 느끼고 있을 즈음, 별안간 두 명의 특공대원 뒤크와 티레이가 빠르게 움직이기 시작했다. 품에서 단검을 꺼낸 티레이는 그것을 세게 던져 노드의 앞에 있는 병사의 등에 맞추고 허리에 찬 검을 뽑으면서 그것으로 자신의 옆에 있는 병사를 찔렀다. 그리고 다른 쪽의 병사가 무기를 들고 달려들자 재빨리 다른 손으로 허벅지에 차고 있던 단검을 뽑아 상대의 복부에 푹 찔러 넣었다. 한편 뒤크는 로네스 쪽으로 뛰어가면서 검을 높이 치켜들고 로네스의 앞에 있던 병사를 내려쳤다. 그리고 그 직후 자신에게 달려드는 다른 병사의 몸으로 검을 횡으로 크게 휘둘러 베어냈다. 쓰러진 병사들의 손에는 언제 꺼내 들었는지 저마다 무기가 들려 있었다.

순식간에 벌어진 일이라 미처 비명을 지를 틈도 없었다. 로네스는 입을 쩍 벌린 채 자신의 눈앞에 벌어진 살육의 현장을 멍하니 바라보고 있었다. 노드도 크게 다르지 않았다. 직감적으로 이상한 낌새를 채기는 했지만 설마 이런 일이 벌어지리라고는 상상도 하지 못했다.

"어서 피해야 합니다!"

두 사람에게 다가온 뒤크가 낮은 소리로 말하고 두 사람을 잡아 다른 방향으로 이끌었다. 그 말에 정신이 번쩍 든 노드와 로네스는 그를 따라 일단 그 자리를 피했다. 페르제와 세즈도 몹시 놀란 얼굴이었으나 입을 꼭 다물고 그들을 따랐다.

"어, 어디로 가죠?"

놀라 휘청거리는 다리를 끌고 간신히 걸음을 옮기던 로네스가 더듬거리며 뒤크에게 물었다. 뒤크는 당연한 투로 대답했다.

"서둘러 관저로 돌아가야 하지 않겠습니까?"

그런데 페르제가 다급히 반대했다.

"거긴 안 돼요. 여기까지 와서 여러분을 찾아낸 것을 보면 가는 길을 이미 죄다 막아놨을 거예요. 게다가 관저의 수비대장은 시장관의 심복이구요."

"그럼 어쩌지?"

로네스는 겁에 질려 노드를 쳐다보았다. 노드는 잠깐 생각하더니 뒤크와 티레이에게 말했다.

"관저로 가는 것이 위험하다면 차라리 성밖으로 나가서 이웃 도시로 갑시다. 에든 시장관이 아무리 토리콘을 장악했다지만 다른 도시까지 그렇지는 않겠죠.”

“하지만 우리는 이 부근의 지리를 모르지 않습니까?”

티레이가 곤란한 표정으로 말하는데 페르제가 말했다.

“제가 조금 압니다. 나중에 프라트에 고발하러 갈 생각으로 알아놨었습니다. 여기서는 클라브라는 도시가 가장 가깝습니다.”

“방향을 아시오?”

“예, 대충은.”

“그럼 그리로 갑시다.”

노드의 결정으로 그들은 관저로 돌아가기를 포기하고 성문을 향해 방향을 수정했다.

“혹시 성문을 닫고 우리를 잡으려고 대기하고 있지는 않을까?”

로네스가 걱정했다. 노드는 고개를 끄덕여 부정했다.

“그럴 리는 없어. 이런 도시는 이 일대 물자의 집산지고 늘 사람들이 오가게 되어 있어. 또 그렇지 않더라도 전쟁이나 폭동처럼 큰 사태가 아닌 한 웬만하면 성문을 봉쇄하지는 않아. 그런 징조도 전혀 없는 지금 그런 짓을 했다가는 사람들이 이상하게 생각할 게 뻔한데, 내가 에든이라면 뒤에 문제가 될 그런 서툰 짓은 안 할 거야.”

“어차피 병사들에게 우릴 죽이라고까지 했잖아.”

“아까 그자들은 일반 병사 같지 않았습니다. 사용하는 무기나 분위기로 봐서 전문적인 자들 같았는데, 아마 에든의 사병(私兵)이 아닌가 싶습니다.”

뒤크가 말했다. 노드도 그 말에 동의했다.

“내 생각도 그래. 관저의 병사들은 우리 신분을 뻔히 아는데 아무리 시장관이 무섭기로 그보다 높은 사람인 우리를 그렇게 겁없이 죽이려고 했겠어? 시장관 입장에서도 모든 병사들에게 그런 명령을 내렸다가 나중에라도 말이 새면 어떻게 하겠어?"

"그런가?"

로네스는 혼란스러운 얼굴로 중얼거렸다. 그때 티레이가 말했다.

"성문을 돌파할 거라면 걸어서 가는 것은 위험합니다. 말을 구해서 타고 가는 편이 좋겠습니다."

"말을? 어떻게요?"

노드가 되묻자 티레이는 일행에게 몸을 숨기고 기다리라고 하고 혼자 재빨리 어디론가 사라졌다. 뒤크는 네 사람을 건물 사이의 그늘에 숨게 하고 자신은 그들의 앞에 있으면서 바깥쪽을 경계하고 있었다. 잠시 후 티레이가 말 세 마리를 끌고 왔다.

"급한 대로 세 마리를 구했습니다. 타시죠."

그들은 서둘러 두 사람씩 말을 탔다.

"성문까지는 저희가 안내할게요."

동생 세즈를 자신의 앞에 태운 페르제가 앞장섰다. 그녀는 이전에 겪은 혹독한 경험 때문인지 어느새 마음을 추스르고 침착한 태도를 유지하고 있었다. 페르제 남매의 말을 선두로 세 마리의 말은 성문을 향해 달렸다. 사람의 왕래가 많이 뜸해진 시각이라 말이 달리기는 어렵지 않았고, 다행히 성문까지의 거리도 그리 멀지 않았다. 그러나 성문이 막상 보이는 지점에 다다른 그들은 낭패감을 느꼈다. 노드의 예상과 달리 성문이 닫혀 있는 것이었다.

"어떻게 하죠?"

페르제도 이때만큼은 크게 당황하여 얼굴이 하얗게 질려 있었다.

"차라리 성문에 가서 우리의 신분을 밝히고 병사들에게 관저까지 호위해 달라고 하면 안 될까요?"

로네스의 말에 페르제가 날카롭게 부르짖었다.

"그건 안 돼요! 성문의 수비대장 역시 에든의 수하예요. 토리콘에서 주요한 직책을 맡고 있는 사람들은 거의 그의 수족이라고 보면 돼요. 분명히 호위한다고 나서서는 도중에 무슨 수를 쓰려고 할 거예요."

"그럼 어떻게 하자는 거니?"

로네스가 절박하게 물었지만 거기에는 페르제도 대답하지 못했다. 그때 노드가 입을 열었다.

"성문으로 갑시다."

"예?"

뜻밖의 말이었던지 뒤크와 티레이는 아연해서 노드를 쳐다보았다. 그러나 노드의 침착한 태도를 본 그들은 노드가 정신적 공황 때문에 아무렇게나 말한 것은 아니라는 것을 직감했다.

"성문을 통과할 수 있을 겁니다. 갑시다."

노드는 자신있는 말투로 다시 한 번 말했다.

"저길 통과한다고? 어떻게?"

로네스가 물었지만 노드는 굳은 얼굴로 정면을 쏘아보기만 할 뿐 대답하지 않았다. 뒤크와 티레이는 잠자코 그의 말에 따라주었다. 그러나 말고삐를 쥔 그들의 다른 손은 언제라도 무기를 뽑을 수 있게끔 허리춤에 가 있었다.

그들이 탄 세 마리의 말이 성문 앞에 도달해 보니 병사들이 성문을 막고 서서 나가려는 사람들을 막고 있는 모습이 보였다.

"천천히 기다릴 여유 없습니다. 앞으로 갑시다."

노드가 말했다. 그래서 그들은 말을 탄 채 성문 앞에 몰려 서 있는 사람들을 헤치고 성문 쪽으로 갔다. 병사들은 의아한 얼굴로 그들을 쳐다보았다. 노드는 말에 탄 채 품에서 자신의 신분을 증명하는 증명장을 꺼내 내밀고 병사들에게 말했다.

"나는 어제 신의 사도들을 모시고 이곳 토리콘에 들어온 프라트의 관리 델라제 노드다. 이 시각에 웬일로 성문을 닫고 있는 것인가?"

병사들은 처음에 멀뚱멀뚱 그를 보았으나, 마침 어제 그와 일행을 보았던 이가 있어 금방 증명이 되었다. 병사들은 다급히 고개를 조아렸다.

"저희도 자세한 사정은 모릅니다. 다만 성내에 불온한 자들이 들어와 있어 성문을 닫고 색출한다고 들었습니다."

"그런가? 수고가 많군. 우리는 신의 사도들의 말씀으로 잠시 바깥에 나가는 길이니 성문을 열게."

그런데 병사들은 성문을 열려 하지 않고 주저했다.

"저어, 날이 밝을 때까지 아무도 내보내서는 안 된다는 에든 시장관님의 엄명이 계셔서……."

그러자 노드는 대뜸 호통을 내질렀다.

"지금 신의 사도들의 명을 받고 나간다고 한 말을 듣지 못했나? 시장관과 신의 사도들 중 누가 높다고 생각하는 건가? 잔말 말고 지체없이 성문을 열어라. 그렇지 않았다간 나중에 호되게 벌을 받게 될 것이야!"

그의 노기등등한 기세에 병사들은 화들짝 놀라 허겁지겁 물러나서 성문을 열었다. 그들이 막 성문을 나가려는 찰나 뒤에서 큰 소리가 들려왔다.

"기다리십시오. 바같은 위험합니다. 안으로 드십시오. 제가 관저까지 모시겠습니다."

누구의 목소리인지는 알 도리가 없었지만, 그 소리를 듣자마자 노드 등은 말을 달려 성문을 빠르게 통과해 버렸다. 성문을 지난 다음부터 페르제 남매가 탄 말이 다시 선두에 섰고, 그들은 말없이 얼마간 말을 달렸다. 그런데 그다지 오래 가지도 않았는데 뒤크가 말을 세우며 일행에게 소리쳤다.

"말을 멈추십시오. 여기서 내려야 합니다."

그의 말에 따라 나머지 두 마리의 말도 멈췄지만 노드와 로네스는 영문을 몰라 어리둥절해졌다. 노드가 뒤크에게 물었다.

"왜 여기서 말을 내린다는 말입니까?"

"놈들은 우리가 성문을 나갔다는 것을 알고 있습니다. 머지않아 말을 타고 추격해 오겠지요. 이렇게 길을 따라 달려서는 따돌리기 어려울 겁니다. 차라리 여기서 말을 내려 말이 다니기 어려운 길로 숨어서 가는 편이 나을 겁니다."

"길을 버리고 가면 돌아가게 될 것 아닙니까?"

노드가 물었다.

"돌아가더라도 따라잡히는 것보다는 낫습니다."

뒤크는 무뚝뚝하게 말하고 말에서 성큼 내리더니 자신의 뒤에 탔던 로네스를 붙잡아 말에서 내려주었다.

"뒤크의 말이 옳습니다. 말을 타고 가다가는 오늘 밤을 넘기지 못하고 잡힐 수도 있습니다."

티레이도 말에서 내려섰다. 노드는 하는 수 없이 내릴 수밖에 없었다. 페르제와 세즈까지 말에서 내리자 뒤크는 자신이 탔던 말의 엉덩이를 검집으로 힘껏 갈겼다. 말은 깜짝 놀라 길 저편으로 달려가 버렸다. 티레이도 나머지 두 마리의 말을 뒤크와 같은 방식으로 멀리 보내 버렸다. 말이 없으니 더 말해야 소용없는 노릇이고 노드 등 네 사람은 둘을 따르는 수밖에 없었다. 뒤크는 선두에, 티레이는 가장 뒤에서 주위를 경계하면서 길에서 벗어나 일행을 울퉁불퉁하고 잡초가 무성한 거친 땅으로 이끌었다.

"아아, 지금쯤은 침대에서 편안히 잠들어 있을 시간인데, 이게 무슨 꼴이람."

로네스는 울상이 되어 입속으로 웅얼거렸다. 노드는 미안한 마음에 묵묵히 그녀의 옆을 걸었다. 불행인지 다행인지 달빛이 밝은 밤이었다. 길도 없는 잡초투성이 땅을 한동안 걸었지만 주위는 온통 거친 바람 소리뿐 변변한 인가도 보이지 않았다.

두려움과 걱정으로 조금씩 지쳐 갈 즈음 노드는 티레이에게 다가가더니 질문을 던졌다.

"그런데 아까 그 말들은 대체 어디에서 가져온 겁니까? 이 시간에 말 시장이 열려 있을 리도 없고."

이런 상황에서도 궁금한 것은 알아야 직성이 풀리는 자신이 스스로도 좀 한심하게 느껴졌지만, 그래도 한 번 생각이 난 이상 묻지 않을 수가 없었다. 최악의 경우 궁금증을 안은 채 죽으면 더 억울할 것 같다는 엉뚱한 생각이 그의 뇌리를 사로잡고 있었다. 티레이는 어이가 없었던지 복잡한 눈빛으로 노드를 쳐다보더니 고개를 돌리고 무심한 투로 답했다.

"여관 주점에서 샀습니다. 큰 돈을 제시했더니 말을 팔겠다는 사람이 금방 나오더군요."

그때 뒤크가 일행에게 주의를 주었다.

"꼭 필요한 말이 아니면 되도록 말을 아끼는 편이 좋습니다. 추적자들이 우리의 말소리를 들을지도 모르니까요."

노드는 고개를 굳게 가로저으며 입을 꼭 다물었다. 로네스와 페르제 남매는 애당초 말을 할 기분도 아니었던 터라 아무 반응도 보이지 않았다. 뒤크의 말이 아니더라도 자신들을 죽이려는 추적자에게 쫓기고 있다는 중압감은 그들의 마음을 무겁게 짓누르고 있었다.

뒤크가 페르제에게 방향을 확인하는 짧은 대화 이외에는 아무도 입을 열지 않고 조용히 걸음을 옮겼다. 피곤하다는 느낌이 들지 않는 것은 아니었으나 감히 잠을 자겠다는 생각조차 들지 않았다. 그런 와중에 세즈는 무슨 생각에선지 자꾸 일행을 이탈해 나뭇가지를 주웠다가 버리기를 반복하기 시작했다. 처음에는 아무도 그의 행동에 신경 쓰지 않았으나, 그렇지 않아도 신경이 날카로워져 있던 로네스에게는 세즈의 되풀이되는 그런 행동이 점점 거슬리기 시작했다.

'이런 상황에 장난이라도 치는 건가?'

그런 생각이 들자 나중에 참을 수 없게 된 로네스는 세즈를 작은 소리로 나무랐다.

"지금 뭐 하는 거니? 정신없잖아."

세즈는 깜짝 놀라서 로네스의 눈치를 살피더니 기어들어 가는 목소리로 사과했다.

"죄송합니다."

그러면서도 그는 조금 전에 주운 나뭇가지를 손에서 놓지 않고 있었다.

"그건 어디에 쓰려고 쥐고 있어?"

짜증스럽게 물었던 로네스는 세즈의 뜻밖의 대답에 머쓱해지고 말았다.

"혹시 나쁜 놈들이 쫓아오면 이거라도 무기로 쓰려고요……."

할 말을 잃은 로네스는 세즈가 들고 있는 나뭇가지를 물끄러미 보았다. 아직 어린 아이가 그런 생각을 했다는 것이 기특한 한편, 자신들이 정말 위험한 지경에 처해 있다는 사실이 더욱 뼈저리게 느껴졌다.

'어쩌다 이런 지경이 되었담? 위대한 도시 펠레즈의 지하에서 탈출하기만 하면 다시는 이런 고생 없을 줄 알았는데. 꿈이라면 얼마나 좋을까?'

로네스는 소용없는 일인 것을 알면서도 그런 생각을 하며 속으로 한숨을 삼켰다.

노드와 로네스, 그리고 두 명의 특공대원이 없어졌다는 사실을 무적 택배 사람들이 알게 된 것은 다음날 아침이 밝은 뒤였다. 에든 시장관은 그들이 밤에 다른 사람들에게 알리지 않고 밖으로 나간 것 같다는 보고를 들었다며 현재 병사들을 풀어 행방을 찾아보고 있으나 아직 소식이 없다며 짐짓 걱정스러운 표정을 지었다.

"말씀드렸다시피 아메트 군이 물러난 뒤 국경 부대의 재정비가 아직 이루어지지 못해 치안이 좋지 못합니다. 유목민 패거리들이 국경을 넘어와 말썽을 부리는 일도 근래 들어 종종 있습니다. 그래서 바깥에 나가시지 않는 것이 좋겠다고 말씀을 드린 것인데……."

"별일이 없어야 할 텐데 걱정입니다. 바쁘신 중에 죄송합니다만, 꼭 그들을 찾을 수 있게 도와주십시오."

아무것도 모르는 박상은 에든에게 노드 등의 행방을 찾아줄 것을 부탁했다. 에든 시장관이 집무를 본다며 나간 뒤, 걱정하고 있는 박상 일행에게 르벤과 틸론이 사실을 털어놓았다.

"죄송합니다. 설마 이렇게 될 것이라고는 미처 생각지 못했습니다."

르벤과 틸론은 고개를 조아렸다.

"어떻게 하죠? 혹시 위험한 일이라도 당했으면 큰일이잖아요."

지혜가 일행의 얼굴을 둘러보며 말했다. 모두 같은 기분이었지만, 그렇다고 자신들이 노드와 로네스들을 찾아보겠다고 직접 나설 수는 없을 터였다.

"이렇게 오래 있을 계획이 아니었을 텐데 아직 돌아오지 못한 걸 보면 노드 씨가 의심했던 대로 이곳의 시장관의 비리나 잘못을 찾아냈기 때문 아닐까요?"

릴리의 말에 박상이 고개를 끄덕였다.

"아마 그렇겠죠."

마라나는 자리에서 일어나 창문을 살짝 열고 바깥을 내다보았다. 관저 여기저기와 정문을 빈틈없이 지키고 있는 병사들의 모습이 보였다. 그녀는 창문을 닫고 말했다.

"만일 릴리의 짐작이 맞다면 관저로 돌아오지 못하겠죠. 우리의 눈에 띄기 전에 제거하려고 들 테니까요. 그럼 우리가 만일 네 사람의 입장이라면 어떻게 할지 생각해 보는 것부터 시작하죠."

다들 생각에 잠겼다. 지혜가 마라나에게 물었다.

"난 잘 모르겠어요, 어디 숨어 있기도 그렇고. 마라나 씨라면 어떻게 했을 것 같아요?"

"제가 그 입장이라면 둘 중 하나를 택하겠어요. 시내 어딘가에 숨어서 관저에 있는 일행에게 연락할 방법을 모색하든지, 아니면 아예 이 도시를 빠져나가 가까운 다른 도시로 가는 겁니다."

"시내에 숨는다면 어디에 숨을 수 있겠습니까? 다들 여기는 초행이라 아는 사람 하나 없을 텐데요. 게다가 시장관이 도시를 장악하고 있다면 누구를 믿어야 할지도 가늠할 수 없을 것이구요."

우진이 말했다. 박창이 고개를 주억거렸다.

"제 생각에도 그래요. 낮도 아니고 밤에 나갔는데 아무 집이나 문 두드려서 쫓기고 있다, 숨겨달라고 하면 누가 그렇게 해주겠어요? 도리어 신고나 하지 않으면 다행이죠. 내가 그 입장이래도 차라리 다른 도시로 가는 걸 택하지 싶어요."

일행의 말을 듣고 있던 박상이 말했다.

"어느 쪽을 택했을지는 모르지만, 가만히 앉아서 마냥 기다릴 수만은 없으니 우리가 할 수 있는 일은 해봅시다. 도시 안에 몸을 숨기고 있을 가능성에 대비해서 얼마간 더 이 관저에서 머무르면서 수시로 바깥을 살피고, 도시 밖으로 탈출했을 가능성에 대해서는 순번을 정해서 지휘차나 에어 바이크로 이 도시의 주변을 계속 둘러보기로 합시다."

모두들 박상의 말에 수긍하고 구체적으로 계획을 짜기 시작했다.

밤을 새워 걷고 낮 동안 잠시 관목 아래에 숨어서 새우잠을 자고 다시 걷기를 반복하며 이틀이 지났다. 노드와 로네스들은 두 특공대원이 구해오는 약간의 식량과 물로 버텨가며 클라브를 향해 걸어가고 있었다. 둘 다 펠레즈의 지하에서 헤매면서 아사 직전까지 고생한 전력이 있어서인지 힘들기는 해도 그럭저럭 견디고 있었다. 페르제와 세즈도 그 점은 비슷했다. 둘 다 아이답지 않게 불평 한마디 하지 않고 잘 참아내고 있었다. 두 남매는 그동안 세즈가 주워서 잔가지를 쳐낸 나무

작대기 하나씩을 걸을 때나, 잠들 때나 항시 꼭 쥐고 있었다. 마치 그것이 자신들을 지켜줄 것이라고 믿는 것 같았다.

"이제 얼마쯤 더 가면 되지?"

로네스가 페르제에게 물었다.

"글쎄요. 길을 따라 가면 도보로 사나흘 정도라는데, 지금은 길이 아니라 잘 모르겠네요."

그동안 조그만 소리로 소곤거리는 것이 습관처럼 되어서 두 사람의 목소리는 다른 사람들에게는 잘 들리지 않을 정도였다.

"그래? 그럼 오늘도 도착하기는 글렀다는 이야기네. 그 안에 별일없으면 좋으련만."

낙담하여 중얼거린 로네스는 주위의 풍경을 둘러보았다. 완만하게 굽이치는 구릉지로 군데군데 있는 잡목과 거친 풀들이 눈에 띌 뿐 전반적으로 메마른 풍경이었다.

"그러고 보면 이 부근은 큰 나무도 거의 없어서 마땅히 몸을 숨길 곳도 없네."

"그러게. 이런 곳에서 추적자들과 마주치기라도 하면 끝장이겠는데."

노드가 불안한 표정으로 중얼거리는데 그 말이 채 끝나기도 전에 페르제가 소리쳤다.

"저기 뭔가가 있어요!"

그녀의 손가락이 가리키는 언덕에 두어 명의 사람이 서 있는 것이 보였다. 그러나 그 숫자는 이들이 쳐다보는 잠깐 동안 몇 배로 불어나서 수십 명이 되었다.

"추적해 온 자들 같습니다."

티레이의 음성에 긴장한 기색이 묻어났다.

"맙소사! 몇 명이나 되는 겁니까?"

노드의 말에 뒤크가 딱딱하게 답했다.

"서른 명쯤 되겠군요."

"어디로 달아나야 하죠?"

로네스가 초조하게 말하는데, 티레이는 단호하게 말을 잘랐다.

"달아날 곳은 없습니다. 여기서 맞이하는 수밖에요."

뒤크와 티레이는 노드와 로네스를 중간에 두고 무기를 뽑아 들었다. 페르제와 세즈는 자신들도 싸울 요량인지 들고 있던 나무 작대기를 꼭 쥐고 붙어섰다. 그러나 두려움과 비장한 각오로 굳어진 얼굴과는 달리 남매의 손발은 가늘게 떨리고 있었다. 이곳에서 죽게 되는 것 아닐까 하는 불안한 생각이 모두의 뇌리를 스쳤지만, 아무도 차마 그것을 입밖에 내지는 못했다.

언덕 위의 사람들은 무리 지어 그들을 향해 내려왔다. 어차피 달아나지 못할 것이라 생각하고 있는지 그들은 서두르는 기색없이 느긋한 태도였다.

"이렇게 잡힐 것을 그동안 그렇게 애를 먹이나?"

"제법이긴 하다만 그것도 이제 끝이다."

그런 소리를 지껄이면서 다가오는 그들을 덜덜 떨며 노려보고 있던 노드가 안간힘을 짜내어 큰 소리로 말했다.

"우, 우리가 누군지 알고 이러는 거냐?"

그러자 그중 한 남자가 대뜸 대꾸했다.

"잘 알고말굽쇼. 프라트에서 신의 사도들을 모시고 있는 높으신 나으리들이 아니십니까! 참, 폐하께 직접 임명받으셨다는 이야기도 빼놓으면 안 되겠군요."

그의 유들유들한 말투에 추격자들은 다같이 웃음을 터뜨렸다. 노드의 얼굴은 흙빛으로 굳어졌다. 그들이 단순한 도적이 아닌 추격자라는 것이 더욱 확실해진 것이다. 로네스는 떨리는 가슴을 진정시키려 애쓰면서 그들을 설득하려 했다.

"에든에게 충성해 봤자 당신들에게는 파멸이 기다리고 있을 뿐이오. 지금이라도 그릇된 행동을 그만둔다면 당신들의 죄를 묻지 않겠소. 아니, 오히려 폐하께서 상을 내리실 것이오."

그러자 다른 녀석이 빈정거렸다.

"왜? 프라트까지 데려가서 목을 매다시려고? 하긴, 우리 같은 촌놈들이 프라트 같은 곳을 구경할 수 있는 것만 해도 어디야?"

또다시 추격자들이 웃어댔다. 그러면서 거리가 가까워지자 그들은 여유로운 태도로 천천히 노드 등을 포위하기 시작했다.

"아아, 이제 보니 저 관리 아가씨는 제법 괜찮은데, 그냥 죽이기는 아까워."

어떤 놈이 너스레를 떨자 일당에 섞여 있는 몇몇 여자들 중 한 명이 날카롭게 반응했다.

"쓸데없는 소리 하지 말고 제대로 처리할 생각이나 해! 신의 사돈지 뭔지가 날것을 타고 찾아다닌다는데 빨리 해치우고 여길 떠야 할 것 아냐."

"알았어."

포위망이 어느 정도 굳혀졌다고 판단한 것인지 본격적인 공격이 시작되었다. 뒤크와 티레이는 노드와 로네스의 옆에 있으면서 그들을 지키려고 했으나 막상 공격이 시작되자 여의치 않았다. 숫자가 너무 많아 두세 놈을 동시에 상대하다 보면 조금씩 멀어지곤 했다. 그때마다 필사적으로 다시 다가서면서 몇 번이나 아슬아슬하게 두 사람을 보호했지만 상황은 점점 어려워졌다.

"아악!"

한 남자의 발길질에 로네스가 비명을 지르며 뒤로 나뒹굴었다.

"로네스!"

놀란 노드가 그녀에게 가려고 했지만 무기를 들이밀고 앞을 가로막는 적 때문에 움직일 수가 없었다. 뒤크와 티레이 역시 수명의 남자들에게 둘러싸여 있어 로네스에게 갈 수 없었다.

"흐흐, 그냥 죽이기엔 아깝지만 하는 수 없지."

남자는 음흉한 웃음을 흘리며 칼을 치켜들었다. 로네스는 눈을 질끈 감았다. 그러나 로네스의 머리로 남자의 칼이 내려오는 찰나 미세한 전자음이 들리더니 남자가 맥없이 쓰러졌다. 동시에 지면을 가볍게 울리는 소리가 나며 누군가가 위에서 내려와 착지했다. 그 소리에 로네스가 눈을 떠보니 아담의 모습이 옆에 있었다. 로네스는 얼른 고개를 들어 하늘을 보았다. 빠르게 공중을 선회하고 있는 에어 바이크들이 보였다. 마리나와 릴리 자매였다.

땅에 내려선 아담의 한 손에는 전자봉이 있었다. 아담은 내려서자자 전자봉을 휘둘러 옆의 적을 강하게 쳤다.

"으악!"

남자는 비명을 지르며 붕 떠서 날라갔다. 그와 동시에 무기를 들지 않은 아담의 다른 손은 정면으로 달려드는 적의 복부를 가격했다.

"처, 철인간이다!"

"어떡하지?"

추격자들은 아담의 등장에 꽤나 당황스러워했다.

"이렇게 된 이상 어쩌겠어? 철인간이고 나발이고 다 해치워 버려! 여럿이 동시에 덤비면 제가 어쩔 거야?"

대장인 듯한 자가 신경질적으로 명령했다. 그 말에 따라 여러 명이 아담에게 몰려들었다. 그럼에도 쉽게 덤비지 못하다가 자기들끼리 신호를 하고 일시에 달려드는데, 아담은 뜻밖에도 자신의 한쪽 종아리를 빼더니 무기가 없는 손에 들고 전자봉과 다리를 동시에 강하게 휘둘렀다.

"악!"

"허억!"

그 타격으로 한번에 여섯 명이 피를 토하며 나뒹굴었다. 그 모습에 공중에서 지원 사격을 하던 마리나와 릴리도 잠시 멍해져서 그를 지켜보았다. 아담은 그 뒤에도 한쪽 발로 붕붕 뛰면서 전자봉과 발로 추격자들을 계속 가격했다. 인간이 아니어서인지 한쪽 다리로 뛰는데도 전혀 균형을 잃거나 부자유스러워 보이지 않았고, 오히려 팔다리가 자유롭게 방향을 바꾸는 예측 불허의 동작으로 상대하는 자들을 심한 혼란에 빠뜨렸다. 릴리와 마리나는 에어 바이크를 타고 적의 머리 위를 선회하면서 충격총으로 노드와 로네스에게 다가서려는 자들을 우선적으로 쏘았다. 아담은 전설의 용자처럼 주저없이 추격자들 사이에 뛰어들어 가차없이 하나하나 쓰러뜨려 나갔다. 아담의 맹렬한 활약에 추격자들의 사기는 여지없이 꺾이고 도리어 수세에 몰리는 지경이 되었다. 뒤크와 티레이는 노드와 로네스를 근처의 나무로 데리고 가서 그들의 안전을 일단 확보하고 용기 백배해서 본격적으로 전투에 임했다. 상황이 이렇게 되자 전세는 완전히 역전되었다. 추격자들은 노드와 로네스

쪽으로 갈 엄두도 내지 못하고 자신의 몸을 지키기에 급급하다가 마침내 몸을 돌려 달아나기 시작했다. 그러자 아담은 자신의 다리를 끼우더니 종아리를 잡았던 손으로 허리에 대롱대롱 달려 있던 충격총을 뽑아 달아나는 자들을 쏘았다. 충격총을 맞은 자들은 짚단처럼 철퍼덕 땅바닥에 엎어져 가늘게 몸을 떨며 경련을 일으켰다. 30여 명의 추격자들 중 그나마 뒤에 있던 두 사람만이 간신히 그곳을 빠져나갔을 뿐 나머지는 전부 죽거나 충격총에 맞아 기절하는 것으로 전투가 마무리되었다.

그제야 한숨 돌린 마리나와 릴리는 통신으로 지휘차에 있는 동료들에게 대강의 상황을 전했다. 지휘차에 있던 우진과 바다는 곧장 박상등과 그곳으로 가겠다고 답변했다. 마리나 자매는 에어 바이크를 착륙시키고 노드 등에게 갔다.

"정말 큰일날 뻔했군요. 괜찮으십니까?"

마리나의 질문에 노드는 거의 울 것 같은 표정으로 고개를 가로저었다.

"예, 덕분에 살았습니다. 정말 뭐라고 감사의 말씀을 드려야 할지……."

"면목없습니다. 저희가 큰 문제를 일으키고 말았습니다."

로네스는 미안해하며 고개를 떨구었다. 마리나는 그녀를 위로했다.

"아닙니다. 레스프라트의 관리로서 사람들을 도우려다 위험에 빠진 것 아닙니까? 직분에 충실한 것은 잘못이 아니지요. 아무튼 이만하길 다행입니다. 곧 지휘차가 올 테니 여기서 잠시 기다립시다."

한편 릴리는 뒤크와 티레이와 함께 기절한 자들과 부상자들을 가려내어 도망가지 못하도록 묶어놓는 작업을 시작했다. 아담의 다리에 맞은 자들 중에는 죽은 이도 제법 있었다.

"정말 인정사정 볼 것 없이 후려쳤네."

머리가 터져 뇌수를 쏟아내고 죽은 자를 내려다보며 릴리는 콧잔등을 찡그렸다. 명령이 있으면 사람을 해칠 수도 있다던 말이 확실하게 증명된 셈이었다.

정리 작업이 대충 끝났을 무렵, 지휘차와 에어 트럭이 도착했다. 무적택배 사람들은 노드 등과 반갑게 인사를 나누고, 박창이 몰고 온 에어 트럭의 화물칸에 부상자들과 기절한 이들뿐 아니라 죽은 자들의 시신도 전부 실었다. 비록 부패한 에든 시장관의 사주를 받아 살인을 저지르려던 자들이지만, 들판에 버려둘 수는 없다고 생각한 것이었다.

"에든 시장관을 어떻게 할 생각인가요?"

지휘차의 통제실에서 지혜가 묻자 노드는 평소의 그답지 않은 강경한 어조로 말했다.

"그자의 여러 죄상이 낱낱이 드러난 이상 이대로 두고 갈 수는 없지요. 저와 로네스의 직권으로 그와 일당을 투옥하고, 신의 사도 여러분께서 허락해 주신다면 프라트에 돌아가기 전, 이 지역의 최고 행정관에게 들러서 적법한 절차를 걸쳐 엄정한 법의 심판을 받도록 고발하겠습니다."

"노드 씨, 생각보다 굉장히 이성적이네요. 그놈 때문에 몇 날 며칠 고생하고 죽을 뻔하기까지 했는데, 나 같으면 막 혼내주고 싶어졌을 거예요."

박창이 감탄조로 말했다. 노드는 계면쩍게 웃었다.

"감정으로만 따지자면 혼내주는 정도가 아니라 더 심하게 하고 싶지요. 하지만 엄연히 법이 존재하고, 또 저는 국가의 녹을 먹는 관리이니 정도를 지켜야지요."

로네스는 조용히 그의 말에 수긍했다. 그러나 그들이 토리콘의 관저에 돌아가서 합당한 조치를 취하려 했을 때 에든의 모습은 이미 보이지 않았다. 남아 있던 하인, 하녀들에 따르면 무적택배 사람들이 지휘차를 타고 나간 다음 곧바로 에든이 관저에 돌아와 가족들과 집사 등의 심복들만 데리고 서둘러 여러 가지 물건들을 챙겨서 나갔다는 것이다.

"빠르기도 하군. 눈치 채고 달아날까 봐 말하지 않고 나왔는데, 어떻게 알아챘지?"

박상이 찜찜해하며 중얼거리는데 지혜가 냉소적으로 말했다.

"이렇게 될 경우를 대비해서 평소부터 준비를 해놓았었겠지."

"이제 어떻게 하죠?"

릴리가 로네스에게 물었다. 로네스는 떠름한 얼굴로 입을 다물고 있다가 말했다.

"일단 병사들에게 명해서 그들을 추적하게 하고 이웃 도시에 연락을 해서 새로 시장관이 임명될 때까지 토리콘의 질서를 유지하도록 조치하는 걸로 하지요. 행정을 공백 상태로 두고 갈 수는 없으니까요."

피곤할 법도 하련만 로네스는 관저에 남아 있는 병사들에게 잡아온 자들을 일단 투옥하라는 명을 내린 뒤 노드와 같이 필요한 조치를 취하러 시관청으로 갔다. 행정에 대해서는 아는 바도 없고 권한을 주장할 생각도 없는 무적택배 사람들은 관저에 있으면서 기다렸다가 노드와 로네스의 일이 끝나자 그들과 그곳을 떠났다.

■ 제 14장

고대 금속 메도콤

1

　토리콘을 떠난 무적택배 사람들과 일행은 그 도시가 속한 주(州)인 메데인 주의 주장관에게 들러 토리콘에서 있었던 일을 이야기하고 에든 등을 끝까지 추적하여 처벌하도록 당부한 뒤 페르제 남매를 고향까지 책임지고 데려다 줄 것을 특별히 부탁했다. 그러고 나서 그들이 향한 곳은 숯과 함께 태워 용광로의 연료로 사용할 세아라는 광석의 매장지였다. 고대의 기록과 인공위성의 자원 탐사를 통해 선정한 후보지는 수도 프라트에서 동쪽에 있는 산맥인 키틀의 한자락인 마스텐 산(山)이었다. 그곳으로 정한 이유는 과거에 개발이 진행되었던 곳이면서 아직 매장량이 풍부하고, 무엇보다 프라트에서 가장 가까운 산지라는 점이었다. 쿠네이처럼 인적이 드문 곳이었지만 그만큼 조용한 지역이라 조사는 비교적 빨리 끝났다. 여러 곳을 돌아다니는 것에 넌더리가 난 지혜가 서두른 까닭도 있었다. 마스텐 산에서 이틀간의 조사를 끝낸 무적택배 사람들은 그 즉시 광석의 샘플들을 가지고 프라트로 돌아갔다.

프라트에 도착한 그들은 로네스와 노드에게 쿠네이에서 데려온 릭스와 그 가족을 부탁하고, 그날은 푹 쉬면서 피로를 풀었다. 베르테스에게 다녀온 로네스는 베르테스가 릭스에 대해 특별 사면을 베풀었으며 그와 가족들이 프라트에서 새 삶을 시작하도록 허락했다고 알려왔다.

다음날 릭스 가족은 박상 등에게 감사 인사를 하고 노드를 따라 언덕을 내려갔다. 그리고 그날부터 새로운 금속을 제조하기 위한 본격적인 작업이 개시되었다. 지혜는 작업실에 들어가 채취해 온 광석 샘플의 성분 분석을 시작했고, 나머지 사람들은 노드와 로네스에게 부탁해 프라트에서 구할 수 있는 모든 종류의 벽돌을 모았다. 용광로를 제작할 벽돌을 선별하기 위해서였다. 노드는 로네스를 구왕궁에 남겨두고 자신이 직접 시장으로 내려가더니 그날 안에 여러 종류의 벽돌들을 구해서 올라왔다.

"꽤 종류가 있군요."

정원 한 켠에 쌓여 있는 벽돌 더미를 보고 박상이 놀라워하는데 우진은 다소 실망스러운 표정이었다.

"그런데 정작 자료에 있던 용광로에 사용할 벽돌은 없는 것 같은데요."

"그걸 어떻게 구분해요?"

릴리가 물었다. 우진은 벽돌들을 가리키며 말했다.

"간단합니다. 색깔부터 표시가 나거든요. 옛날에 용광로를 만들 때

썼던 벽돌은 윤이 나고 아주 새까맣더군요. 아마 유약 때문에 그런 색깔이 나오나 본데, 워낙 고온이 필요한 용광로라 일반 벽돌과는 다른 특별한 벽돌을 썼다고 합니다."

"그 시대의 벽돌 제조법이 아직 남아 있으리라고 보기는 어려울 겁니다. 아무튼 이것들 중에 쓸 만한 것이 있는지 조사를 해보죠."

박상이 말했다. 그들은 벽돌을 종류별로 분류해서 지혜에게 가져다주었다. 검사 장비 자체가 지혜의 것인 데다가 지혜 이외의 사람들은 작동법도 모르는 터라 도움이 되지 못했다. 지혜에게만 주로 맡기는 것이 미안하긴 했지만 어쩔 수 없는 노릇이었다.

지혜가 광석과 벽돌의 조사를 끝내는 데는 여러 날이 걸렸다. 나중에 그녀가 정리하여 일행에게 알려준 결과 절반의 성공, 절반의 실패라 말했다. 광산에 대한 결과는 좋았다. 쿠네이에 있는 광맥은 전반적으로 양호했으며 특히 4번째 광산은 큰 힘 들이지 않고도 무난하게 개발이 가능할 것으로 결론이 나왔다. 그러나 벽돌들을 조사한 결과는 실망스러웠다. 대부분이 대충 흙을 개어 만든 것으로 내열성뿐만 아니라 강도도 약해서 용광로를 만드는 데 요구되는 기준을 충족시키지 못했다.

"금속의 원료랑 연료가 해결이 되는가 싶더니, 이젠 용광로가 말썽이네요. 이러다 정말 벽돌까지 따로 제작해야 할지도 모르겠네요."

지혜의 설명을 들은 마라나가 한숨 지으며 투덜거렸다. 박상은 떠름한 얼굴로 지혜가 요약하여 나누어 준 조사 결과표를 내려다보고 있었다. 지혜는 냉철하게 단언했다.

"필요하다면 벽돌이든 뭐든 만들어야죠. 그토록 힘들게 여기까지 와서 벽돌 때문에 막힐 수는 없잖아요."

"그치만 우리가 무슨 재주로 벽돌을 구워? 벽돌이 쿠키 굽는 거랑 같은 줄 알아?"

박창이 어이없어하며 구시렁거리는데 우진이 말했다.

"당연히 여기 사람들에게 방법을 가르쳐 주고 부탁해야죠. 벽돌이 해결되지 않으면 용광로를 만들 수가 없습니다. 용광로를 못 만들면 우주선 수리 또한 불가능해지구요. 그러니 어떻게든 방법을 찾아야죠. 폐광을 다니면서 조사한 것처럼 옛날에 이런 벽돌을 많이 생산했던 지역을 찾아가 보는 건 어떻겠습니까? 고대에는 특유의 내열성 때문에 용광로나 오븐 외에도 공장 건물 등에 많이 쓰여서 활발하게 생산되었던 모양이던데요."

"하지만 지금도 만들고 있다면 프라트에 없을 리가 없죠. 명색이 수도인데."

릴리가 머리를 흔들었다.

"물론 현재는 생산되지 않을 가능성이 큽니다. 지금은 그곳에서 벽돌을 만들 수 있을지를 확인하러 가보자는 거죠. 이 벽돌은 흙과 유약이 중요한 것 같더군요. 혹시 모른다 싶어서 디파에서 자료를 조사할 때 같이 알아봤는데, 지도상 여기가 과거의 주요 생산지 중 한곳으로 그나마 프라트에서 가장 가까운 곳입니다. 일종의 대규모 도요지였는데, 벽돌 이외에도 여러 가지 토기를 생산했었다고 하니까 혹시 지금도 그런 흔적이 남아 있을지도 모르죠."

우진은 마치 이런 상황을 예측이라도 하고 있었던 것처럼 침착하게 준비해 온 지도를 펼쳐 구체적인 지역까지 짚어가며 열심히 설명했다. 지혜는 우진의 제안에 적극 호응했다.

"여기서 마땅한 벽돌을 구할 수 없다면 그렇게라도 해보는 거죠. 한

번 가보기로 해요."

"가는 건 어렵지 않지만 우리가 흙을 구분할 수 있겠습니까? 그 지역의 아무 흙을 가지고 벽돌이나 그릇을 만드는 게 아닐 텐데요. 그렇다고 모든 곳의 흙을 일일이 성분 분석을 하면서 다닐 수도 없을 테구요."

박상이 고개를 갸웃거리며 말했다. 우진은 그 의문에도 막힘없이 대답했다.

"노드 씨나 로네스 씨에게 부탁해서 벽돌 만드는 장인을 몇 명 추천해 달라고 해서 같이 가보는 게 어떻겠습니까? 그 일을 종사하는 사람들이라면 적합한 흙을 알아볼 겁니다."

"그렇게 하면 되겠네요. 우리가 보는 것보다 더 정확하겠어요."

지혜가 고개를 끄덕였다. 박상이 생각하기에도 그런 것 같아 그도 동의했다.

"그 두 사람에게 벽돌 장인들이 왜 필요한지 설명할 겁니까?"

바다가 묻자 박상은 머리를 흔들었다.

"자세한 이야기는 나중에 베르테스님께 말하기로 하고 이번에는 그냥 갑시다. 모든 일이 확실하게 정해진 다음에 알게 하는 편이 좋겠습니다."

결론을 내린 무적택배 사람들은 즉시 노드와 로네스를 불러 숙련된 벽돌 장인들을 여러 명 구해 데리고 와 달라는 부탁을 하고, 벽돌 장인들을 데려오면 그들과 동행하여 지휘차를 타고 프라트에서 좀 떨어진 곳에 잠시 다녀올 예정이라고 알렸다.

"벽돌 장인이요? 혹시 목수나 미장공이 아니구요?"

노드는 영문을 몰라 멀뚱한 표정으로 물었다.

"예. 벽돌 장인이 필요합니다."

박상은 행여 잘못 전달되는 일이 없도록 또박또박 답해주었다. 노드와 로네스의 표정은 더욱 의아해졌다. 그들의 이런 반응도 무리가 아닌 것이 모든 벽돌 종류를 다 구해오라고 한 것이 불과 며칠 전이었는데, 이제는 벽돌 장인들을 데리고 오라는 뜬금없는 임무가 떨어진 것이다.

"벽돌 장인들이 왜 필요하신지 저희가 그 이유를 알 수는 없을는지요?"

로네스가 조심스러운 어조로 물었다.

"나중이 되면 아시게 될 겁니다. 지금은 우리가 부탁한 것을 들어주면 됩니다."

박상의 대답에 로네스와 노드는 더 묻지도 못하고 그 자리를 물러났다. 밖으로 나온 노드는 아무리 생각해도 모르겠다는 표정이었다.

"정말 이유를 모르겠네. 벽돌 장인이 왜 필요한 걸까? 그리고 쿠네이랑 그 산골에는 왜 갔던 거고. 도무지 모르겠어. 로네스, 넌 뭔가 짐작 가는 게 있어?"

"글쎄. 이번의 벽돌을 제외한 앞의 두 가지는 분명히 광산이었어. 그런데 귀금속이나 보석 때문은 아닌 것 같고, 뭔가 다른 것 때문이라는 말인데……."

로네스는 혼잣말처럼 중얼거렸다.

"이것도 폐하께 보고하는 게 좋을까?"

노드의 질문에 로네스는 당연하다는 얼굴로 말했다.

"당연히 그래야지. 신의 사도 분들 앞에 사람들을 데리고 가야 하는데 폐하께서 모르시게 할 수는 없잖아."

"그럼 벽돌 장인들을 우리가 직접 찾을 필요는 없겠군. 폐하께서 누군가를 시켜 신원이 확실한 사람들로 골라서 보내주시지 않겠어?"

"그럴 가능성이 높겠지."

"어쨌든 우리가 모르는 일이 너무 많아. 위대한 도시 디파에서 있었던 일도 그렇고, 쿠네랑 그 산골에 간 것도, 이번의 벽돌도 말이야."

노드의 불평에 로네스는 빙긋 웃었다.

"어쩔 수 없지. 우린 고대인이 아니니까. 지금 설명을 듣는 대도 이해할 수 없는 것들이 더 많을 거야. 아직 잘은 모르겠지만 뭔가 크고도 의미있는 일이 앞으로 일어날 것 같기도 해. 그것을 가장 가까운 곳에서 지켜볼 수 있다는 것만으로도 큰 행운 아니겠어?"

"큰일?"

노드의 눈이 호기심으로 빛났다.

"역시 넌 뭔가 짚이는 게 있는 모양이군. 뭐야? 뭘 거라고 생각해?"

로네스는 대답없이 빙그레 미소만 지었다.

"응? 뭔데? 뭔데, 그래?"

궁금해진 노드가 재우쳐 물었으나 로네스는 끝까지 입을 열지 않고 묘한 미소를 보일 따름이었다.

노드와 로네스에게 벽돌 장인을 부탁한 뒤 며칠 지나지 않아 일곱 명의 벽돌 장인이 두 사람에게 안내되어 무적택배 사람들 앞으로 왔다. 네 명은 남자고 세 명은 여자였는데, 전원 중장년층 이상인 지긋한 연배의 사람들이었다. 그들은 박상 일행의 면전에 서게 되자 고개도 들지 못하고 바닥에 납죽 엎드린 채 일어설 줄을 몰랐다.

"그만들 일어나십시오."

박상이 말했지만, 그들은 황송해하며 엉거주춤 조금씩 몸을 일으키는 정도로 여전히 고개를 푹 조아리고 있었다.

"여러분을 여기에 오게 한 것은 부탁드릴 일이 있어서입니다. 일단 우리와 어디에 좀 가서서 흙을 봐주셨으면 합니다."

"예, 예."

일곱 벽돌 장인은 말뜻을 제대로 알아든기나 한 건지 정신없이 굽실 거리며 무조건 예라고 대답했다. 무적택배 사람들을 신의 사도로 철석 같이 믿고 있는 눈치였다. 그런 그들에게 편하게 대하라고 해도 무리일 것 같아 박상은 노드와 로네스에게 벽돌 장인들을 맡기고 앞장서서 지휘차에 갔다. 일곱 사람들은 지휘차 앞에서 한참을 머뭇거리며 서로의 눈치를 보다가 노드의 재촉을 받고 하나둘 올라탔다. 통제실에 들어온 뒤에도 자기들끼리 붙어서서 겁먹은 표정으로 주위를 살피던 그들은 지휘차가 날아오르자 발 밑에서 느껴지는 이질적인 부유감에 화들짝 놀라 움츠러들었다.

우진과 바다는 인공위성의 유도를 받아가며 지도에 표시되어 있는 고대의 도요지를 향해 지휘차를 몰았다.

"이 별 하늘엔 거칠 것이 없어서 운전하기 정말 편하죠?"

릴리가 우진에게 말을 걸었다. 우진은 빙긋 웃으며 고개를 주억거렸다.

"그렇죠. 이 별에서 하늘을 날아다니는 건 새나 곤충밖에 없으니까요."

"에어 바이크 타기도 진짜 좋아요. 최고 속도로 신나게 날고 나면 스트레스가 확 풀려요. 아, 오늘처럼 맑은 날은 에어 바이크 타기 최곤데."

릴리는 정면의 모니터로 보이는 화창하게 개인 하늘을 바라보며 눈을 반짝였다.

한참 동안 날아가자 아래의 풍경은 한가로운 전원으로 바뀌어 있었다. 프라트에서 남쪽으로 내려간 그곳은 고대의 전쟁에서도 피해를 입지 않았던지 풍요로운 푸르름을 뽐내고 있었다.

"어디쯤 내려볼 건가요? 옛날의 흔적은 남아 있지 않을 텐데 적당한 곳을 찾을 수 있겠어요?"

마리나가 바다와 우진에게 물었다. 우진이 대답했다.

"자세하게 표시된 고대의 지도에서 큰 가마터가 있는 몇 군데를 찾아봤습니다. 그중에서 프라트에서 제일 가까운 곳에 먼저 내려서 조사해 보면 어떨까 합니다. 서넉이라는 산인데, 현재의 지도와 비교해 보니 옛 지명이 약간 변형된 형태로 남아 있더군요."

"산이면 반경이 꽤 넓을 텐데요? 어딘 줄 알고 조사해요? 그렇게 상세한 지도가 있던가요?"

릴리가 고개를 갸웃거렸다. 우진은 어렵지 않게 대답했다.

"예. 지형이 급격하게 변하지만 않았다면 찾기는 어렵지 않을 겁니다. 인공위성에 그 지점을 입력해서 유도를 받고 있거든요. 설사 지형이 좀 변했더라도 찾아낼 수 있을 겁니다. 그런 작업에는 흙과 물이 필수라고 되어 있으니까 물이 풍부한 곳을 찾아서 중턱쯤에 내려보면 되죠."

얼마 후 목적하는 지역에 도착한 것인지 지휘차는 속도를 늦추고 천천히 그 일대를 둘러보기 시작했다. 지휘차의 조종을 바다에게 맡기고 우진은 지면을 비추는 모니터를 보면서 내려설 곳을 골랐다. 얼마 뒤 우진이 일행에게 말했다.

"저기쯤 내려가보지요."

우진이 가리키는 곳은 멀지 않은 곳에 큰 개울이 있는 완만한 산중턱이었다. 편편한 곳을 골라 내려선 그들은 지휘차가 완전히 내려서고 바닥이 안정되자 밖으로 나갔다. 벽돌 장인들은 처음 경험하는 일에 충격이 컸던지 어지러운 얼굴로 박상 일행을 따라 나왔다. 그들은 바깥에 펼쳐진 풍경을 보고 그때에야 자신들이 프라트에서 멀리 떨어진 곳에 왔다는 것을 깨닫는 눈치였다. 산을 등지고 내려다보이는 넓은 평지에는 잘 가꾸어진 경작지와 여러 채의 농가가 모여 있는 마을이 멀찍이 보일 뿐 프라트의 모습은 어디에도 보이지 않았다. 그들은 믿기 어려운지 눈을 비비고 정신없이 주위를 둘러보았다.

"여기가 대체 어디요? 프라트가 아닌 게 맞지요?"

"그런 것 같습니다. 태어나서 처음 와보는 곳인데요."

"우리가 하늘을 날아온 게 맞나 봅니다."

그들은 놀란 기색을 고스란히 드러내며 자기들끼리 수군거렸다. 박상은 벽돌 장인들의 놀라움과 흥분이 가라앉기를 기다렸다가 그들에게 말을 건넸다.

"갑자기 먼 곳에 와서 많이 놀라셨겠지만 오늘 안으로 다시 프라트에 돌아갈 테니 아무 염려 마십시오. 아까 말씀드린 것처럼 여러분께서 해주실 일이 있습니다. 지금부터 여러분은 이곳을 둘러보시면서 벽돌을 굽기에 좋은 흙이 있는지 살펴봐 주십시오."

박상의 주문에 벽돌 장인들은 어리둥절해하는 눈치였다. 그들 중 한 명이 용기를 내어 박상에게 물었다.

"저어, 그 말씀은 저희에게 여기서 벽돌을 만들 흙을 찾으라는 뜻이십니까?"

우진이 대답해 주었다.

"그렇습니다. 여러분이 지금까지 만들던 것과는 다른 벽돌을 만들 흙이라 생소하실지도 모르겠지만, 아무튼 벽돌이나 그릇 등을 만들기에 적합한 흙이 있는지를 봐주시면 됩니다."

일곱 명은 여전히 영문을 모르는 얼굴이었으나 작은 삽과 흙을 담을 나무통을 하나씩 들고 흙을 둘러보러 흩어졌다. 박상 등은 자신들이 돌아다녀 봤자 흙을 알 리가 없으므로 지휘차의 가까이에 있으면서 벽돌 장인들의 조사가 끝나기를 기다렸다. 미테르 교의 사제들과 특공대원들은 그들을 빈틈없이 에워싸고 서서 경비에 임했다.

"여긴 완전히 시골이네요."

눈앞의 풍경을 바라보던 지혜가 중얼거렸다. 그녀의 말처럼 산중턱에서 멀찍이 내려다보이는 정경은 평온한 농촌의 모습 그 자체였다.

"이 일대는 옛날에 꽤 유명한 도요지였던 모양이던데, 지금은 전혀 그릇을 만들지 않나 보군요. 가마 같은 건 없어 보이는데요."

우진이 하는 말에 지혜가 대답처럼 말했다.

"이런 곳은 위대한 도시와는 사정이 달라서 전쟁 이후 빠르게 문명이 쇠퇴했을 테니 당연한 일인지도 모르죠. 어른들 대부분이 죽고 아이들끼리만 남게 되었을 때 제대로 문화적 생활을 영위하리라고 보기는 어려워요. 십중팔구는 골딩의 소설 「파리대왕」처럼 야만화되고 말았을걸요."

지혜가 우진과 진지하게 그런 이야기를 나누고 있는데 뒤쪽에 혼자 쪼그리고 앉아 풀들을 뒤집으며 부스럭거리던 박창이 갑자기 벌떡 일어나더니 지혜의 눈앞에 뭔가를 불쑥 들이밀었다.

"이것 봐라!"

박창의 손에 들린 것은 방아깨비 비슷하게 생긴 길쭉한 연두색 곤충이었다. 눈앞에서 버르적거리는 곤충을 본 지혜는 소스라치게 놀라 펄쩍 뛰면서 비명을 질러댔다.

"으악! 뭐 하는 짓이야? 어서 치워!"

박창은 곤충을 잡고 흔들면서 지혜를 놀렸다.

"뭘 그렇게 놀라? 설마 이 쪼그만 게 누나를 잡아먹기야 하겠어?"

"난 벌레는 질색이야!"

지혜는 다른 사람의 뒤로 몸을 숨기면서 신경질적으로 외쳤다. 박창이 낄낄거리면서 그것을 놓아주려는데 릴리가 그에게 말했다.

"저한테 줘보세요."

박창에게서 벌레를 건네받은 릴리는 그것을 이리저리 보더니 말했다.

"이건 레첸이군요. 특공대원들은 이걸 비상 식량 삼아 먹기도 하던데."

"여기 사람들이 몇 종류의 곤충을 먹는 건 알았는데, 그런 녀석도 먹습니까?"

박창이 의외라는 듯 물었다. 릴리는 빙긋 웃었다.

"그다지 맛있지는 않은 모양이지만 먹을 수는 있다네요. 우린 아직 먹어본 적 없어요."

"웩, 곤충을 먹는다구요?"

지혜는 비위 상한다는 표정이 되었다.

"곤충에 대한 선입견만 버린다면 먹을 만해요. 개중에는 맛이 썩 괜찮은 것도 있구요."

마리나는 태연하게 말했다.

"난 굶어 죽기 일보 직전이라면 모를까 벌레 같은 건 먹고 싶지 않아요. 나뿐 아니라 대부분의 지구 사람이 그렇지 않나요?"

지혜는 머리를 설레설레 흔들면서 다른 이들에게 동의를 구했다. 우진이 미소 지으며 말했다.

"꼭 그렇게 단정 지을 수는 없죠. 지구에서도 모든 곤충은 아니지만 곤충을 식재료로 사용하는 곳은 꽤 많은 걸로 알고 있습니다. 우리 쪽도 번데기나 메뚜기는 먹지 않습니까?"

"난 먹어본 적 없어요."

지혜는 뚱해서 부인했다. 그러자 박창이 말했다.

"번데기 통조림은 많이 팔잖아. 그건 그런대로 맛있어. 매운 고추를 조금 넣고 뚝배기에 끓이면 술안주로도 얼마나 좋은데. 메뚜기는 나도 못 먹어봤지만 고소하다고 그러던데."

무적택배 사람들은 벽돌 굽는 이들이 흙을 살펴보고 다니는 동안 그런 식의 잡담을 나누며 시간을 보냈다.

한나절 동안 여기저기 돌아다니던 벽돌 장인들은 들고 간 나무통에 흙을 담아서 하나둘 모여들었다.

"저희가 쓰던 흙이 아니라서 잘 모르긴 합니다만, 벽돌이나 그릇을 굽기에 적당할 것 같은 흙이 있기는 했습니다."

그들 중 가장 연장자인 벽돌 장인이 흙이 담긴 나무통을 무적택배 사람들의 앞에 놓고 보고했다.

"그럼 여기서 벽돌을 만들 수 있을 것 같습니까?"

박상의 질문에 그들은 긍정의 의미로 고개를 살짝 저었다.

"예. 아마도……."

"그럼 프라트에서 시험 삼아 벽돌을 제작할 수 있게 흙을 가지고 여기를 떠납시다."

박상이 결론을 내렸다. 특공대원들이 벽돌 장인들이 찾아낸 흙을 커다란 통에 담아 지휘차 안으로 옮기고 나서 지휘차는 프라트로 돌아갔다.

프라트에 도착한 무적택배 사람들은 벽돌 장인들을 돌려보내고 흙의 성분 분석부터 했다. 용광로에 쓸 벽돌을 만드는 흙이 맞다는 결론이 나자 그들은 노드와 로네스에게 베르테스와 긴요하게 의논할 일이 있으니 그날 밤 늦게라도 만났으면 한다고 전하도록 했다.

베르테스는 다른 일정을 미루고 곧 구왕궁에 올라왔다. 무적택배 사람들은 그가 온다는 연락을 받고 구왕궁 왼편 건물에 있는 응접실에서 기다리고 있다가 그를 맞이했다.

"바쁘실 텐데 이렇게 오시게 해서 죄송합니다."

박상의 인사에 베르테스는 공손히 고개를 숙였다.

"아닙니다. 저야말로 바쁘다는 핑계로 자주 찾아뵙지 못해 죄송할 따름입니다."

"실은 폐하께 긴히 의논드릴 일이 있어서 뵙기를 청했습니다."

박상이 그렇게 말하자 베르테스를 모시고 따라 들어왔던 노드가 머뭇거리며 물었다.

"중요한 이야기를 나누실 모양인데, 저와 로네스는 나가 있을까요?"

"아닙니다. 폐하와 같이 이야기를 들으십시오. 지금까지 그래 왔듯이 두 분을 통해 폐하와 의견을 조율하거나 일을 추진해야 할 테니까요. 그쪽에 앉으십시오."

"예."

두 사람은 베르테스에게서 조금 거리를 두고 앉았다.

"디파에 이어 이런 말씀을 드리기가 좀 뭣하기는 합니다만……."

매끄럽게 말을 꺼내기가 쉽지 않아 박상이 미적거리는데 베르테스가 말했다.

"위대한 도시 디파를 아메트에게서 되찾는 것은 언제라도 했어야 할 일입니다. 오히려 신의 사도 여러분께서 베풀어주신 여러 가지 도움 덕분에 큰 희생 없이 빠른 시일에 탈환할 수 있어서 레스프라트에는 큰 복이었습니다. 어떤 말씀이든 어렵게 생각하지 말고 말씀해 주십시오."

"그렇게 말씀해 주시니 감사합니다. 그럼 본론으로 들어가겠습니다."

박상은 베르테스에게 설명하기 위해 준비해 놓은 자료들을 테이블에 올려놓고 이야기를 시작했다.

"지금부터 폐하께 부탁드리는 일은 새로운 금속의 제조와 관련있는 것들입니다. 우리가 그동안 디파와 쿠네이 등 여러 곳을 돌아다닌 것도 그것 때문이었습니다. 폐하께서 도와주신다면 우선적으로 여기서 가까운 곳에 용광로를 만들어 제작에 들어갔으면 합니다. 제작한 금속의 일부를 우리가 필요로 하는 형태로 가공해서 주시면, 그 다음부터는 레스프라트와 폐하의 필요에 따라 운용하시면 됩니다. 그런데 새 금속을 만들기 위해서는 용광로를 만드는 것 이외에도 광산을 개발하는 등 그를 위해 선행되어야 할 일들이 몇 가지 있습니다. 그래서 폐하께 특별히 부탁드리는 것입니다."

평소 표정 변화가 잘 드러나지 않는 베르테스였으나 이때는 크게 긴장하는 기색이 역력했다. 그것은 로네스와 노드의 경우도 마찬가지였다.

"새로운 금속이라 하시면 지금 저희들이 주로 사용하고 있는 철과는 다른 종류입니까?"

"그렇습니다. 고대에 사용했던 금속들 중에서 현재 이곳에서 만들 수 있는 것으로 고른 것입니다. 가볍고 강하며 쉽게 부식되지 않는다는 점에서 현재의 철에 비할 바가 아니지만, 제작과 가공이 까다롭다는 것이 단점이라면 단점입니다."

베르테스의 눈빛은 예리함을 더했다. 굳이 말을 하지 않더라도 그가 대단히 중요하게 받아들이고 있다는 사실은 짐작할 수 있었다. 자신을 얻은 박상은 일행과 미리 의논해 놓은 대로 자료를 펼쳐 가며 설명을 시작했다.

"우리가 만들고자 하는 금속의 이름은 메도쿰이고 그것의 생산을 위해서는 세 가지의 조건이 충족되어야 합니다. 첫 번째는 메도쿰의 원료가 되는 광석과 숯과 태워 높은 온도를 얻는 데 이용할 연료 광석을 확보하는 것이고, 두 번째로는 새로운 재질과 형태의 용광로와 대장간을 만들어야 하며, 세 번째는 용광로를 관리하고 금속을 제련할 기술자와 우수한 대장장이들을 확보하는 것입니다. 첫째 조건부터 말씀드리면 메도쿰 자체의 원료 광석은 이 지도에 표시되어 있는 이 지역, 현재 쿠네이라고 불리는 지역에 있습니다."

박상은 쿠네이의 광산이 표시되어 있는 지도를 펼쳐 자신들이 조사했던 지점을 가리켰다.

"쿠네이에는 먼 옛날에 개발했던 광산터가 지금도 여러 곳에 남아 있습니다. 현재는 그저 쓸모없는 동굴처럼 보이지만 자연적인 동굴이 아닙니다. 여기에 표시된 곳들이 그런 곳인데, 이번에 쿠네이에 가서 조사한 결과 특히 이곳이 개발에 적합한 것으로 판정되었습니다."

박상에 이어 지혜가 이번에는 두 종류의 광석 샘플이 담긴 두 개의 상자를 베르테스의 앞으로 밀고 그것을 열어 보이며 말했다.

"이것이 메도쿰을 만들기 위해 확보해야 하는 광석 중 두 가지입니다. 여기에 기존의 철을 일정 비율로 섞어서 만들게 됩니다. 이 두 가지는 같은 광맥에서 산출되는 것이어서 쿠네이에서 함께 채취가 가능합니다. 노드 씨와 로네스 씨에게 이야기를 들어 쿠네이가 레스프라트의 영토가 아니라는 사실은 알고 있습니다. 하지만 레스프라트에서 가장 가까운 산출지는 이곳밖에 없습니다. 추진에 어려움이 있으시더라도 메도쿰을 만들기 위해서는 반드시 이 지역을 확보하셔야 합니다."

베르테스는 상자 안에 담긴 광석덩어리를 잠시 살펴보다가 지도로 시선을 돌려 표시된 지점을 신중하게 바라보았다. 아무래도 레스프라트의 영토가 아니라는 점이 걸림돌이 되는 것 같았다. 박상 일행은 마음을 졸이며 그의 반응을 기다렸다. 마침내 베르테스가 입을 열었다.

"말씀처럼 쿠네이가 레스프라트의 영토가 아닌 점 때문에 추진이 다소 번거로울지도 모르겠습니다. 그러나 신의 사도 여러분의 말씀이시고 제가 생각하기에도 레스프라트의 장래에 반드시 필요한 일이라 여겨지는 만큼 어떤 어려움이 있더라도 개발을 추진하겠습니다."

그는 쿠네이라는 지역에 대해 자세히는 모르는 것 같았으나 굳은 의지를 담아 확실하게 말했다. 무적택배 사람들은 안도의 눈빛을 교환했다. 박상은 다음 지도를 꺼냈다.

"그리고 이것은 연료가 되는 광석이 나는 광산에 대한 지도입니다. 세아라는 이름의 이 광석은 특정한 과정을 거친 뒤 숯과 함께 태우면 대단히 높은 온도를 얻을 수 있습니다. 이곳 키틀 산맥에 여러 곳의 광맥이 있는 것으로 기록이 남아 있었는데, 이 지역도 둘러본 결과 역시 고대에 개발했던 흔적들이 남아 있어 찾기가 크게 어렵지는 않았습니다. 무엇보다 이곳은 레스프라트 령 내이므로 쿠네이 같은 문제는 없을 겁니다."

박상의 말에 맞추어 지혜는 세아가 든 상자를 내어 아까처럼 베르테스에게 보여주었다. 베르테스는 지도에서 그 지역을 확인하고 말했다.

"이곳에는 즉시 개발을 지시하겠습니다."

박상은 마지막 문제에 들어갔다.

"다음으로 용광로에 대해서입니다만, 메도쿰은 대단히 높은 온도를 요하기 때문에 지금과는 다른 특별한 용광로가 필요합니다. 고대에는 그것을 만들기 위해 특수한 벽돌을 사용했는데, 현재는 남아 있지 않고 만드는 방법도 사라졌더군요. 그래서 용광로를 만들기 위해서는 고대의 공법을 부활시켜서 벽돌부터 다시 만들어야 합니다. 그래서 노드 씨에게 숙련된 벽돌 장인들을 불러달라고 부탁했던 것이구요. 오늘 벽돌 장인들과 고대의 도요지에 가서 흙을 확인하고 벽돌을 만들기에 적당한 곳을 찾았습니다. 프라트까지 흙을 날라와 벽돌을 만들려고 하면 시간도 많이 걸리고 비효율적이므로 그곳에 벽돌 장인들이 가서 벽돌을 만드는 편이 좋을 것 같습니다. 노드 씨와 로네스 씨가 장소를 알고 있으므로 두 사람에게 명하셔서 그곳에 벽돌을 구울 가마와 벽돌 장인들이 머물 숙소를 마련케 해주셨으면 합니다."

여러 가지 내용이 한꺼번에 쏟아져 나온 터라 베르테스가 헷갈려 하지 않을까, 박상은 말하는 도중 은근히 걱정스러워졌다. 그러나 베르테스는 모든 사항을 잘 이해하고 있는 것 같았다. 그는 또렷한 눈빛으로 말했다.

"잘 알겠습니다. 내일 당장 벽돌을 생산할 지역의 책임자에게 명해 가마와 숙소를 짓도록 연락하겠습니다."

그러자 마리나가 끼어들어 그에게 부탁했다.

"괜찮으시다면 그 명령서를 노드 씨나 로네스 씨에게 주십시오. 우리가 같이 가서 전달하겠습니다. 그러면 일이 좀 더 빨리 진행될 테니까요."

마리나의 말을 들은 베르테스는 잠깐 생각하더니 말했다.

"제가 서두를 필요가 있나 보군요."

"그렇습니다. 가능하면 빨리 진행되었으면 합니다."

박상은 말이 나온 김에 잘됐다고 생각하고 그렇게 말했다. 그 말을 하고 베르테스가 서둘러야 하는 이유를 물으면 어떻게 둘러대나 내심 걱정하는데, 베르테스는 선선히 받아들였다.

"알겠습니다. 신속하게 추진하도록 하겠습니다."

박상이 안도하는데, 이번에는 지혜가 베르테스에게 말했다.

"저어, 용광로를 놓을 작업장 말입니다만, 가능하면 지금 우리가 있는 곳에서 멀지 않은 곳이었으면 좋겠습니다. 여기서 멀면 다니기도 불편하고 문제가 많을 것 같습니다."

그러면서 지혜는 한 장의 설계도를 내놓았다. 4개의 용광로와 거대한 공기 흡입 장치를 가동시킬 기계 등을 배치한 일종의 제철소 설계도로 지식의 관에서 찾은 자료들 중에 적당한 규모의 것을 골라낸 것이었다. 지혜는 도면을 손가락으로 짚으면서 설명했다.

"메도쿰은 대단히 높은 온도를 요하기 때문에 용광로의 크기가 클 수밖에 없습니다. 또 여러 가지 금속을 제련해서 섞어야 하는 까닭에 여러 개의 용광로가 필요합니다."

베르테스는 설계도를 주의 깊게 살펴보았다. 숫자와 도량형은 현재도 그대로 사용되고 있는 것이어서 알아보는 데 지장은 없었다.

"공간이 상당히 넓어야겠군요."

베르테스의 말에 지혜가 대답했다.

"예. 높이도 그렇구요."

"대장장이들의 작업 공간은 어디쯤에 두면 됩니까?"

"그건 따로 만들어야 합니다. 용광로가 있는 곳은 금속을 제련하고 가공하는 작업만 전담하는 제철소가 되고, 대장장이들의 작업장은 별도로 둬야 합니다."

"대장간을 용광로와 다른 곳에 별도로 만든다는 말이지요."

베르테스는 의외였던 듯 입속으로 중얼거리고 지혜에게 질문했다.

"대장장이들은 어느 정도 확보하면 되겠습니까?"

지혜는 다른 자료를 꺼내어 베르테스에게 주면서 말했다.

"여기에 대충 적어놓기는 했습니다. 한 번 만들어지면 지속적으로 운용하실 것으로 예상하고 효율적인 인원을 적었습니다. 제철소, 즉 용광로가 있는 곳에는 200명가량이 있으면 상시 가동하기에 지장이 없을 겁니다. 이 사람들은 반드시 숙련된 대장장이일 필요는 없으나, 대장일을 알고 금속을 다룬 경험이 있는 체격 조건이 좋은 사람이면 적합할 것 같습니다. 대장장이의 경우는 숙련된 이들로 2~30명 정도면 되지 않을까 싶습니다만, 폐하께서 융통성있게 조절하셔도 관계는 없습니다. 또 대장간들을 어디에 만들 것인지도 폐하께서 적절히 정하시면 됩니다. 참고로 하시도록 가급적 세부적인 사항까지 작성하기는 했습니다만, 부족한 부분이 있으면 그때그때 노드 씨나 로네스 씨를 통해 말씀해 주십시오."

"그러면 제철소에서 일할 사람들과 대장장이들은 언제까지 준비하면 되겠습니까?"

그 질문에는 우진이 대답했다.

"앞으로 약 열흘간은 벽돌 장인들에게 고대의 벽돌을 만드는 법을 가르칠 예정이므로 그 다음이 좋겠습니다. 제철소에서 일할 사람들을 보내주실 때 용광로를 제작할 사람들도 같이 보내주셨으면 합니다. 벽돌로 만드는 용광로니까 건축 분야의 일을 해온 사람들로 고르시되, 기계류에 능통한 노련한 기술자도 약간 명이 필요합니다. 동물들을 이용한 동력 장치를 만들어야 하거든요. 그것도 자료에 적어놨으니 나중에 보시면 될 겁니다."

"알겠습니다."

베르테스의 대답이 있고 잠시 이야기의 흐름이 끊어졌다. 필요한 이야기가 다 나온 것 같자 박상은 통역기를 끄고 작은 소리로 일행들에게 물었다.

"아직 말할 것이 더 남아 있습니까?"

"글쎄, 난 대충 끝난 것 같은데."

지혜에 이어 우진도 머리를 흔들었다.

"저도 그런 것 같습니다."

"그럼 오늘은 이 정도에서 끝냅시다."

박창 등 여섯 명은 일제히 고개를 살짝 끄덕였다. 박상은 통역기를 켜고 베르테스에게 말했다.

"꼭 필요한 이야기는 대체로 다 나온 것 같습니다. 너무 많은 내용이 한번에 쏟아져 나와서 어지럽게 해드린 것은 아닌지 모르겠습니다. 오늘 말씀드린 내용에서 빠진 것이나 보다 세부적인 사항은 노드 씨와 로네스 씨를 통해 말씀드리겠습니다. 폐하께서도 필요한 정보가 있으시면 언제든지 말씀해 주십시오."

베르테스는 정중하게 고개를 숙였다.

"거듭되는 은혜에 감사드립니다. 새로운 금속은 레스프라트의 앞날에 큰 영향을 미칠 것입니다. 여러분의 뜻에 따라 최선을 다해 신속하게 추진하도록 하겠습니다."

"잘 부탁합니다."

박상은 미안한 마음을 감추고 겸연쩍은 표정으로 그의 인사를 받았다. 자신들의 필요 때문에 벌이는 일을 두고 레스프라트에 대한 은혜라고 받아들이니 양심에 켕기는 기분이 들었던 것이다. 베르테스는 자리에서 일어나기 전에 테이블에 놓인 지도와 상자를 가리키며 물었다.

"이것들은 제가 가지고 가도 되겠습니까?"

"물론입니다."

"감사합니다. 이만 나가보겠습니다."

베르테스가 인사하고 일어나자 노드와 로네스도 따라 일어나서 지도와 상자들을 나누어 들고 베르테스를 따라갔다. 무적택배 사람들이 있는 건물을 나와 정원 끝에 있는 입구까지 걸어간 베르테스는 그곳에 세워두었던 자신의 마차로 가서 호위병들과 시종에게 마차에서 떨어져 있도록 명하고 로네스, 노드를 데리고 마차를 탔다. 그리고 마차 안에서 목소리를 낮추고 두 사람에게 당부했다.

"그대들도 짐작하고 있겠지만 이 일은 레스프라트에 있어 대단히 중요한 사업이 될 것이오. 완성 단계에 이를 때까지 비밀로 해둬야 하오. 일을 진행하다 보면 어느 정도 사람들이 짐작을 해내기는 하겠지만 어느 누가 묻더라도 긍정도 부정도 하지 마시오. 중대한 사안인 만큼 널리 알려져서 좋을 일은 없을 것이오."

"명심하겠습니다."

둘은 고개를 조아렸다.

"그리고 이 일에 대한 보고는 지금까지처럼 내게 직접 하든지 여의치 않을 때는 레히트 재상께 하도록 하시오. 이번 일에 관한 한 전폭적이고 아낌없는 지원이 따를 것이니, 조금의 소홀함도 없도록 신의 사도들의 말씀을 이행하도록 하시오."

"알겠습니다."

"내일 아침에 서넥 산 인근의 행정 책임자 앞으로 보내는 명령서를 줄 터이니 둘 중 한 사람은 남아서 신의 사도 분들을 돕고, 한 사람이 왕궁에 내려오시오."

"예."

"앞으로 그대들이 해야 할 일이 많을 것 같소. 수고해 주기 바라오. 오늘은 이만 가서 쉬시오."

"예. 그럼 내일 뵙겠습니다."

두 사람은 베르테스에게 절하고 마차에서 내렸다. 그들이 내리고 나자 마차는 곧 호위병들에게 둘러싸여 언덕 아래로 내려갔다. 마차가 시야에서 사라진 뒤 로네스와 노드는 몸을 돌려 무적택배 사람들과 자신들의 숙소가 있는 구왕궁의 왼편 건물로 돌아갔다. 걸으면서 노드는 작은 소리로 로네스에게 물었다.

"아까 응접실에서 그 이야기를 듣고도 넌 별로 놀라는 것 같지 않던데, 알고 있었어?"

"알고 있었던 것은 아니고 그냥 막연히 짐작해 본 것이 대충 맞아들었던 것뿐이야."

"난 전혀 몰랐는데, 넌 어떻게 짐작한 거야?"

"광산 때문이야. 전에 말한 것처럼 귀금속이나 보석 때문은 아니잖아. 그렇다고 염료나 연료도 아닌 것이 분명하고. 그러면 혹시 금속이 아닐까 생각해 본 거지. 벽돌은 어디에 필요한 것인지 전혀 몰랐었지만 말이야."

"하긴, 넌 옛날부터 뭐든 잘 추론해 냈었지."

노드가 감탄조로 말하는데 로네스는 진지한 얼굴로 그에게 당부했다.

"이번 일에서는 너랑 내가 할 일이 아주 많을 것 같아. 쉽지는 않겠지만 열심히 해보자. 이건 능력을 증명할 좋은 기회기도 하니까. 이 일이 잘 마무리 지어지면 앞으로 누구도 우리에 대해 더 이상 함부로 말하지는 못하게 될 거야."

"왜? 누가 뭐라 그래?"

노드가 멀뚱해서 물었다. 로네스는 쓴웃음을 지었다.

"직접 대놓고 뭐라는 사람이야 없지. 하지만 우리를 시기하는 사람들은 알게 모르게 많아. 신의 사도들을 모시고 있는 덕분에 항상 폐하를 직접 독대하고 자주 눈에 띄는 편이잖아. 신의 사도들께서도 늘 하시는 말씀이지만, 그분들이 언제까지나 이곳에 계시지는 않을 거야. 우린 그 뒤의 일도 생각하고 대비해 둬야 해. 모든 걸 버리고 고향으로 돌아갈 거라면 몰라도, 그렇지 않고 프라트에서 계속 활동할 거라면 실력으로 스스로를 증명하는 수밖에 없어."

"나중이라……."

노드는 입속으로 중얼거리며 하늘을 올려다보다가 로네스에게 물었다.

"나중에 뭘 할지 솔직히 난 잘 모르겠어. 나 같은 사람은 관리 체질이 아닌 것 같기도 하고. 그치만 너는 일을 계속할 테지?"

"그러고 싶어."

"그래, 난 몰라도 넌 계속하는 게 좋을 거야. 능력도 있고 욕심도 있으니까."

혼잣말처럼 말하던 그는 뭘 떠올렸는지 갑자기 킬킬 웃었다.

"왜 그래?"

"그냥. 전에 아버지가 했던 말이 생각나서. 나보고 똑똑한 여자랑 결혼해야지, 안 그러면 언젠가 쫄딱 망하기 십상이라면서 너를 꼭 잡으라고 신신당부했었거든."

"알았으면 지금부터라도 잘해."

로네스는 웃으며 농담처럼 말했다.

그날 밤 늦은 시각, 일과를 끝내고 집에 돌아가서 쉬고 있던 재상 레히트와 재무대신 엘트는 베르테스의 급한 부름을 받고 서둘러 궁에 들어왔다. 시종장이 입구에서 두 사람을 기다리고 있다가 직접 베르테스의 집무실로 안내했다. 테이블 앞에 앉아 있던 베르테스는 두 사람에게 자리를 권했다.

"쉬실 시간에 갑자기 오시게 해서 미안합니다. 앉으십시오."

레히트와 엘트는 베르테스의 양편에 앉았다.

"저희들 두 사람만 부르신 것을 보니 또 뭔가 비밀리에 진행해야 할 중대한 일이라도 생긴 모양이지요?"

레히트가 짐작을 담아 가볍게 던지는 말에 베르테스는 정색을 하고 진지하게 대답했다.

"그렇습니다. 이번에도 신의 사도들께서 중대한 과제를 주셨습니다."

그 말을 듣자 두 사람의 표정도 심각해졌다. 베르테스는 자리에서 일어나 자신의 책상으로 가서 무적택배 사람들에게서 건네받은 지도와 상자들을 가지고 와서 테이블에 올려놓았다. 그리고 박상이 설명했던 신금속 메도쿰과 그것을 제작하기 위해 선행되어야 할 일들에 대해 설명했다.

"지금의 철을 대체할 새로운 금속을 만든다는 말씀입니까?"

레히트가 놀라며 확인했다.

"그렇소. 현재 우리의 상황에서 만들 수 있는 고대의 금속을 재현하는 것이라 하셨소."

"위대한 도시 디파에 다녀오신 뒤에 이런 이야기가 나온 것을 보면 혹시 그곳의 탈환과 이 일이 관련이 있는 것 아닐까요?"

엘트가 내놓은 추측에 레히트는 납득이 간다는 반응이었다.

"그럴지도 모르겠군요. 디파에 지식의 관이 있다고 하셨던 신의 사도 분들의 말씀과도 부합되구요. 그분들께서 지식의 관에 있는 고대 지식의 일부를 저희에게 가르쳐 주시려는 것인가 봅니다."

"적어도 금속 문제에서만큼은 그렇다고 봐도 무방하겠지요."

베르테스가 조용히 말했다.

"아무튼 고대의 금속이라면 위대한 도시 펠레즈와 디파의 예를 보더라도 지금의 철과는 비교할 수 없이 뛰어난 것이고, 레스프라트에 크나큰 힘이 되어줄 것입니다. 또한 신의 사도들께서 명하신 일이기도 하니 지체없이 시행해야 하지 않겠습니까?"

엘트는 가벼운 흥분 상태였다.

"그렇소. 레스프라트 령 내에 있는 세아 광산은 즉시 개발에 착수하면 되겠지만, 쿠네이 쪽은 병사들을 파견하여 그 일대를 접수하는 일부터 시작해야 할 것 같소."

"쿠네이가 쓸모없는 황무지라고는 하지만 북쪽 유목민들의 땅으로 여겨져 왔는데, 갑자기 병사들을 보내어 점령하면 유목민들을 자극하는 일이 되지 않겠습니까?"

레히트가 우려했다. 베르테스도 그것을 부인하지는 않았다.

"나도 그 점이 마음에 걸리기는 합니다만 부득이한 일입니다. 레스프라트 령 내에는 새 금속의 원료가 되는 광석이 없다고 하니, 어떻게든 쿠네이를 손에 넣지 않으면 안됩니다. 내가 알기로 쿠네이 위쪽의 유목민들은 여러 개의 부족으로 갈라져 있어 통일된 체제를 이루지 못하고 있고, 아메트의 지속적인 교란책으로 많이 약화되어 있다고 들었습니다. 게다가 쿠네이는 유목도 불가능한 불모지라 유목민들이 정주하지도 않습니다. 우리 병사들이 그곳에 진출하면 크게 놀라기는 하겠지만, 바로 군사적인 대응을 하지는 않으리라 봅니다. 아마도 처음에는 우리가 무엇 때문에 그런 행동에 나섰는지 알아보려고 하겠지요. 그때는 적절히 달래는 방향으로 무마시켜야지요."

베르테스의 차분한 논리에 레히트는 수긍의 의미로 고개를 천천히 가로저었다.

"역시 폐하십니다. 이미 거기까지 생각을 해놓으셨군요. 그러면 당장 쿠네이를 구체적으로 어떻게 하실 계획이십니까?"

"장기적으로 봐서는 중앙에서 병력을 편성해서 보내어 그곳을 확실하게 레스프라트의 영토로 다져야 하겠으나, 그것을 기다리다가는 시간이 많이 지체될 것입니다. 우선은 쿠네이 인근의 접경 지역에서 병사들을 차출하여 쿠네이를 접수하게 하고, 추가적으로 병력과 인원을 계속 충원하는 방향으로 하면 어떨까 생각하고 있습니다."

"그것이 무난한 방법 같군요."

레히트는 베르테스의 방책에 동의했다. 엘트도 고개를 저어 동의하곤 베르테스에게 물었다.

"아까 재상께서도 하신 말씀입니다만, 저와 레히트 재상만 따로 불러 말씀하시는 뜻은 새 금속이 완성될 때까지 이 사실을 외부에 비밀에 붙이시려는 것입니까?"

"그렇소. 쿠네이를 장악하고 개발하는 데만도 만만치 않게 시간이 걸릴 것이고 또 그 밖에도 여러 가지 단계를 거쳐야 하오. 아무리 서두른다 해도 빠른 시일 내에는 어려울 것이오. 그런데 미리 소문부터 나버리면 쿠네이의 접수와 개발에 큰 지장이 초래될 수도 있고 아메트나 그 외 불순한 세력들로부터 방해가 있을 수도 있소. 그래서 새 금속이 완성될 때까지는 비밀에 붙이는 것이 좋겠다고 생각한 것이오. 물론 일을 추진하는 과정에서 사람들이 짐작해 낼 가능성은 충분히 있소. 그러나 내가 말하기 전까지는 사람들의 호기심에 응하지 말고 비밀을 엄수해 주기 바라오."

"예."

엘트에게 다짐을 놓은 베르테스는 레히트와 엘트에게 말했다.

"쿠네이에 대한 조치뿐 아니라 내일부터 두 분께서 착수해 주셔야 할 일이 또 있습니다. 우선 구왕궁에서 가까운 곳에 여러 개의 용광로가 들어갈 큰 작업장을 만들어야 하니, 장소를 물색해 주십시오. 그리고 여러 개의 대장간이 들어갈 장소도 필요합니다. 용광로가 있는 작업장에서는 대장일을 하지 못하므로 별개의 작업 공간이 필요하다고 합니다."

"대장장이들을 여럿 확보해야겠군요."

엘트가 중얼거리는데 레히트도 한마디 했다.

"벽돌로 용광로를 만든다고 하니 그 작업을 할 사람들도 필요하겠군요."

베르테스는 고개를 저었다.

"당연히 그렇습니다. 후일을 생각해서 솜씨 좋은 대장장이들을 가급적 많이 확보하는 것이 좋겠습니다. 단, 용광로를 만드는 일을 비롯해 핵심적인 부분을 배울 이들은 특별히 믿을 만한 사람들로 소수를 선별해서 평생토록 국가의 관리 하에 둬야 할 겁니다."

"매우 복잡하고 까다로운 작업이 될 것 같군요. 그에 소요되는 비용 마련도 만만치 않겠군요."

엘트는 고민스러운 얼굴이었다.

세 사람은 그 뒤로도 무적택배 사람들에게서 받아온 자료를 하나하나 검토하며 오랜 시간 동안 구체적인 논의를 거듭했다.

긴 토의 끝에 베르테스와 이야기를 마치고 집무실을 나온 레히트는 묘한 표정으로 후우 하고 한숨을 쉬었다.

"왜 그러십니까? 무슨 걱정이라도 있으십니까?"

엘트가 이상하다는 듯 묻자 레히트는 겸연쩍게 미소 지었다.

"다 잘되어가고 있는데 걱정은 무슨. 다만 폐하의 혼사 문제가 자꾸 미뤄지는 것이 마음에 걸려서 그런 것뿐이오. 엘트 경도 아시겠지만 아메트의 왕위 계승 싸움이 이제 거의 막바지에 접어들어 머지않아 정리될 것 같다는 소식이 들어오지 않았소? 패자가 될 것이 확실시되는 셋째 왕자 카우드는 결코 얕볼 수 없는 자라는 평판이오. 그가 왕위에 오르고 나면 아메트 내부의 분열을 봉합하기 위해서라도 레스프라트에 눈을 돌릴 가능성이 크오. 우리 레스프라트가 당초 예상보다 빠른 시일 안에 정상화된 것은 사실이나 한동안은 아메트를 상대로 어려운 힘 겨루기를 계속해야 할 것이오. 내가 폐하의 혼사를 서두르는 것도 그 때문이오. 폐하께서 가정을 이루시고 안정된 왕실이 있어야 레스프라트의 안정에도 도움이 될 것 아니겠소."

"걱정하시는 마음은 저도 잘 알겠습니다. 제 마음도 재상과 같지만 중요한 일이 연이어 생기니 어찌하겠습니까. 디파의 토벌이나 이번 일이나 결코 미룰 수 없는 일이니만큼 이번 일을 최대한 서둘러 마무리 짓고 그 다음에 추진해야지요."

"그리해야지요. 내 생각으로는 디파 토벌군이 개선해 온 뒤부터 폐하의 혼사 문제를 공론화하면 어떨까 싶소."

"토벌군의 개선 다음에 말입니까?"

"그렇소. 디르크 총사령관이 밝힌 계획을 보더라도 위대한 도시 디파의 치안을 회복하고 방비를 굳힌 뒤 개선을 시작할 것이고, 그곳에서 프라트까지 오는 데만도 갈 때와는 달라서 60여 일쯤은 걸릴 테니 앞으로 줄잡아 7, 80일 뒤라고 보면 될 거요. 그때까지 이번 과업을 끝내도록 노력해 봅시다."

"예."

두 사람은 뜻을 모으고 결의를 다지며 궁을 나갔다.

2

　이튿날 아침, 노드는 무적택배 사람들을 돕기 위해 남아 있고 로네스가 왕궁으로 베르테스를 만나러 갔다. 베르테스는 서넥 산 중턱에 벽돌을 구울 가마와 작업실 등 필요한 시설을 건설하도록 그 지역의 책임자에게 명하는 명령서를 로네스에게 건네곤 그날 중으로 쿠네이에 병력을 파견하는 조치를 취할 것이며, 용광로를 설치할 작업장 부지를 현재 물색 중이라고 말했다. 로네스가 왕의 명령서를 가지고 구왕궁에 돌아와 그의 말을 전하자 무적택배 사람들은 빠르게 일이 진행되는 것에 고무되어 자신들도 서둘렀다.

　마리나와 릴리는 베르테스의 명령서를 전달하기 위해 에어카에 로네스를 태워 서넥 산에서 가까운 도시에 갔고, 박상 등 남은 무적택배 사람들은 노드와 함께 다른 일에 나섰다. 그들은 아침 일찍부터 파디아와 미테르 교의 사제들의 도움을 받아가며 구왕궁 왼편 건물의 넓은 방 한곳에 검은 천을 가져다가 사방에 빙 두르고 창에는 두꺼운 커튼을 쳐서 밖에서 들어오는 빛을 차단하는 작업을 했다. 그 일이 끝나자 노드는 언덕을 내려가서 전날의 벽돌 장인들을 불러왔다. 그가 벽돌 장인들과 검은 천을 두른 방에 들어왔을 때, 그곳에는 우진과 바다 등 무적택배 사람들이 기이하게 생긴 장치를 설치해 놓은 뒤였다. 디파의 지식의 관에서 가지고 온 홀로그램 영사 장치였다. 노드와 벽돌 장인들이 들어와서 무적택배 사람들과 파디아 등에게 인사를 하자 박상은 방 한쪽을 가리키며 말했다.

"오느라 수고하셨습니다. 저기 앉으십시오."

박상이 가리킨 곳에는 긴 테이블과 의자들이 놓여 있었다. 벽돌 장인들은 박상 일행과 파디아를 비롯한 사제들이 서 있는 게 마음에 걸려서인지 테이블 앞까지 안내되고서도 선뜻 앉지 못했다. 그것을 알아챈 박상은 부드러운 어조로 재차 권했다.

"우리는 괜찮으니 어서 앉으십시오."

그래도 벽돌 장인들은 앉으려들지 않고 지시를 바라는 눈빛으로 노드를 쳐다보았다.

"신의 사도들의 말씀에 따르십시오."

노드의 말이 있고 나서야 그들은 조심스레 의자를 당겨 불편한 자세나마 엉덩이를 걸쳤다. 사람들이 앉고 나자 우진이 그들이 앉은 테이블 앞으로 가서 말했다.

"이제부터 여러분께 새로운 벽돌을 굽는 방법에 대해 보여 드릴 겁니다. 고대에 사용했던 벽돌이므로 지금 여러분이 하시는 작업과는 다소 차이가 있을 수도 있습니다. 필기가 필요하면 탁자 위에 종이와 펜을 가져다 놨으니 그것을 사용하시고, 더 자세히 보고 싶다거나 놓친

부분이 있으면 다시 보여 드릴 테니 그때마다 말씀하십시오."

"예, 예."

벽돌 장인들은 무조건적으로 고개를 조아리고 있었으나 실은 대관절 무엇을 어떻게 보여준다는 것인지조차 전혀 감을 잡지 못하고 있었다. 우진도 그런 사실을 모르는 바는 아니어서 본격적인 내용에 들어가기 전에 맛보기로 홀로그램 장치를 가동시켜 보여주었다.

우진이 방 한쪽 구석에 있는 홀로그램 제어 장치에 가서 장치를 가동시키자 벽돌 장인들이 앉아 있는 테이블 너머 검은 공간에 입체적인 영상이 생겨났다. 벽돌이나 그릇을 만드는 작업장의 모습이었다. 분명히 텅 비어 있던 공간에 갑자기 선명한 입체 영상이 나타나는 것을 본 벽돌 장인들은 소스라치게 놀랐다. 그들이 질겁해서 움직이는 바람에 테이블이 넘어질 뻔했다. 노드는 재빨리 손을 뻗어 테이블을 붙잡고 사람들에게 작은 소리로 주의를 주었다.

"자리에 앉으십시오."

벽돌 장인들은 가까스로 정신을 차리고 다시 앉았다. 하지만 놀란 마음이 쉽게 가라앉지 않는 모양으로 휘둥그레진 눈을 홀로그램에서 떼지 못했다.

"이런 식으로 보여 드리게 됩니다. 지금부터 시작할 테니 보시다가 필요한 부분이 있으면 말씀하십시오."

사람들에게 말한 우진은 본격적으로 프로그램을 진행했다. 박상 등은 제어 장치 옆에 가져다 놓은 의자에 앉아 지켜보았다.

홀로그램으로 만들어진 작업장에 사람의 모습이 나타나자 벽돌 장인들은 일제히 벌떡 일어나더니 홀로그램을 향해 고개를 숙였다.

"왜 그러십니까?"

우진이 의아해서 물으니 그들은 떨리는 음성으로 대답했다.

"고대의 선현께서 가르침을 위해 오셨는데 저희가 어찌 감히 인사도 드리지 않고 앉아 있을 수 있겠습니까?"

너무나도 진지한 대답에 박상을 비롯한 무적택배 사람들은 웃음이 나려는 것을 간신히 참아야 했다. 우진은 웃지 않으려고 애쓰면서 그들에게 말했다.

"저것은 사람이 아니고 일종의 움직이는 그림이라고 생각하시면 됩니다. 그러니 그런 걱정 마시고 앉으십시오."

사람들은 우진의 설명을 전혀 이해하지 못했으나 일단 시키는 대로 앉았다. 홀로그램은 벽돌을 제작하는 데 사용하는 흙에 대한 설명부터 시작해서 흙을 개고 반죽하는 법, 유약의 제조 등으로 이어졌다. 벽돌 장인들은 거의 눈도 깜빡이지 않고 정신을 집중하여 그것을 바라보고 있었다. 그러나 벽돌에 대해 아는 바도 없고, 직접 만들 것도 아닌 박상 등의 입장에서는 봐도 무슨 내용인지도 모르겠고 전혀 머리에 들어오지 않았다. 그래서 박상 형제와 지혜는 홀로그램 장치를 조정하고 있는 우진과 그 옆에서 돕고 있는 바다만 남겨두고 먼저 방을 나왔다.

"사전식으로 정리된 정보가 아니라 저렇게 홀로그램으로 된 프로그램이 있었다니 신기하네. 꼭 교육용 자료 같지 않았어?"

박창이 탄복하는데 지혜가 말했다.

"교육용 자료가 맞아. 지식의 관을 만든 본래 목적이 어떤 이유에서든 문명이 크게 퇴보한 상황이 되었을 때 문명을 보존하고 되살릴 수 있게 하는 것이니까. 물론 사전식으로 정리된 정보가 압도적으로 더 많기는 하지만, 저런 교육용 자료도 꽤 마련되어 있었어. 우진 씨도 전기나 현대적인 설비를 이용할 수 없는 상황을 가정해서 만들어진 자료들 중에서 저것을 찾았다고 하더라."

"앞으로 한 열흘 정도 저 사람들에게 벽돌을 가르친다며?"

"그 정도는 잡아야 할 거야. 한두 번 봐서 바로 이해하기를 바라는 건 무리잖아. 자꾸 반복해서 보여주고 충분히 익힐 시간을 줘야지."

박창과 지혜의 말을 듣고 있던 박상이 말했다.

"교육 과정을 우리가 줄곧 지켜볼 필요는 없겠지?"

그러자 지혜에 앞서 박창이 말했다.

"우리가 다 매달릴 필요는 없을걸. 지금처럼 우진 씨랑 바다 씨에게 맡겨도 되지 않겠어? 우진 씨는 원래 저런 일을 좋아하고 바다 씨는 지구에 돌아갈 일이라면 만사 제쳐 두고 열심이니까."

지혜도 고개를 끄덕였다.

"내 생각도 그래. 어차피 우리가 보고 있어봤자 도울 일도 없을 텐데. 난 그동안 디파에서 가져온 철인간들의 머리나 조사할래."

"쓸 만한 게 있겠어?"

"모르지. 하나라도 괜찮은 게 있으면 전에 삼총사를 만들고 남은 부분들로 철인간을 한 대 더 만들 수 있을지도 몰라."

"아담 빼고는 셋 다 머리가 텅 비어 단순 작업밖에 못하는데 그런 걸 자꾸 만들어서 뭐 해?"

박창이 코웃음 쳤다. 지혜는 얼굴이 빨개져서 그를 흘겨보았다.

"처음부터 다 잘하는 사람이 어딨어? 실수하면서 익히는 거지. 이번엔 잘될 거야."

그러나 박창은 지혜의 말은 별로 귀담아듣지 않고 형 박상에게 말을 건넸다.

"우리는 주방에서 우리 일이나 하자. 우선은 피스벵 설탕을 개량하는 법을 가르쳐 줘야지. 그동안 정신이 없어서 그럴 생각도 못했는데, 지식의 관에서 찾은 방식을 사용하면 지금보다 훨씬 질 좋은 설탕을 생산할 수 있을 거야. 그리고 그 다음에는 고추 맛 실험을 계속하는 거야."

"설탕 개량은 좋지만, 고추 맛은 지식의 관에서 그만큼 찾아봐도 나오지 않았으면 이 별에 원래 없는 맛이란 이야긴데, 어떻게 만들겠다는 거냐?"

박상의 회의적인 반응에도 불구하고 박창은 의욕을 불태웠다.

"필요는 발명의 어머니라잖아. 없다면 만들어보는 거지 뭐. 형은 자극적이기만 한 콕 말고 제대로 된 매운 음식 먹고 싶지 않아?"

"먹고 싶긴 하다만, 그게 마음대로 되겠냐."

박상은 여전히 심드렁했다.

에어카에 노드를 태우고 서넉 산으로 갔던 마리나 자매는 해질녘이 되어서야 돌아왔다.

"아침 일찍 가시더니 조금 전에 오셨다면서요. 생각보다 시간이 오래 걸리셨군요."

저녁 식사를 하러 모인 자리에서 바다가 말을 건네자 마리나는 어쩌겠냐는 표정으로 말했다.

"노드 씨가 그 지역의 책임자를 만나 베르테스 왕의 명령서를 전하고 이야기하는 것으로 일이 끝날 줄 알았는데, 그쪽에서 자꾸 식사 대접이라도 하겠다면서 붙잡더군요. 하도 간곡히 청하는 터라 끝까지 거절할 수가 없었어요."

"여기서 열흘 정도 벽돌 만드는 법을 배우고 나면 바로 벽돌 장인들을 서녁 산에 데리고 가서 제작에 들어가야 할 텐데, 그때까지 가마와 숙소가 완성되겠습니까?"

"오늘 당장 사람들을 보내서 만들게 하겠다고 하더군요. 그런데 그냥 숙소가 아닌, 아예 벽돌 장인들의 가족까지 전부 그곳으로 이주시킬 모양이던데요. 가마와 작업장에서 멀지 않은 곳에 마을을 조성할 거라고 하던걸요."

그 말을 들은 박상의 표정이 바뀌었다.

"마을을 만든다구요?"

"예. 아마 그곳에서 계속 벽돌을 생산하게 하려나 봐요."

박상의 떠름한 반응과는 다르게 우진은 긍정적으로 받아들였다.

"흐음, 뭐 이왕에 고대의 기술을 되살린 거니까 계속 만든다고 나쁠 건 없겠지만, 임시 숙소도 아니고 집을 짓는다면 시간이 많이 걸리지 않겠습니까?"

그 질문에는 릴리가 답했다.

"노드 씨의 말로는 많은 사람들이 한번에 매달리면 집을 짓는 것도 그렇게 오래 걸리지는 않을 거라고 하더군요. 그래도 모르니까 서녁 산에 그 사람들을 데리고 가기 전에 우리가 먼저 가서 확인해 보고 움직이면 되겠죠. 그나저나 벽돌 장인들의 교육은 어때요? 사람들이 잘 알아듣는 것 같던가요?"

우진은 고개를 주억거렸다.

"예. 홀로그램 자료라서 직접 눈으로 보는 식이니까 이해하기 어렵지는 않은 것 같습니다. 그런데 홀로그램으로 나타나는 사람들을 자꾸 실제 고대인으로 착각하더군요. 진짜 사람이 아니라고 몇 번을 말해 줘도 너무 생생해서 그런지 헷갈리나 봐요. 홀로그램에 질문을 하거나 말을 걸어보기도 하는데, 홀로그램이 대답해 줄 리가 있습니까? 그런데 그것을 두고 자신들이 미숙해서 그럴 것이라고 자책하는데, 태도가 너무 진지해서 함부로 웃을 수도 없어요."

그 광경이 떠오르는지 우진의 입가에 웃음이 비져 나왔다.

"아무튼 일이 본격적으로 시작되었다는 느낌이 드네요. 이젠 정말 실패하면 안 될 것 같은데, 서넥에서 고대의 벽돌을 제대로 재현할 수 있을까요?"

마리나가 걱정스레 중얼거렸다. 지혜는 짐짓 자신있게 말했다.

"믿어야죠. 옛 도요지에 가마를 만들고 홀로그램 자료까지 찾아서 보여주는데, 설마 하니 평생 벽돌을 만들었다는 베테랑들이 그것 하나 못해내겠어요?"

정말 자신이 있어서라기보다는 희망 사항에 가까운 말이었다. 우진이 맞장구쳤다.

"저도 그렇게 생각합니다. 흙이 틀림없고 자료가 확실한데 안 될 이유가 없지요."

지혜는 우진의 호응에 더욱 기운을 얻고 일행에게 말했다.

"맞아요. 그러니까 쓸데없는 걱정은 하지 말고 다음 일이나 생각하기로 해요."

박창도 찬동했다.

"그럽시다. 그게 좋겠어요. 누군가 말하기를 5분 이상 걱정해도 해결법이 나오지 않는 문제는 덮어버리는 게 좋다고 했어요. 어차피 벽돌 만드는 사람들의 교육이 끝날 때까지는 달리 뭘 하기도 그러니까 우진 씨랑 바다 씨는 계속 교육을 돕고, 나머지 사람들은 하던 일을 하고 있다가 도울 일이 있으면 그때그때 같이 하는 걸로 하죠."

"꽤나 무책임하게 들린다만 네 말이 맞는 것도 같다."

박상이 피식 웃으며 말했다.

다음날부터 벽돌 장인들에게 홀로그램 자료를 방영해 주면서 교육시키는 임무를 맡은 바다와 우진을 제외한 무적택배 사람들은 그 전의 일상으로 돌아갔다. 지혜는 지휘차의 철인간용 점검 수리실에서 디파에서 가져온 철인간들의 머리를 조사하는 일에 착수했고, 마리나 자매는 특공대 대장 카라인이 디파 토벌을 떠나기 전에 선발해 놓고 간 신입 특공대원들의 훈련을 감독했으며, 박상 형제는 주방에서 하던 일을 했다. 박상이 주로 일행의 식사를 준비하고, 박창은 고추 맛의 개발과 요리를 배우고 싶어하는 아르데에게 음식을 가르치는 일을 맡았다. 항상 아르데의 곁을 떠나지 않고 수행하는 라얄도 주방에 따라와 있었다.

"아까 보니까 아르데 씨에게 호떡 만드는 법을 가르치고 있던데, 잘될 것 같냐?"

박창이 조리대 한쪽에 의자를 놓고 앉아 고추 맛을 만들 새로운 방법에 골몰하고 있는데, 박상이 다가오더니 지나가는 말처럼 물었다. 박창은 고개를 끄덕였다.

"응. 머리가 되게 좋아. 하나를 설명하면 열을 알아. 호떡을 한 번 만들어 보여주니까 메모도 하지 않고 순서며 재료 넣은 걸 비율까지 좌다 기억하고 있더라구. 시범이 끝난 뒤에 내용을 정리하는 걸 보니까 하나도 빠뜨린 게 없어. 무술이나 스포츠의 천재들이 머리도 좋다더니 그 말이 맞나 봐."

"그런데 다른 많은 빵과 과자를 두고 왜 호떡부터 시작한 거냐? 넌 호떡 별로 좋아하지도 않잖아?"

"아르데 씨가 호떡부터 배우고 싶다고 하더군. 오빠인 샤트 씨가 호떡을 좋아한대나. 디파에서 개선해 오면 꼭 자기가 만든 호떡을 먹이고 싶다는 거야."

"그래? 사이좋은 남매로군."

박상이 피식 웃으며 말하는데, 박창은 박상의 귀에 대고 조그맣게 소곤거렸다.

"저렇게 예쁘고 멋진 여동생이 있다면 어느 오빠가 예뻐하지 않겠어? 나한테 저런 여동생이 있었으면 업고 다녔을 거다."

박상은 동생의 얼굴을 흘긋 보더니 냉소를 섞어 말했다.

"여동생이 없기를 다행이다."

박상의 말투에 담긴 냉소를 이해하지 못한 박창은 눈이 동그래서 물었다.

"왜? 형은 여동생 있는 게 싫어?"

"있었으면 보나마나 네 등쌀에 이상한 애로 자랐을 거다. 내게 동생은 너 하나로도 벅차. 오죽 별나야지."

"어허, 그렇게 말하면 섭하지. 어릴 때부터 누가 항상 형을 지켜줬는데, 이제 와서 그런 말을 하면 되나?"

"내가 싸움 냈냐? 항상 네가 걸고 다녔지. 덕분에 나까지 말려들게 해놓고는."

뜨끔했던지 잠시 조용해졌던 박창은 목에 걸고 있는 국자 목걸이를 가리키며 선량하게 보이려는 티가 역력한 미소를 지었다.

"다 옛날 일이야. 지금은 절대 안 싸우잖아."

그리고는 은근슬쩍 화제를 바꾸었다.

"오늘 저녁엔 뭘 할 거야?"

박상은 박창 모르게 미소를 흘리고 모르는 척 받아주었다.

"에티를 찌고 있어."

"아, 그 보리밥 비슷한 거? 별로 맛은 없지만 이젠 쌀이 없으니 하는 수 없지. 반찬은 뭐 하고?"

"된장 조금 남은 거 있으니까 된장국 끓이려고."

"된장이 아직도 남았어?"

"이번이 마지막이야."

"간장은?"

"간당간당하다."

박상의 대답을 들은 박창은 우울한 얼굴로 길게 한숨을 내쉬었다.

"이젠 정말 먹을 게 없겠네. 에티만 해도 쌀이 없으니 하는 수 없이 먹는 거지 꺼끌꺼끌하고 거칠어서 영 마음에 안 드는데, 그나마 간장, 된장까지 다 떨어지면 음식을 무슨 맛으로 먹어?"

"에티는 그런대로 구수한 맛은 있잖냐."

"그렇다고 맛있는 건 아니지. 솔직히 그거 먹고 있다 보면 사료 먹는 가축 기분이 들어."

불평하던 박창은 은근한 말투로 박상에게 말했다.

"형, 지식의 관에서 조미료랑 향신료를 검색할 때 간장 비슷한 걸 찾았는데, 레스프라트 근처에서는 나지 않는 거라고 내가 말했었던 거 기억나?"

"기억은 난다만, 왜?"

"다른 대륙이라 좀 멀긴 하지만 우리끼리라도 한번쯤 갔다 올 수 없을까?"

"그 얘기는 그때 끝났잖아. 우선은 이번 일에 집중하기로 말이야."

"잠깐 갔다 오는 것도 안 될까?"

"잠깐이 될지 더 길어질지 가봐야 알 수 있는 일이야. 지혜나 다른 사람들 다 집에 돌아가기 위해 애쓰고 있는데, 우리끼리 한가롭게 다른 일에 한눈이나 팔아서 되겠어?"

"내가 놀러 가자는 거야? 제대로 잘 먹어야 힘을 내서 일을 하지. 인간은 밥만으로 살 수 없는 법이야. 반찬도 먹어야지."

박창이 볼멘소리로 항변했지만 박상은 까딱도 하지 않았다.

"쓸데없는 소리 하지 말고 가서 하던 일이나 해. 그리고 아무 데나 말 갖다 붙이지 말랬지."

박창이 볼이 부어 돌아서려는데 아르데가 발그레해진 얼굴로 수줍게 그들 형제에게 다가왔다.

"저어, 배운 대로 호떡을 만들어봤습니다. 제대로 되었는지 맛을 봐주십시오."

아르데가 들고 있는 큰 접시에는 호떡이 여러 개 담겨 있었다. 처음 만들어서 그런지 호떡의 크기가 제각각이고, 빵처럼 두툼하고, 속의 설탕이 터져서 삐져 나온 것도 있었으나 박창은 최대한 너그러움을 발휘해서 말했다.

"음, 모양은 이 정도면… 뭐, 괜찮은데요. 처음 한 것치고는 그럭저럭이네요."

그렇게 말하고 호떡 한 개를 형인 박상에게 건네고 자신도 하나 집어 든 박창은 덥석 호떡을 베어 물었다.

"윽!"

물자마자 물컹하면서도 미적지근한 느낌이 입 안에 감돌고 설익은 호떡 반죽이 입가로 비져 나왔다. 고개를 돌려 박상을 보니 그 역시 같은 상태였다.

"맛이 어떤가요?"

걱정스러운 듯 아르데가 물었다. 박창은 짧은 순간 입에 든 것을 삼켜야 하나 뱉어야 하나 갈등했다. 그러나 그의 심적 갈등과는 무관하게 박창의 입은 설익은 호떡 반죽을 주르르 뱉어내고 있었다. 박창은 조리대 위에 있는 행주에 남은 반죽을 뱉어내고 목에 두르고 있는 수건으로 입가를 닦았다.

"호떡이 덜 익었군요."

박창의 솔직 담백한 평가에 아르데는 부끄러움에 얼굴이 빨개졌다. 그 모습을 보니 조금 미안해지기도 했지만, 요리에 있어서는 거짓말을 하지 않는 것이 박창의 성격이었다. 아르데는 잠시 쭈뼛거리더니 빨리 돌아가서 다른 접시를 가져왔다. 거기에는 표면이 까맣게 탄 호떡들이 있었다.

"이건 좀 타긴 했지만 덜 익지는 않았을 겁니다."

박창은 두 번째 접시에 담긴 까만 호떡들을 내려다보다가 개중 나아보이는 것을 골라서 작은 칼로 표면에 붙은 검은 부분을 떨어내고 조금 떼서 익은 것을 확인하고 입에 넣었다. 박상은 이번에는 접시에 아예 손도 대지 않고 박창을 지켜보고 있었다. 입을 우물거리던 박창의 얼굴이 곧 심하게 구겨졌다. 그는 차마 뱉어내지는 못하고 억지로 삼키고는 물을 찾았다.

"왜 그러세요? 많이 이상한가요?"

아르데는 몹시 걱정스러운 표정이 되어 물었다.

"으음, 쓰다고 해야 할까, 떫다고 해야 할까. 뭐라고 한마디로 딱 꼬집어 말하기 어려운 요상한 맛이군요."

박창은 아직도 입 안에 남아 있는 맛의 여운에 괴로워하며 대답했다.

"그래요? 라얄은 잘 먹기에 괜찮은가 보다 했는데."

아르데는 풀이 죽어 중얼거렸다.

"잘 먹었다구요?"

"예. 하나를 다 먹었거든요."

박창은 믿기 어렵다는 눈빛으로 라얄을 바라보다가 주방에 있는 다른 레스프라트 사람들을 쳐다보았다.

'내가 지구인이라서 여기 사람들과 입맛이 좀 다른 건가?'

그런 생각이 든 박창은 아르데에게 물었다.

"호떡 반죽 남은 것이 있습니까?"

"예. 저기에 남아 있습니다."

아르데가 가리킨 반죽통을 보니 꽤나 많은 반죽이 담겨 있었다.

'처음 만들면서 이만큼이나 반죽을 만들다니, 생각보다 손이 크군.'

박창은 그런 생각을 하며 아르데가 만들고 남은 호떡 반죽으로 자신이 직접 호떡을 구워 주방 사람들에게 하나씩 돌렸다. 다들 호떡을 무척 좋아하는 터라 기쁘게 받았다. 그러나 일단 호떡을 먹기 시작하자 사람들의 표정은 미묘하게 변했다. 아르데의 가문이나 지위를 생각해서인지 드러내고 내색을 하지 않으려고 애쓰는 것이 보였으나, 눈가에 일어나는 경련과 멋대로 실룩거리는 안면 근육까지는 어쩌지 못하고 있었다. 억지로 입에 든 것을 삼키고 죽지 못해 또 베어 무는 그들의 모습에 박창은 그 이상한 맛이 자신만 느낀 문제가 아니라는 것을 확인했다.

"됐습니다. 아무래도 반죽이 이상하게 된 것 같으니 그만들 드십시오.”

박창의 말이 떨어지자마자 주방 사람들은 살았다는 표정으로 호떡을 얼른 놓았다. 그런데 유독 라얄만은 아까에 이어 두 개째일 호떡을 아무렇지 않다는 듯 무표정한 얼굴로 먹고 있었다.

“라얄 씨, 그만 먹어도 됩니다.”

아르데의 대한 충정일 것이라 짐작한 박창이 한 번 더 말해 주었으나 라얄은 괜찮다며 먹기를 멈추지 않았다. 저것을 다 먹었다간 배 속이 무사하지 못할 것이라고 생각한 박창은 더욱 강하게 말렸다.

“억지로 먹다가 죽을지도 몰라요. 그만 먹어요.”

“괜찮습니다. 이미 다 먹었습니다.”

마지막 조각을 꿀꺽 삼키고 라얄이 조용히 대답하자 주방 사람들은 경악의 빛을 감추지 못했다.

‘그걸 다 먹다니…… 이 사람… 혹시 미맹(味盲:맛을 보는 감각에 장애가 있어 정상인이 느낄 수 있는 맛을 느끼지 못하는 병적 상태)인가?’

썰렁함과 경이를 담아 라얄을 바라보던 박창은 고개를 돌려 아르데를 보았다. 아르데도 주방 사람들의 반응을 보고 그제야 자신의 호떡에 심각한 이상이 있는 것을 깨달은 모양이었다.

“호떡을 어떻게 만들었습니까?”

박창은 혹시 이상한 것을 잘못 넣었거나 넣어야 할 것을 빼먹지 않았는지 확인할 요량으로 질문했다. 아르데는 상세하게 대답했다. 대답을 들은 박창은 고개를 갸웃거렸다. 전혀 이상할 것이 없었기 때문이었다.

“모를 일이군. 제대로 한 것 같은데…….”

박창이 고개를 갸웃거리는데 아르데가 시무룩해져서 사과했다.

"죄송합니다. 제가 가르침을 잘 이해하지 못하고 실수를 저지른 것 같습니다."

어깨를 떨구고 의기소침해진 그녀가 딱해 보여 박창은 부드럽게 달랬다.

"사과까지 하실 필요는 없습니다. 처음부터 잘하는 사람이 어디 있겠습니까? 차차 솜씨가 늘게 될 테니, 한두 번의 실수를 가지고 일일이 신경 쓰지 마십시오."

박창의 위로에 아르데는 금세 기운을 되찾고 씩씩하게 말했다.

"너그러이 봐주시니 감사할 따름입니다. 앞으로 더욱 열심히 하겠습니다."

먹다 남은 호떡은 아깝지만 전부 쓰레기통으로 들어갔다. 웬만하면 음식을 남기거나 버리지 않고 먹는 레스프라트 사람들이건만 이때는 아무도 그런 시도를 하지 않았고, 가축에게 사료로 주자는 말도 나오지 않았다.

"아아~ 아까워라. 그 좋고 비싼 재료로 어떻게 그런 맛이 나오는 거지?"

고스란히 버려지는 호떡을 보고 누군가 안타까워하며 조그맣게 중얼거리는 것을 들은 박창은 아르데가 보지 못하게 고개를 돌리고 키득거렸다.

"형, 형, 드디어 그걸 만드나 봐."

박상은 새벽부터 방문을 벌컥 열어젖히고 뛰어들어 소리치는 박창의 쨍쨍한 목소리에 잠을 깼다.

"뭐야? 뭘 만드는데 그래?"

곤하게 자다가 억지로 깨려니 기분이 좋을 리가 없었다. 푸석한 눈을 껌뻑이며 다소 불쾌한 기분으로 묻는 박상의 목소리는 박창의 큰 음성에 금방 묻혀 버렸다.

"용광로 작업장, 아니, 제철소 말이야. 어제 노드 씨가 장소가 정해졌다고 했었잖아. 거기서 지금 공사해."

"거기가 어딘데?"

"저기 언덕 아래야. 이 건물에서 보여."

박창은 박상뿐 아니라 다른 사람들도 깨워서 건물의 꼭대기에 데리고 올라갔다. 구왕궁의 왼편 건물인 그곳에서 내려다보이는 곳에 박창이 말한 공사 모습이 보였다. 그쪽은 넓은 정원을 낀 큰 저택이 많은 지역이었는데, 공사는 그중 두 개의 대저택 사이의 담장을 헐고 터서 하나로 잇는 작업이었다. 담장을 허무는 한편에서는 정원에 심어진 나무며 꽃들을 모조리 뽑아내고 있었다. 대단히 높은 곳에서 내려다보는데도 한눈에 대단히 많은 사람들이 동원된 대공사라는 것을 알 수 있었다.

"정말 저기에다 제철소를 짓는 걸까? 저런 주택가에?"

개미 떼처럼 바글거리면서 일을 하고 있는 사람들을 바라보며 지혜가 혼잣말로 중얼거리는데 박창이 냉큼 말했다.

"아님 뭐겠어? 여기서 가깝고 잘 보이는 곳에 짓는다고 노드 씨가 말했잖아. 당연히 저게 맞지."

우진은 재미있다는 표정으로 저택을 가리켰다.

"건물은 그대로 내버려 둘 모양이군요. 정원을 터서 저기다 제철소 건물을 지으려나 봐요. 확실히 여기서 가까운 곳이기는 하지만, 두 개의 대저택을 이어서 제철소로 만들어 버리다니 대담한 발상인데요."

그러나 지혜는 은근슬쩍 걱정이 되는 기색이었다.

"저런 저택이면 높은 사람들이 사는 곳일 텐데, 주인들이 뭐라 하지 않았을까요?"

그러자 마리나가 대답했다.

"주인이 없는 저택이었겠죠. 원래부터 왕궁이 있는 언덕 주위에는 고관들이나 귀족들의 저택이 많은데, 레스프라트가 망한 다음에는 아메트에서 파견된 관리나 군인들이 차지했다가 그들이 쫓겨나면서 주인 없이 비게 된 저택이 여럿 있다더군요."

"독립한 다음에 전 주인들에게 돌려주지 않았나요?"

"물론 그런 경우도 있죠. 하지만 옛 레스프라트 왕가 소유의 저택이나 아메트에 적극적으로 협력한 전과가 있는 자의 저택은 국가에 귀속되었다고 들었어요. 아마 저 두 저택은 그런 것이겠죠. 설마 멀쩡하게 잘 있는 주인을 쫓아내거나 돈 들여서 사기야 했겠어요."

"그렇다면 다행이구요."

마리나의 설명에 납득한 지혜는 마음을 놓고 아래를 내려다보았다.

"아무튼 젊은 왕이라서 그런지 결정도 진행도 시원시원하고 빠르네요."

우진은 베르테스의 추진력에 감탄했다.

"정리가 끝나고 건물을 짓게 되면 제대로 만드는지 한 번쯤 가봐야 하지 않을까?"

박상이 지혜에게 물었다. 지혜는 고개를 저었다.

"난 건축에 대해선 전혀 아는 바가 없어. 길이나 부피, 무게 같은 단위는 고대의 것을 그대로 쓰고 있으니까 웬만하면 내어준 설계도대로 짓겠지. 왕의 명령으로 하는 일인데 최고로 일 잘하는 사람들을 쓸 것 아냐. 나중에 용광로를 만들 때는 가서 지켜보는 것도 괜찮겠지만 그 전에는 굳이 갈 필요는 없을 것 같아. 마음이 안 놓이면 너는 한번 가 보든지?"

박상은 머리를 흔들었다.

"네가 그렇다면 우리도 마찬가지지. 가서 보면 또 뭐 하겠냐."

대규모 인원이 동원된 작업이라 일의 진행 속도는 꽤나 빨라 보였다. 나무와 풀을 비롯해 정원과 주변에 설치된 모든 것들이 빠르게 해체되고, 어느새 터를 고르고 있었다.

"제철소가 저기라면 대장간은 어디에 만들까요? 설마 하니 길 건너편의 저택들은 아니겠죠?"

우진은 다른 곳에는 공사가 있는 곳이 없는지 여기저기 둘러보았다. 그러나 당장은 정원을 정리하는 두 개 저택을 제외하고는 조용해 보였다. 무엇보다 두 저택의 맞은편과 양가의 저택들에는 거주하는 사람들이 있는 모양으로 여러 집에서 바깥에 나와 기웃거리며 공사 모습을 지켜보고 있었다. 그것을 보고 있던 박상이 씁쓸하게 혼잣말을 했다.

"제철소가 지어져서 일이 시작되면 꽤나 시끄러워질 텐데 저 동네 사람들에게는 좀 미안하게 되었군."

"그런 식으로 따지면 우리가 민폐 끼치는 일이 한두 가지야? 새삼스레 뭘 그러서?"

박창이 실실 웃으며 짓궂게 말을 던지자 지혜가 쌀쌀한 표정으로 단언했다.

"민폐는 무슨? 일부의 사람들이 약간 불편해질지는 몰라도 이곳 전체로 치면 큰 혜택이 돌아갈 일인데."

그리고는 바다에게 고개를 돌리고 말했다.

"바다 씨, 있다가 노드 씨를 만나거든 용광로를 만들 사람들과 제철소에서 일할 사람들은 뽑아놨는지 물어보고, 아직이라면 이제부터라도 선발해 놓으라고 말해 주세요."

"그건 어렵지 않습니다만, 좀 이르지 않을까요?"

"기존의 건물을 헐지 않고 저 자리에다 제철소를 만든다면 완성까지 그리 시간이 오래 걸리진 않을 거예요. 우리도 빨리 준비해서 진행하는 것이 좋겠어요. 벽돌과 도가니를 만드는 법을 가르치고 나면 곧바로 용광로를 만들 사람들을 불러서 교육시키는 걸로 하죠. 일단은 벽돌로 용광로를 만들 미장공들과 공기 흡입 장치를 가동시킬 동력 장치를 만들 기술자들만 부르기로 해요. 미장공들은 지금까지처럼 바다 씨와 우진 씨가 맡고, 동력 장치 쪽은 제가 맡아서 설명하는 걸로 하구요."

"알겠습니다."

바다가 고개를 끄덕이는데 우진이 물었다.

"용광로 4개를 만들려면 미장공들이 꽤 많이 동원될 텐데, 그 사람들을 모두 오라고 할까요? 아니면 공사를 감독 지휘할 십장급의 사람들만 부르면 되겠습니까?"

"그건 두 분께 맡길게요. 알아서 하세요."

지혜가 그렇게 말하자 우진이 제안했다.

"자료를 보니까 용광로를 만들 때 공기 흡입구와 배출구 같은 곳은 중요하고 특별히 기술을 요하는 곳이던데, 그런 부분을 전담할 사람들을 정하라고 해서 그 사람들만 부르면 어떨까요? 나머지 부분은 설계도가 있으니까 군이 미장공들을 전부 부르지 않더라도 될 것 같은데요."

"그러세요."

지혜는 선선히 동의했다.

"제철소에서 일할 사람들과 대장장이들은 어떻게 할까요?"

이번에는 바다가 물었다.

"그 사람들은 미리 뽑아놓는 건 상관없겠지만 교육은 그 다음으로 하죠. 한꺼번에 다 하려다간 우리가 너무 피곤해져요."

"알겠습니다."

바다의 대답이 있자 아까부터 혼자 머리를 갸웃거리고 있던 박창이 지혜에게 물었다.

"그런데 용광로에 웬 동력 장치야? 벽돌로 만드는 용광로에 현대식 기계가 필요한 건 아닐 거 아냐?"

지혜는 귀찮다는 기색을 보이면서도 대답해 주었다.

"대규모 공기 흡입 장치를 가동시키는 장치를 말하는 거야. 용광로가 큰 경우에는 사람이 바람을 불어넣는 걸로는 어림도 없어. 현대식 용광로에서는 당연히 기계를 사용하지만, 그 전 단계에서는 동물들의 힘을 이용해서 그걸 하게 되는데, 그 장치를 만들어 용광로에 연결하는 법을 가르친다는 거지."

"그런 걸 만드는 건 대장장이 아닌가?"

박창의 순진한 질문에 지혜는 조금씩 짜증이 나는지 빠른 말투로 대꾸했다.

"부품 같은 건 설계도에 있는 대로 주문하면 알아서 만들게 되어 있어. 복잡하고 정밀한 현대식 기계도 아니고, 따지자면 물레방아나 풍차 같은 건데, 그 정도 부품은 굳이 가르쳐 주지 않아도 지금 사람들도 얼마든지 만들 수 있다구. 내가 말한 기술자들은 대장장이들이 만든 부품으로 기계를 조립해서 만드는 사람들이고."

지혜가 박창의 질문을 받고 설명하는 사이 마리나는 우진에게 다른 것을 물어보고 있었다.

"용광로를 만드는 거나 금속 제련 같은 작업도 벽돌 만드는 법처럼 홀로그램 자료가 있던가요?"

"예. 메도쿰 관련 자료에 다 있습니다. 원래의 자료는 다큐멘터리 비슷하게 메도쿰에 관한 내용들이 하나의 패키지로 엮여 있거든요. 현재 우린 그걸 필요한 부분만 잘라서 사용하고 있는 셈이구요."

"그래요? 그렇게까지 정리되어 있다니 놀랍네요."

마리나가 의외로 받아들이며 놀라자 우진은 고개를 주억거렸다.

"우리 입장에선 정말 다행한 일이죠. 모든 사항에 대해서 이렇지는 않은 것 같은데, 제 생각에 금속은 문명 재건의 주요 요소니까 특별히 그런 것 아닐까 싶기도 합니다."

무적택배 사람들은 그 뒤에도 이런저런 이야기를 나누다가 아침 식사를 하러 그곳을 내려갔다.

벽돌 장인들의 교육이 시작된 지 8일째를 맞이하는 날. 마리나와 릴리는 로네스와 동행하여 서벽 산의 옛 도요지에 다시 다녀왔다. 가마 및 작업장과 집이 어느 정도 만들어졌는지 살펴보기 위해서였다. 전에 갔을 때처럼 오전에 갔다가 한낮이 지나서야 돌아온 두 사람은 저녁 시간에 나머지 일행에게 자신들이 보고 온 결과를 알려주었다.

"가마는 여러 개가 이미 만들어져 있고 작업장과 집들도 거의 다 지어졌더군요. 마무리 단계라고 봐도 좋겠어요."

마리나의 설명에 릴리가 덧붙였다.

"아예 마을을 조성하고 있던걸요. 전부 완성되면 꽤 큰 마을이 될 것 같아요."

"며칠 지나지 않은 것 같은데, 그사이 그렇게 많이 진행했단 말입니까?"

바다가 놀라워했다. 마리나는 말했다.

"국왕이 직접 지시한 일이니 그런 거겠죠. 인부들을 많이 동원한 데다 모두들 밤낮 가리지 않고 열성적으로 매달리고 있더군요. 밤에도 사방에 횃불을 환하게 켜놓고 작업을 하고 있다고 하더군요."

"그럼 며칠 뒤에 벽돌 장인들이 가서 일하며 지내기에 무리는 없겠습니까?"

우진이 물었다.

"네. 벽돌 장인들과 조수들이 먼저 가서 작업을 시작하고, 그들의 가족들은 가산을 정리해서 나중에 이주하게 할 거라더군요."

"그러면 이불이나 간단한 가재도구가 있어야 할 텐데요."

박상이 걱정하는데 릴리가 말했다.

"그건 걱정 안 하셔도 될 거예요. 그렇지 않아도 노드 씨가 작업과 생활에 필요한 물품을 정리한 목록을 따로 작성해 줘서 그걸 전달하고 왔어요. 집과 작업장을 만든 뒤에 목록에 있는 물품들을 채워 넣으라고 말해 놨으니까 벽돌 장인들이 가더라도 생활에 큰 불편은 없을 거예요."

"노드 씨가 챙겼다면 걱정할 건 없겠네요. 우리 지휘차에 해놓는 것 하나를 보더라도 노드 씨는 그런 것 하나는 진짜 꼼꼼하잖아요."

박창이 말했다. 그것은 다른 사람들도 잘 아는 터였다. 마리나는 우진에게 질문을 건넸다.

"벽돌 제작 교육은 다 끝났나요?"

"예. 벽돌과 용광로에 넣을 도가니 만드는 법 자체는 진작 끝나 버렸습니다. 모두들 배우겠다는 열의가 대단한 데다가 제조법이 그렇게까지 길지는 않더군요. 그래서 반복해서 보여주고 있는데, 몇 번씩 같은 내용을 보다 보니 우리가 먼저 질리는 게 문제라면 문제지만요."

"설마 똑같은 내용만 몇십 번씩 보게 한 건 아니겠죠?"

박창이 농담조로 묻자 우진은 피식 웃었다.

"바다 형이랑 제가 지겨워서라도 그렇게는 못해요. 벽돌 제작에 관련된 부분 이외에도 조금씩 가지를 뻗어서 다른 토기나 도기, 자기에 대해 제법 많은 자료를 봤습니다. 그 사람들도 그걸 원하고 또 우리도 덜 지겹고 해서요."

"그 사람들은 벽돌을 만드는 사람들 아닌가요? 그릇에 대해서 봐봤자 뭐 해요?"

지혜가 이상하다는 듯 물었다. 우진은 고개를 저었다.

"꼭 그렇지만도 않은 모양이던데요. 다들 벽돌도 굽지만 그릇도 만든다더군요. 우리에게 말은 않지만 나중에 그릇도 도전해 볼 모양인 것 같아요."

"우리가 필요한 벽돌을 만든 다음에야 뭘 하든 그 사람들 자유겠죠."

마라나는 아무려면 어떠냐는 투였다. 그때 릴리가 난데없이 다른 이야기를 꺼냈다.

"참, 아르데 씨는 요리를 잘 배우고 있나요? 드디어 두 분에게 요리를 배우게 되었다고 좋아하던데."

박상은 대답 대신 쓴웃음을 흘렸고 박창은 의미 불명의 한숨을 내쉬었다.

"왜 그러십니까? 별로 소질이 없나 보죠?"

아르데의 일이어서 그런지 우진도 관심을 보였다. 박창은 손을 설레설레 내저었다.

"소질이 없는 정도가 아니에요. 여태까지 못해도 그렇게 못하는 사람은 처음 봤어. 머리가 나쁜 것도 아니고 그렇다고 미맹도 아닌데, 뭐든 만들기만 하면 더할 나위 없이 괴상하고, 끔찍한 맛의 요리가 되는 거예요. 지혜 누나보다 더하다니까요."

"거기서 내 얘기는 왜 나와!"

지혜는 가볍게 눈을 흘겼다. 지혜가 유난히 요리를 못하는 것은 무적택배 사람들 사이에 공공연한 비밀이었다. 마라나가 웃음을 삼키고 물었다.

"어떻기에 그러는 거예요?"

"아무리 좋은 재료도 그녀의 손을 거치면 요상해져요. 완전히 맛의 학살자라니까."

박창은 떠올리는 것만으로도 끔찍하다는 듯 진저리를 쳤다.

"맛의 학살자요? 박창 씨다운 표현이네요."

우진이 킬킬거리는데, 릴리는 딱하다는 표정으로 아르데를 동정했다.

"안됐네요. 요리하기를 참 좋아하던데."

"맞아요. 그게 문제죠. 요리에 대한 열정만큼은 주체하지 못할 만큼 강한데, 능력이 도저히 뒷받침이 안 되니 말이에요. 차마 요리를 하지 말라고는 못하겠고, 이제부터는 고추 맛 만드는 일이나 도우라고 할까 싶어요. 그쪽은 일종의 실험이니까 결과가 이상해도 그런가 보다 하고 넘어갈 수 있고 또 억지로 먹을 필요도 없으니까."

"그것도 괜찮겠네요. 어쨌든 아르데 씨가 너무 상처받지 않게 잘 감싸주세요. 박창 씨도 아시겠지만 사람은 참 괜찮잖아요. 전혀 거만하지 않고 성격도 시원시원하고."

박창도 그 점에는 동감을 표했다.

"그건 그래요. 사람은 좋죠. 요리가 사람을 죽여서 그렇지······."

그러자 우진이 미소 띤 얼굴로 말했다.

"본인에게는 비극이겠지만, 그래도 저 같은 사람의 입장에서 보면 공평하다는 생각도 드네요. 명문가 출신에다 그만한 미모를 갖추고 검사로서는 천재이기까지 한데, 요리까지 잘해보세요. 안 그래도 인생의 승리자 같은 사람인데, 보통 사람의 입장에선 박탈감 느낄 만하죠."

"맞아요. 사람이 모든 걸 다 갖출 순 없는 거예요. 사실 요리 좀 못하는 게 어때서요? 솜씨 좋은 요리사를 두면 얼마든지 해결되는 문제인데."

은근히 요리에 콤플렉스를 가지고 있는 지혜는 적극적으로 호응했다. 그러나 박창은 대뜸 반박했다.

"다 갖춘 사람도 전혀 없는 건 아니에요. 파디아님은 미테르 교의 대신관이면서 아름답고, 성격 좋고, 게다가 요리도 잘하거든요."

"파디아님이 요리를 하신다구요?"

마라나는 뜻밖이라는 듯 물었다.

"신전의 일이 바쁘다 보니 매일 오지는 못하지만, 주방에 오면 요리를 하거나 우리 일을 도울 때가 많아요. 파디아님도 아르데 씨 못지않게 요리하기를 좋아하더라구요. 두 사람의 차이라면 완성품의 맛이 너무도 다르다는 거죠. 한쪽은 천상의 맛인데, 다른 한쪽은 먹는 사람을 아예 천상으로 보내 버리는 맛이니, 원."

박창은 생각할수록 이해할 수 없는지 고개를 짤짤 흔들었다. 그때 박상이 말했다.

"원래 손맛이 있는 사람과 없는 사람이 있기도 하지만, 아르데 씨의 경우는 후각이 너무 예민해서 더 그럴지도 모른다 싶더군요."

"후각이 예민한 건 요리사로서는 좋은 조건 아닙니까?"

우진이 의외라는 표정으로 물었다.

"어느 정도는 그렇지만 도가 지나치면 문제죠. 요리를 하면서 계속 음식 냄새를 맡다 보면 후각이 금방 마비되어서 미묘한 차이가 잘 분별이 되지 않을 수도 있거든요."

박상의 말을 듣고 있던 릴리가 무릎을 쳤다.

"그러고 보면 아르데 씨가 유달리 후각이 잘 발달한 건 사실인 것 같네요. 특공대에서 같이 훈련할 때 보면 아르데 씨는 다른 사람들이 전혀 느끼지 못할 때에도 혼자 주방에서 풍겨오는 냄새를 맡고 점심, 저녁 메뉴를 한 번도 안 틀리고 맞추더라구요."

마리나도 고개를 끄덕였다.

"물 냄새까지도 맡을 수 있는 사람이라고 대원들이 말할 정도니까 그럴 수도 있겠네요. 전에 쿠네이에서도 아담보다 아르데 씨의 후각이 더 빨리 적의 존재를 감지해 냈었잖아요."

"아무튼 아르데 씨가 만든 음식을 끝까지 먹는 사람은 라얄 씨가 유일해요. 처음에는 미맹이거나 미맹끼가 있는 게 아닌가 했는데, 가만히 보니까 그건 또 아니더라구요. 어떤 때는 억지로 먹은 걸 속에서 받아들이지 못해 탈이 나는 모양이에요. 그저께는 아르데 씨가 만든 도넛을 먹고 나서 어디가 아픈지 한참 안 보이더니, 어제도 쿠키를 먹은 뒤부터 창백한 얼굴로 자주 화장실에 들락거리는 거예요. 아무리 친형제 같고 가신 같은 존재라지만 그렇게 탈이 나면서 어떻게 끝끝내 참고 먹나 몰라."

박창의 말을 듣고 있던 지혜가 대뜸 말했다.

"혹시 그 사람, 아르데 씨를 좋아하는 거 아냐?"

"글쎄, 그런 낌새는 모르겠던데."

박창은 금시초문이라는 반응이었다. 지혜는 어련하겠냐는 눈빛으로 박창을 쳐다보았다.

"넌 본래 눈치가 많이 달리잖아. 웬만큼 티내서 네 눈에 보이겠어?"

"무슨 소리야? 어디 가서도 멍청하단 소리는 안 듣는다."

"멍청하다고는 안 했어. 눈치가 부족하다고 했지."

"그게 그거잖아?"

"어떻게 그게 그거야? 분명히 다르지. 잘 생각해 봐."

지혜가 너무도 자신만만하게 말하자 헷갈리기 시작한 박창은 그 문제를 생각하느라 잠잠해졌다. 지혜는 입술을 오므려 소리없이 웃고 우진에게 물었다.

"벽돌 장인들을 언제 서넉 산에 데리고 갈 건가요?"

"닷새 뒤로 하죠. 서넉 산 쪽에 가서 벽돌을 굽게 될 것은 다들 알고 있지만 그래도 짐을 꾸리고 가족들과 보낼 시간적 여유는 줘야죠."

우진의 대답을 들은 지혜는 일행에게 제안했다.

"그날 우리도 모두 같이 가는 게 어떨까요? 우리들의 일로 가는 건데, 한 번쯤은 같이 가서 봐야 하지 않을까 싶은데."

박상이 가장 먼저 고개를 끄덕였다.

"별일이 없으면 그렇게 합시다. 그 사람들이 지낼 곳이 어떻게 되어 있는지도 보고, 필요한 것이 없는지도 알아보지요."

이견을 내는 사람은 없었다. 그런데 우진이 갑자기 생각이 났던지 지혜에게 물었다.

"참, 그런데 전에 디파에서 가지고 온 철인간들의 머리는 어떻게 되었습니까? 검사는 끝났나요?"

"네, 뭐, 그런대로요."

지혜는 말끝을 흐리며 의미심장한 미소를 지었다.

"쓸 만한 것이 있던가요?"

릴리가 물었다.

"거의 없었어요. 대부분 옛날에 다른 철인간들의 수리용으로 부품을 빼내서 썼던 모양이에요. 부품이 온전히 남아 있는 건 몇 개 안 되었는데, 그나마 상태가 괜찮은 건 딱 하나뿐이더군요."

지혜는 그 대목에서 말을 끊고 일행의 얼굴을 둘러보았다. 뭔가 이야기할 것이 있는데 할까 말까 재고 있는 눈치였다. 궁금해진 릴리가 재촉했다.

"그래서 어떻게 되었는데요? 그걸로 뭘 할 건가요?"

"전에 아담이랑 삼총사를 만들 때 남아 있던 부분들이 있어요. 그걸로 철인간을 한 대 더 만들 수가 있어요. 우리가 서넥 산에 가기 전에 완성이 될 것 같아요."

대단한 사실을 발표하는 것처럼 지혜가 폼을 재고 자랑스레 말하는데, 박창은 시큰둥한 반응을 보였다.

"난 또 뭐라고. 또 백치 삼총사처럼 머리가 텅 빈 녀석이 되는 거 아냐? 단순 노동만 하는 걸 자꾸 늘려서 뭐 해?"

지혜는 박창을 째려보았다.

"그때는 처음이었으니까 그렇지. 이번엔 안 그래. 잘될 거야."

"그래? 이번엔 이름을 뭘로 붙일 건데?"

"이미 지어놨지만 나중에 모두에게 선보일 때 소개하기로 하지."

지혜의 자신만만한 태도에 우진이 웃으며 말했다.

"이번에는 정말 자신이 있으신 모양이네요."

"그때 가서 보세요."

지혜는 어깨를 으쓱해 보였다.

벽돌 장인들이 서빅 산으로 떠나기 전날 저녁, 지혜는 무적택배 사람들을 지휘차의 철인간 수리실로 불렀다. 그곳에는 처음 보는 철인간이 서 있었다. 몸체가 얼룩덜룩하고 팔다리가 짝짝이인 것은 아담을 비롯한 다른 철인간들과 같았으나, 특이한 점이라면 몸체는 가슴이 볼록하고 허리가 잘록한 여성형인데 비해 얼굴은 명백한 남성형이라는 것이었다. 무표정하면서도 우락부락한 느낌을 주는 각진 얼굴과 부드러운 곡선을 그리는 몸체는 한눈에도 심한 부조화를 자아냈다. 지혜는 일행의 이상한 시선을 전혀 눈치 채지 못하고 새 철인간의 곁에 가더니 자랑스럽게 소개했다.

"소개할게요. 이번에 새로 만든 철인간이에요. 이름은 이브라고 붙였어요. 이브는 전투형 철인간으로서 전작인 삼총사와는 달리 본래의 기능을 온전히 살릴 수 있었어요."

박상 등의 표정은 새로운 철인간의 얼굴과 이름 간의 심각한 괴리감에 더 더욱 묘해졌다. 곧 박창이 이상하다는 얼굴로 물었다.

"이름이 왜 이브야? 걔가 아담의 짝이라도 된단 말이야?"

"여성형이니까 이브라고 붙인 거야. 왜, 뭐가 이상해?"

지혜는 뭐가 문제냐는 듯 도리어 되물었다.

"이상한 정도가 아니지. 몸은 여자인 것 같긴 한데, 얼굴이 영 아니잖아?"

그러자 지혜는 한심하다는 표정으로 혀를 찼다.

"성별은 얼굴이 아니라 생식기로 결정하는 거야. 로봇의 경우는 그게 없으니까 몸의 형태로 정하는 거지."

"그래도 이브는 너무 이상하고 안 어울려. 꼭 성전환한 게이 같잖아. 여러분이 보기에는 안 그래요?"

박창은 나머지 일행을 둘러보며 동의를 구했다. 지혜는 발칵 성질을 내며 박창에게 쏘아붙였다.

"게이라니! 성전환이면 트랜스젠더지, 왜 게이야? 아무데나 말 갖다 붙이지 말라고 했잖아. 꼭 잘 모르면서 되는 대로 말한다니까!"

"그게 그거 아냐?"

박창이 멀뚱하게 묻자 지혜는 툭 쏘았다.

"당연히 아냐. 상식 좀 쌓고 살아!"

"그래? 아님 말고."

박창이 이렇게 나오자 김이 빠져 버린 지혜는 찜찜한 얼굴로 그를 흘겨보았다.

"게이든 트랜스젠더든 간에, 이름이랑 생긴 게 안 맞는 건 사실이잖아요. 안 그래요?"

박창은 아무래도 납득할 수 없었던지 일행에게도 의견을 구했다. 릴리가 키득거리면서 말했다.

"쪼끔 괴리가 느껴지긴 하죠."

"확실히 이브라는 이름은 얼굴과 어울리지 않는 감이 있어요."

우진도 웃음을 머금고 고개를 주억거렸다. 그러나 지혜는 일행의 반응에 굴하지 않고 애초의 이름을 고집했다.

"누가 뭐라고 해도 절대로 이름은 바꾸지 않겠어요. 이름을 붙이는 건 과학자로서의 내 권리이니까요."

그때 이브를 주의깊게 살펴보던 마리나가 지혜에게 물었다.

"전투형이라고 하셨는데 실제로 전투에 사용할 수 있다는 건가요?"

"네. 아담의 말로는 명령이 있으면 전투에 가담할 수 있다더군요. 대신 몸이 원래 이브의 것이 아니라서 무기는 사용할 수 없지만요."

"아담처럼 총을 다룰 수도 있나요?"

지혜는 그것까지는 잘 모르겠던지 아담을 쳐다보았다. 아담은 지혜 대신 대답했다.

─예. 총기류를 이용한 원거리 공격은 물론 육탄전도 가능합니다.

"흐음, 그렇다면 꽤 쓸 만하겠네요. 만일의 경우 든든한 방어막이 될 수 있겠어요."

마리나는 이브의 존재에 호감을 나타냈다.

"그치만 아무리 봐도 이브는 영 아닌데……."

박창이 머리를 짤짤 흔들며 구시렁거리는 것을 들은 지혜는 그에게 다가와 지긋이 노려보며 으르렁댔다.

"너, 이번에도 또 이상한 별명 붙이기만 해봐. 나도 널 이름으로 안 부르고 쇠국자라고 불러줄 테야."

그러나 박창은 태평스러운 얼굴로 악동 같은 미소를 씨익 흘리고 딴 청을 피웠다.

"그나저나 이… 브는 어디에 쓸 거야? 수정처럼 누나 비서로 쓸 거야?"

"글쎄."

지혜는 그 점에 대해 미리 생각해 둔 바가 없는지 이브를 멀뚱히 쳐다보았다. 그러자 마리나가 제안했다.

"별다른 계획이 없으시면 저희에게 맡겨주시면 어때요?"

"왜요? 마리나 씨는 뭔가 계획이 있어요?"

지혜가 궁금해하며 되묻자 마리나는 엷은 미소를 내비쳤다.

"흥미가 있어서요. 순전히 제 개인적인 흥미기는 하지만, 전투용 철인간들이 어떤 식으로 싸우는지, 또 지구의 전투용 로봇과 어떤 차이점과 유사점이 있는지를 한번 알아보고 싶은 생각이 드네요."

"재미있겠는데요."

우진은 솔깃해했다. 릴리도 눈을 빛내며 얼른 고개를 끄덕였다. 지혜로서는 그다지 관심이 가지 않는 분야였으나, 무적택배호에 있던 최고급 화물인 수정을 자신의 소유로 삼은 전력이 있다 보니 이브까지 데리고 있겠다고 고집하지는 않았다.

"다른 사람들도 괜찮다면 그렇게 하세요. 제가 꼭 가지고 있을 필요는 없으니까요."

지혜의 말에 박상을 비롯한 남자들은 전혀 상관없다는 반응이었다. 그래서 다섯 번째 철인간 이브는 마리나 자매와 같이 다니는 것으로 정해졌다.

다음날 오전, 구왕궁의 정원에는 벽돌 장인들이 각자의 조수들을 데리고 올라와 모여 있었다. 조수들은 간단한 가재도구와 옷가지, 작업도구 등을 저마다 등에 가득 지고 있었다. 난민을 방불케 하는 그 모습을 보니 박상 등은 자신들 때문에 지금까지 살아온 곳을 멀리 떠나 낯선 지역에서 살아가게 될 그들에게 미안한 마음이 들었다. 그들의 짐을 특공대원들이 받아서 에어 트럭에 싣고 사람들은 지휘차에 타게 했다. 이전에 한 번 탔던 벽돌 장인들은 주저없이 냉큼 올라타는 데 비해 조수들은 두려워하며 쭈뼛쭈뼛 그 뒤를 따랐다. 사람들이 전원 탑승하고 마리나 자매도 에어 트럭에 타고 나자 우진과 바다는 지휘차를 서녁 산으로 몰았다.

마리나 자매가 보고 와서 말했던 대로 서녁 산에는 이미 여러 개의 가마와 작업장, 그리고 벽돌 장인들과 그 가족 및 조수들이 생활할 집들이 완성되어 있었다. 지휘차와 에어 트럭이 내려서자 여러 명의 사람들이 달려나와 고개를 조아렸다. 그들의 선두에 있는 남자가 긴장된 목소리로 인사했다.

"어서 오십시오. 오늘 오신다는 소식을 듣고 기다리고 있었습니다. 벤스토크의 시장관인 워드 보크입니다."

"수고가 많으십니다."

무적택배 사람들을 대표하여 박상이 인사를 받았다.

"폐하의 말씀에 따라 최대한 서둘렀습니다만, 마음에 드실지 모르겠습니다."

워드는 자신이 직접 안내하겠다고 자청했다. 벽돌 장인들의 짐을 내려 정리하는 것은 나중으로 미루고 무적택배 사람들과 벽돌 장인들은 가마와 작업장들을 둘러보았다. 가마와 작업장이 있는 곳에는 근처의 개울에서 물을 끌어다가 취수장을 만들어놓았고, 전반적으로 잘 배치된 느낌을 주었다. 벽돌 장인과 조수들은 모든 가마와 작업장을 구석구석 돌아보면서 꼼꼼히 뜯어보았다. 각 가마마다 딸려 있는 작업장은 너르고 깔끔한 구조였고 화장실도 잘 구비되어 있었다. 가마 옆에 있는 창고에는 연료로 사용할 장작과 숯이 가득 들어 있었다.

작업장과 가마를 둘러본 다음에는 그들이 살게 될 마을을 둘러보았다. 아직 누가 어느 집에 살 것인지 결정되지 않은 상태지만, 집집마다 식탁과 의자, 찬장, 침구 등을 비롯해 웬만한 가재도구가 갖추어져 있어서 사람만 들어가면 될 것 같았다.

"델라제 노드 경께서 보내주신 목록을 참고하여 당장 사람이 들어와도 불편이 없도록 생활에 필요한 물품들을 채워 넣도록 했습니다. 부족한 점이 있으시면 말씀만 해주십시오."

워드가 무적택배 사람들과 노드, 로네스의 안색을 살피며 조심스럽게 물었다. 노드는 적이 만족스럽다는 반응이었다.

"잘 준비해 주신 것 같습니다."

그러면서도 그는 벽돌 장인들에게 확인하는 것을 잊지 않았다.

"여러분이 보시기에는 어떻습니까? 앞으로 여러분과 가족들이 지낼 곳이니 꼼꼼히 살펴보시고 혹시라도 부족한 점이 있으면 말씀하십시오."

벽돌 장인들은 당치않다는 듯이 고개를 주억거렸다.

"부족한 건 잘 모르겠습니다. 다 좋은 것 같습니다."

"예, 작업장도 그렇고, 아주 깨끗하고 좋은데요."

"살던 집보다 훨씬 좋습니다. 나중에 마누라랑 자식들이 와보면 아주 좋아하겠는걸요."

말로만 그러는 것이 아니라는 것은 그들의 밝은 표정을 보더라도 알수 있었다. 노드는 흐뭇한 미소를 머금고 말했다.

"지금은 처음이라 잘 모를 수도 있을 겁니다. 나중에라도 필요한 것이 있거나 불만 사항이 있으면 여기의 책임자에게 말씀하세요. 폐하의 특별한 명을 받아 진행하는 일이니만큼 불편이 없도록 최대한 도와드릴 겁니다."

"예, 그렇게 하겠습니다."

"이렇게까지 저희에게 잘해주시다니 감사할 따름입니다."

"모두 델라제 경께서 꼼꼼히 챙겨주신 덕분입니다."

구왕궁에서 여러 날 같이 지내면서 꽤 가까워진 모양으로 벽돌 장인들은 무적택배 사람들을 어려워하는 것과는 달리 노드와는 제법 친숙하게 대화를 나누며 그에게 진심으로 감사했다.

"전에 무슨 목록을 작성해 보냈다는 이야기는 들었었지만, 세밀한 곳까지 꼼꼼하게 챙기셨군요."

우진의 말에 노드는 빙긋 웃고 답했다.

"예. 여러분께서 저 사람들을 많이 염려하고, 신경 쓰시는 것 같아 저도 좀 주의를 기울였습니다. 중대하고 영광된 과업 때문이기는 하지만 그래도 태어나서 평생 살던 곳을 떠나서 이주하게 되는 것이니만큼 여기서의 생활이 조금이라도 편했으면 하는 제 마음도 있었구요."

"잘하셨습니다. 덕분에 우리 마음도 조금은 가벼워지는군요."

박상의 칭찬을 받은 노드는 쑥스러워했다.

"할 일을 했을 뿐인걸요. 그래도 그렇게 말씀해 주시니 기쁩니다."

여행 준비의 대가다움을 발휘한 노드의 꼼꼼함과 국왕 베르테스의 명령에 힘입어 새로 만들어진 마을은 말끔하게 잘 정비된 모습이었다. 무적택배 사람들은 얼마간 마음의 짐이 덜어진 기분으로 귀로에 올랐다.

3

벽돌 장인들이 서넉 산에 자리를 잡고 나자 무적택배 사람들의 작업
은 다음 단계로 들어갔다. 벽돌이 만들어져 도착하는 즉시 용광로를
만들 수 있게 준비하는 일이었다. 벽돌로 용광로를 만들 미장공들과
용광로의 동력 장치를 만들 기술자들부터 홀로그램 자료로 교육시키기
로 무적택배 사람들이 결정하자 베르테스는 미리 뽑아놓았던 미장공들
과 기술자들을 보내겠다고 했다. 노드가 그들을 데리러 간 동안 무적
택배 사람들은 응접실에 모여서 그들을 기다리고 있었다.

"몇 명이 오는 건가요?"

릴리의 질문에 우진이 대답했다.

"미장공이 4명, 기계 기술자가 4명이라더군요."

그 말을 들은 박창이 이상해했다.

"용광로를 4개 만들어야 하는데 미장공 4명은 좀 적지 않을까요? 용광로도 크다면서요?"

그러자 지혜가 대답했다.

"그 사람들은 핵심적인 기술을 따로 배울 사람들이고, 용광로를 실제로 제작하는 데는 훨씬 많은 사람들이 동원될 거야. 만드는 것 자체는 설계도가 있으니까 크게 어렵지 않아."

"벽돌 용광로에도 숨겨야 할 기술이 있어?"

박창이 은근슬쩍 우스워하며 물었으나 지혜의 대답은 진지했다.

"당연히 있지. 일단 전체 설계도가 외부에 유출되지 않으면 쉽게 흉내 내지는 못할 거야. 그리고 전에 우진 씨가 말한 풍구 같은 건 특히 중요해. 거길 제대로 만들지 못하면 아무리 모양을 흉내 내서 용광로를 만들어도 쓸모가 없게 돼."

그 대목에서 릴리가 손가락을 탁 튕기고 말했다.

"아아, 알겠다. 용광로 만드는 기술을 극비 사항으로 통제하려는 거군요."

지혜는 고개를 끄덕였다.

"맞아요. 어느 시대나 이런 기술은 대외비잖아요."

"지혜 누나가 그렇게 하라고 시켰어?"

박창이 물었다. 지혜는 피식 웃으며 머리를 흔들었다.

"내가? 난 아냐. 했다면 우진 씨가 말했겠지."

"저도 그러라고 말한 적은 없습니다. 그냥 전에 로네스 씨가 용광로의 제작과 메도쿰 제조 때 특별히 기밀로 유지할 수 있는 기술이 있느냐고 묻기에 제가 아는 걸 말해 줬을 뿐입니다."

우진은 긍정도 부정도 아닌 애매한 말로 대답을 대신했다.

"어찌 되었든 지금 올 사람들은 나중에 굉장히 중요한 사람이 되겠네요."

릴리는 매우 재미있어했다. 지혜도 그 점은 인정했다.

"그렇게 되겠죠. 아무나 보내지도 않을 거예요. 분명히 엄격한 선발 과정을 거친 끝에 믿을 수 있다고 판단된 사람들이겠죠. 이 다음에 제철 기술을 배우는 사람들 중에도 그런 사람들이 서너 명 있을 테구요."

"제철 기술에서는 뭐가 또 핵심 기술인데?"

박창이 냉큼 물었다.

"몇 가지 되지만, 가장 핵심은 금속의 배합에 관한 것이라 할 수 있어. 메도쿰은 합금이기 때문에 어느 금속을 어느 정도의 비율로 조합하느냐가 중요해. 아주 미묘한 차이로도 결과가 전혀 달라지거든. 그 방식을 외부로 새어 나가지 않게 제대로 통제하기만 한다면 꽤 오랫동안 다른 곳에서는 감히 흉내 낼 수도 없을걸."

지혜는 거만한 자세로 팔짱을 끼면서 으쓱해했다.

"그 부분도 누나가 가르쳐야겠네?"

"그래야겠지. 아무래도 금속 문제는 다른 사람보다는 내가 설명하는 게 나을 테니까."

지혜와 박창 등의 이야기를 듣고 있던 박상은 바다에게 물었다.

"바다 씨, 지금 오는 사람들의 교육 기간은 어느 정도로 잡고 있습니까?"

"글쎄요, 지금 생각으로는 눈으로 보기만 해서는 힘들 테니 며칠 자료를 보여준 뒤 실습을 해볼까 합니다."

"벽돌이 없는데 실습을 어떻게 합니까?"

"일단 일반 벽돌을 우리가 필요로 하는 벽돌과 같은 규격으로 만들어서 그것을 가지고 용광로를 만드는 연습을 하면 어떨까 합니다. 로네스 씨에게 벽돌은 부탁해 놓았습니다."

"실습은 어디서 하시게요?"

마라나가 물었다.

"제철소 건물에 내려가서 할 예정입니다. 용광로의 크기가 있다 보니 여긴 그럴 만한 공간도 없고, 또 용광로 제작 기술을 비밀로 유지해야 하니까요."

"제철소가 벌써 완성되었나요?"

놀라는 마라나와는 달리 바다는 대수롭지 않게 받아들이고 있었다.

"얼마 되지는 않았습니다. 인력과 물자를 아낌없이 동원한 결과겠지요."

"아무튼 그런대로 순조롭게 풀려가는 것 같아 다행이네요. 지혜 씨와 바다 씨, 우진 씨는 한동안 바쁘시겠어요."

"전 바쁜 것이 좋습니다. 쓸데없는 잡념도 사라지고 조금씩 집과 가까워지는 느낌이 드니까요."

바다의 얼굴에 오랜만에 엷은 미소가 스쳐 갔다. 그의 입에서 나온 집이라는 단어에 다른 사람들까지 가슴 한끝이 찡해졌다. 잠시 정적이 지나갔다. 문득 지혜가 마라나 자매의 뒤에 서 있는 철인간 이브에게 시선을 돌리더니 화제를 이브로 옮겼다.

"마라나 씨, 이브는 어떤가요? 쓸 만한 것 같아요?"

"네. 아담이 설명했던 것처럼 총기류도 잘 다루지만, 육박전에도 강점이 크더군요. 움직임이 부드럽고 군더더기가 없어요. 지구의 기준으로 봐도 대단히 우수한 기종일 것 같아요. 두부를 제외한 다른 부분이 원래의 것이 아닌 조립이다 보니 본래 가지고 있었을 기능을 전부 살리지 못하는 것이 아쉽긴 하지만요."

"빠르게 움직일 때 동작에 무리가 있거나 그 밖의 문제가 발생하지는 않던가요?"

그 질문에는 릴리가 대답했다.

"아뇨. 그런 건 느끼지 못했어요. 오히려 관절이 자유자재로 돌아가서 인간보다 훨씬 다양하고 변칙적인 공격법을 구사하던걸요."

"관절이 자유자재로 돌아간다구요?"

지혜도 모르는 사실이었던지 의아한 얼굴이 되었다. 우진과 박창 등도 그 말에 흥미를 가지고 이브를 쳐다보았다. 릴리는 이브를 돌아보더니 명령을 내렸다.

"게이브, 왼쪽 팔뚝을 360도로 회전시켜 봐."

─예, 릴리님.

이브는 대답과 함께 왼쪽 팔을 앞으로 내밀었다. 다음 순간 왼쪽 팔의 팔꿈치 아래 팔뚝이 부드럽게 빙글빙글 돌았다. 그것은 문자 그대로 360도의 모든 각도로 빠르게 움직이는 것이었다.

"우와, 저런 건 처음 본다!"

박창이 입을 딱 벌리고 탄복했다. 다른 사람들도 신기해하기는 마찬가지였다. 릴리는 은근히 신이 나서 계속 명령했다.

"게이브, 오른쪽 다리의 종아리도 그렇게 해봐."

─예, 릴리님.

다섯 번째 철인간은 왼쪽 팔뚝을 돌리면서 오른쪽 발을 앞으로 내밀었다. 곧 박상 일행은 로봇의 오른쪽 다리 아랫부분이 모든 각도로 돌아가는 것을 볼 수 있었다.

"이제 보니 게이브 녀석, 진짜 대단한데요. 보기는 좀 흉하지만, 전투 때 갑자기 저러면 굉장히 위력적이겠어요. 어느 부위가 어떤 각도로 꺾어져 들어올지 완전히 예측 불허잖아요."

우진이 혀를 내두르며 감탄의 말을 아끼지 않았다.

"그렇죠? 실제로 위력도 대단해요. 대원들도 게이브를 얼마나 대단하게 생각하는지 몰라요."

릴리는 자신이 칭찬을 들은 양 기꺼워했다.

"전에 토리콘에서 노드 씨와 로네스 씨를 죽이려던 자들과 싸울 때, 아담도 이렇게 움직이던가요?"

박창의 질문에 릴리는 잠깐 생각하고 고개를 저었다.

"아뇨. 그렇지는 않았던 것 같아요. 인간에 비해 특이하고 자유로운 움직임을 보이긴 했지만요."

박창은 아담과 게이브를 번갈아 보며 머리를 갸웃거렸다.

"역시 게이브는 전투 전용이라 그런 점에선 아담보다 낫다는 건가?"

혼잣말에 가까운 것이었지만 아담이 성실하게 그 의문에 대답했다.

─저도 게이브처럼 움직일 수는 있습니다. 하지만 총사령관님의 품위를 고려하여 부득이한 경우가 아니면 그렇게 하지 않게 되어 있습니다.

"총사령관의 품위?"

박상을 쳐다보는 박창의 입이 웃음으로 실룩거렸다. 박상은 고개를 돌려 그의 시선을 피해 버렸다.

그런데 그때까지 로봇의 기발한 움직임을 보느라 일행의 대화를 흘려듣고 있던 지혜가 불현듯 자신의 귀에 거슬리는 단어가 있는 것을 깨닫고 릴리에게 따지듯이 물었다.

"릴리 씨, 아까부터 이브를 게이브라고 부르는 것 같은데 왜 그렇게 부르는 거죠? 그건 남자 이름이잖아요."

릴리는 아차 하는 표정으로 입을 꼬옥 다물었다. 지혜는 아무래도 이상하다 싶어 이번에는 우진에게 물었다.

"그러고 보니 우진 씨도 게이브라고 부르더군요. 어떻게 된 거예요? 내가 없을 때 다들 모여서 이름을 바꾸기로 한 건가요?"

"아, 저, 그… 그런 건 아니고 이브라고 부르기가 좀 어색한 기분이 들어서……."

우진은 당황해서 변명을 늘어놓다가 곤란한 기색으로 박창 쪽을 흘끔거렸다. 거기서 사태의 원흉이 누구인지 단번에 감을 잡은 지혜는 박창을 째려보았다.

"또 너지?"

"헤헤, 미안. 나도 그냥 이브라고 불러주려고 했는데, 저 사나이스러운 얼굴을 보면 도무지 그 이름이 입에서 떨어지지를 않는 거야."

너스레를 떨며 사과의 말을 해도 별로 미안한 기색은 없었다. 당장이라도 그 밉살스러운 얼굴을 꼬집어주고 싶은 충동이 일었지만, 지혜는 우선 게이브라는 이름이 튀어나온 이유나 알고 보자는 마음에 그것을 눌러참으며 물었다.

"근데 게이브는 뭐야? 왜 하필 게이브야?"

박창은 실실 웃으면서 사실을 털어놓았다.

"그게… 처음에는 게이 같다는 의미에서 '게이 이브'라고 불렀는데, 몇 번 부르다 보니 게이브로 줄어버리더라고. 발음하기도 그게 편하고 해서 그냥 게이브가 된 거지."

지혜의 이마에 굵은 힘줄이 불끈 솟았다. 그녀는 눈을 지그시 감고 분을 삭이려 애쓰면서 나직이 말했다.

"게이랑 트랜스젠더랑 다르다고 내가 전에도 말했잖아!"

"응, 기억하고 있어. 그치만 트랜스젠더 이브는 너무 길더라구. 그리고 게이브라고 하니까, 잘 어울리고 또 부르기도 좋잖아. 이브보다 게이브가 어울린다는 건 다들 게이브라고 부르는 걸 봐도 알 수 있는 것 아냐?"

지혜는 더 이상 참지 못하고 벌떡 일어나서 박창에게 덤벼들어 그의 귀를 잡아 비틀었다.

"너! 내가 전에 경고했지? 그런데 또 이상한 별명을 붙여? 내가 이제부터 널 박창이라고 불러주나 봐라! 죽을 때까지 넌 쇠국자야, 알어?"

"아야야, 쇠국자든 철국자든 누나 맘대로 하셔. 그런다고 게이브가 이브되진 않을걸."

박창은 아프다고 징징거리면서도 지지 않고 버텼다. 다른 사람들은 자신들도 게이브라는 이름에 동조한 죄가 있는지라 함부로 끼어들지도 못하고 지켜보고 있을 수밖에 없었다. 그 와중에도 당사자인 이브이자 게이브는 무표정한 얼굴로 팔다리를 빙글빙글 돌리고 있었다. 지혜와 박창의 실랑이 때문에 문을 노크하는 소리도 듣지 못하고 있던 무적택배 사람들은 문이 열리고 노드와 사람들이 들어선 뒤에야 화들짝 놀라 그 소동을 중단시켰다.

"게이브, 그만 해."

마라나가 명령을 내려 게이브의 동작을 멈추게 했지만 이미 볼 사람들은 다 본 뒤였다. 노드와 로네스, 그리고 둘을 따라온 8명의 사람들은 감히 웃지도 못하고 괴상한 표정들을 하고 있었다. 무적택배 사람들은 태연을 가장하며 그들을 맞아들였다.

4명의 미장공과 4명의 기술자로 이루어진 그들은 전원 40대 초중반의 중장년층이었다. 그들은 아직 자신들이 할 일에 대해 자세히 알지는 못하는 눈치였으나, 자신들이 뭔가 중대한 일을 맡게 될 것이라는 언질을 받고 온 모양으로 무척이나 긴장하고 있었다. 박상 등은 그들과 간단히 인사를 나누고 앞으로의 계획에 대해 설명한 뒤 곧바로 일정에 들어갔다. 미장공들은 바다와 우진을 따라 홀로그램 장치가 되어 있는 방으로 이동했고, 기술자들은 지혜와 함께 지휘차로 갔다. 그리고 굳이 같이 움직일 필요가 없는 박상 형제와 마리나 자매는 자신들이 하던 일로 돌아갔다.

며칠이 지나 용광로의 설계도와 주요 부분을 배운 4명의 미장공들은 다른 미장공들을 지휘해 용광로 만드는 것을 연습하기 위해 언덕 아래에 만들어놓은 제철소로 자리를 옮겼다. 한편 지혜에게 배운 기술자들은 구왕궁의 다른 곳에 마련된 별도의 장소에서 미리 주문해 놓은 부품들로 동력 장치를 만드는 실습에 들어갔다.

그들의 다음으로 온 것은 제철소에서 일할 사람들로 지금까지와는 달리 200명이 넘는 대규모였다. 홀로그램 장치를 해놓은 방이 하나였기 때문에 바다와 우진은 그들을 몇 개의 그룹으로 나눠서 그들이 앞으로 어떤 일을 하게 될 것인지 자료 교육에 들어갔다. 그러나 그들 외에 로네스가 별도로 데리고 온 3명의 사람들은 지혜를 따라 지휘차의 회의실에 가서 그곳에서 자료를 보며 설명을 들었다. 메도쿰의 금속 배합과 비율 등을 배우는 것이었다.

지혜와 바다, 우진이 용광로와 관련된 사람들을 상대하느라 바쁘게 보내는 동안 박상 형제는 언제나처럼 주방을 지키며 고추 맛을 만드는 실험을 계속하고 있었고, 마리나와 릴리는 특공대와 지내는 틈틈이 며칠에 한번씩 벽돌 장인들이 있는 서넉 산에 들렀다. 용광로를 만들기에 적합할지 테스트할 벽돌을 가지러 가는 것이었다. 홀로그램 자료의 내용을 모조리 외울 정도로 반복해 보면서 익혔지만, 처음 시도하는 생소함 때문인지 생각처럼 쉽게 고대의 벽돌이 재현되지는 못했다. 그러나 평생 그 일에 매달려 온 사람들답게 벽돌 장인들이 서넉 산에서 고대의 벽돌을 만드는 데 매달린 지 십여 일째, 드디어 모든 테스트를 통과하고 용광로를 만들기에 충분한 것으로 판단된 벽돌이 만들어졌다.

무적택배 사람들은 하던 일을 잠시 멈추고 지휘차와 에어 트럭을 몰고 벽돌을 가지러 서넉 산에 갔다. 그곳에서 마차에 실어 프라트까지 도착하기까지 걸리는 시간을 절약하기 위해서였다. 에어 트럭의 화물칸 가득히 벽돌을 싣고 돌아온 그들은 에어 트럭을 언덕 아래에 만들어진 제철소 앞에 세워두고 그곳에서 벽돌을 냈다. 아담을 제외한 4대의 철인간들이 벽돌을 에어 트럭 밖으로 내어주면 용광로를 만들 미장공들이 그것을 받아 제철소 안으로 옮겼다. 제철소 내부에 관련자 이외의 사람은 절대 들이지 말라는 베르테스의 엄한 명령 때문이었다. 그 말을 뒷받침하듯 제철소 주변은 무장한 병사들로 삼엄하게 경비되고 있었다.

제철소 안에는 용광로를 제작할 모든 준비가 되어 있었다. 홀로그램 자료로 핵심 기술을 학습한 4명이 용광로를 하나씩 맡아서 감독하고 나머지 미장공들은 그들의 지시에 따라 용광로를 만드는 역할이었다. 박상 등은 그들에게 잘 부탁한다는 말을 남기고 그곳을 나왔다. 자신들이 있으면 그들이 불편해할 것이 뻔한 데다 굳이 작업을 지켜보고 있을 필요는 없다는 판단에서였다.

언덕으로 돌아가는 지휘차 안에서 박상은 노드에게 대장간에 대해 물었다.

"제철소의 용광로는 이제 해결되는 걸로 봐도 될 것 같고, 대장장이들의 작업장은 어떻게 되어가고 있습니까? 서넉 산에서 벽돌이 오는 대로 그쪽도 가마를 새로 만들어야 할 텐데요."

대장간의 가마는 제철소의 용광로에 비해 훨씬 작은 규모였으나 같은 벽돌을 사용해서 만들어야 했다. 설계도는 이전에 베르테스에게 넘겨준 자료 속에 들어 있었으나 그쪽도 서넉 산의 벽돌이 완성되기까지 기다려야 했다.

"가마를 넣을 자리를 제외하고는 다 정비가 된 것으로 압니다. 상점 거리를 대장간 거리로 바꾸었기 때문에 내부에 약간 손을 본 것 이외에는 크게 손대지 않아도 되었거든요. 벽돌이 도착하면 바로 가마를 만들 수 있습니다."

그 말을 들은 마라나가 재빨리 말했다.

"당분간 벽돌은 우리가 서넉 산을 오가면서 가져올 테니까 바로 제작할 수 있도록 준비해 주세요."

"알겠습니다. 그렇게 전하겠습니다."

노드의 대답이 끝나기가 무섭게 이번에는 바다가 그에게 질문을 던졌다.

"쿠네이 쪽은 어떻게 되어가고 있습니까?"

"저도 자세히는 모르겠습니다만, 폐하께서 최대한 신속하게 처리하도록 명령을 내리신 것으로 압니다. 국경 지역의 병사들이 쿠네이에 진주하는 즉시 광산 개발에 착수할 예정이라고 하니, 곧 좋은 소식이 있을 것입니다."

노드의 대답은 극히 원론적이었다. 노드 자신도 그것을 모르지는 않는 듯 송구스러운 기색이었다. 못내 불만스러운 표정을 짓는 바다에게 박상이 통역기를 끄고 부드럽게 말했다.

"궁금하기는 우리도 마찬가지지만 자꾸 재촉한다고 더 빨라질 것도 아니고, 괜히 부담만 더해줄 수도 있으니 당분간 기다려 봅시다. 마스텐 산 쪽은 이미 광산 개발이 시작되었고 얼마 뒤면 프라트로 그곳에서 보낸 세아 광석이 도착할 거라고 하지 않습니까? 쿠네이도 한창 진행 중일 겁니다."

우진도 바다를 달랬다.

"맞아요, 바다 형. 베르테스님에게 이야기하고 이제 겨우 30일 남짓인걸요. 그리고 쿠네이에서 여기까지 좀 멀긴 하지만 지형이 평탄하고, 길도 잘 닦여 있으니까 일단 개발만 되면 도착까지 그렇게 많이 걸리진 않을 겁니다."

바다는 잠자코 고개를 주억거렸다. 그동안 그들이 탄 차는 언덕 위에 도착했다.

"잘될 겁니다. 모두 편하게 마음먹고 마무리 단계에 이를 때까지 지금까지처럼만 해 나갑시다."

박상의 격려에 모두들 고개를 끄덕이고 하나둘 지휘차에서 내렸다.

"우웩~ 우우웩~!"

박창은 상체를 숙이고 음식 쓰레기를 담는 통에 대고 정신없이 토악질을 해댔다. 박상은 그런 박창의 등을 두드리며 그가 진정될 때까지 기다렸다. 그런 박창을 염려하여 주위에 모여든 사람들 또한 안색이 별로 좋지는 못했다. 한참 만에 박창은 속에 든 것을 다 게워내고 퀭한 눈으로 고개를 들었다. 박상은 그의 목에 걸려 있는 수건으로 입가를 얼른 닦아주었다.

"괜찮으십니까?"

파디아가 걱정이 가득해서 물었다. 파디아의 낯빛도 해쓱하여 좋은 상태가 아닌 것이 분명해 보였다.

"뭐, 다행히 죽지는 않겠어요."

박창은 허한 눈빛으로 웅얼거렸다. 아르데가 사람들의 눈치를 살피면서 사과했다.

"죄송합니다. 제가 만든 푸딩이 또 이상했나 봐요."

"아니, 뭐, 마침 속이 좋지 않던 참이기도 했고……."

차마 이상하다고 뭐라 하자니 불쌍하고, 그렇다고 괜찮다고 거짓말하기도 그래서 박창은 꾸물꾸물 뒷말을 삼켰다. 아르데의 뒤쪽에서는 주방 사람들이 남은 푸딩을 조심조심 치우고 있었다. 박창은 물로 입안을 헹구어내고 헛헛해진 배를 쓰다듬으며 말했다.

"고추 맛 만들기나 합시다."

"예."

풀이 죽어 있던 아르데는 금세 기운을 되찾고 조리대 쪽으로 갔다. 아르데가 멀어지자 박창은 통역기를 끄고 투덜거렸다.

"어우, 그거 조금 먹었는데 속이 다 뒤집히네. 안에 세제라도 들었나? 무슨 푸딩 맛이 비누 같아?"

"여기에 존재하지도 않는 세제가 어떻게 들어갔겠냐. 맛의 학살자라 그런 거겠지."

박상은 놀리듯이 싱글거렸다. 박상은 속이 불편하다는 등 여러 가지 핑계를 대며 아르데가 만든 음식을 거의 시식하지 않았지만, 박창은 요리법을 가르친 당사자다 보니 어쩔 수 없이 늘 맛을 보고 있는 터였다.

"진짜 이상해. 간이 성분 검사기로 검사를 해보면 분명히 독성이 없는 것으로 나오는데 어떻게 먹으면 탈이 나지? 미스터리야. 거기다 손은 어찌나 큰지 한 번 만들었다 하면 양도 많아."

박창은 고개를 설레설레 흔들었다. 박상은 조리대에 서서 뭔가를 열심히 조합하고 있는 아르데를 슬쩍 쳐다보고 물었다.

"요리는 그렇다치고 저쪽에서는 괜찮은 것 같냐?"

"별로 기대는 하고 있지 않아. 무엇보다 아르데 씨는 고추며 고춧가루를 먹어본 적이 없잖아. 내가 어떤 맛을 만들려고 하는지도 모르는데 어떻게 날 도울 수가 있겠어? 그냥 전에 말한 것처럼 저쪽은 실험이니까 맛이 이상해도 그러려니 하고 넘어갈 수 있고, 아르데 씨가 시간 보내기엔 적격이지."

박창은 시큰둥하게 말하고 아르데가 있는 조리대로 휘적휘적 걸음을 옮겼다. 아르데는 종이에 사용한 향신료의 이름과 양, 배합 방식 등을 기록해 가며 뭔지도 모를 것을 만들고 있었다. 박창도 자신의 노트를 꺼냈다. 이미 상당히 두툼해진 그의 노트에는 실패로 끝난 수많은 조합 방식이 빽빽이 적혀 있었다. 혹시나 좋은 아이디어가 있을까 싶어 노트를 뒤적거려 보던 그는 답답한 표정으로 구시렁거렸다.

"거의 화학 실험이네. 이럴 줄 알았으면 학교 다닐 때 실험 실습이나 열심히 할걸."

톡을 기본으로 삼고는 있지만 어떤 향신료를 어떻게 배합해야 고추 같은 맛이 날지 알 수 없는 노릇이라 주방 한 켠에는 현재 입수할 수 있는 향신료와 그 원재료가 전부 모여 있었다. 어떤 종류를 넣을지도 문제였지만, 배합하는 비율을 어떻게 달리할 것인지도 문제였고, 생으로 섞거나 찌기, 데치기, 굽기, 볶기, 햇빛에 말려 사용하는 등 온갖 방법을 시도하는 터라 발생하는 경우의 수는 거의 무진장하다고 볼 수 있었다.

　그날의 실험에 사용할 향신료의 종류를 정한 박창은 몇몇 주방 사람들을 조수 삼아 그날의 실험에 착수했다. 박상은 일행의 식사를 준비하는 시간 외에는 박창의 일을 도와 맛을 봐주었다. 실현 가능성에 대해서는 여전히 부정적인 입장이었으나 박창이 하도 열심히 매달리는 터라 마냥 무시하기도 미안해서였다. 달착지근한 맛이라고는 전혀 없이 엄청나게 맵고 쏘는 맛이 나는 톡이 기본 원료이다 보니 피스벵 설탕을 섞어서 단맛을 더했음에도 한 번 맛을 보고 나면 빵이라도 물고 매운 맛을 떨쳐내야 했다. 한 옆에서는 아르데가 박창의 방식을 보면서 나름대로 고추 맛을 만들고 있었다.

　"으, 맵다. 오늘도 안 되나 보네."

　연이은 자극으로 인해 얼얼해진 혀를 달래려 빵 조각을 물고 씁쓸하게 중얼거리던 박창의 코가 별안간 벌름거리더니 고개를 획 돌렸다.

　"혹시 이 냄새는?"

　쿵쿵거리면서 냄새를 따라 박창이 간 곳은 아르데가 숯불에 올려놓은 냄비 앞이었다. 뚜껑이 덮이지 않은 냄비 안에는 진득한 건더기가 섞인 빨간색 액체가 바글거리고 있었다. 박창은 코를 가까이 대고 냄새를 맡더니 작은 스푼으로 그것을 살짝 떠서 맛을 보았다. 이내 박창의 눈이 휘둥그레졌다.

　"이, 이것은……?"

　믿을 수 없다는 표정으로 두세 번 더 맛을 본 그는 고개를 번쩍 들고 큰 소리로 박상을 불렀다.

　"형! 이 맛이야!"

　"뭐?"

"이 맛이라고. 어서 이리 와봐!"

다른 쪽에서 일행의 저녁을 준비하고 있던 박상은 박창의 호들갑에 얼른 그에게 가보았다.

"자, 맛을 봐."

박창은 스푼에 그것을 조금 떠서 박상의 입에 넣어주었다. 입 안에서 그 맛을 음미하던 박상이 감탄의 표정으로 고개를 끄덕였다.

"흐음, 똑같은 건 아니지만 그럭저럭 비슷한데."

"그렇지?"

박창은 서둘러 아르데에게 물었다.

"아르데 씨, 이 냄비에 있는 소스 어떻게 만들었는지 적어놨습니까?"

"따로 적어놓지는 않았지만 기억은 납니다."

"그래요?"

적어두지 않았다는 말에 조금 불안한 생각이 들었지만 박창은 자신의 노트를 가져와서 아르데가 말하는 재료와 배합 비율, 제조 방법 등을 꼬치꼬치 캐물어 기록했다. 기억하고 있다는 말이 거짓은 아니었던지 아르데는 상세한 것까지 막힘없이 대답했다. 그녀의 대답을 그대로 노트에 적고 있던 박창의 얼굴에는 조금 전의 기쁨 대신 차차 설마 하는 의구심이 내비쳐졌다.

"왜 그래?"

박상이 작은 소리로 물어보자 박창은 통역기를 끄고 애매한 표정으로 말했다.

"정말 이상한 배합이야. 톡에 피스벵을 넣는 것은 같은데, 다른 향신료가 아주 뒤죽박죽이야. 떠름한 맛이 나는 것에 쓴맛이 나는 것까지

도저히 어울릴 수 없는 것들이 마구 섞여 있어. 게다가 햇빛에 말려서 쓰는 향신료를 찌고, 볶아서 사용하는 향신료는 생으로 넣는 식으로 방법도 제멋대로야. 한마디로 향신료의 특성과 맛의 조화에 대한 개념이 전혀 없이 잡다하게 섞어버린 듯한 느낌이야."

"그렇게 엉망이라면 아르데 씨가 잘못 기억하고 있는 것 아닐까?"

"그럴지도 모르겠어. 그래도 한번 해봐야지. 혹시 또 모르니까."

박창은 자신없는 투로 중얼거리고, 아르데가 말한 방식에 따라 소스를 만들어보았다. 이번에는 박상도 그를 도왔다. 햇빛에 말려 가루낸 톡에 피스뱅 설탕을 넣고 붉은색을 내기 위해 첨가한 열매 즙을 가미한 뒤 박창이 뒤죽박죽이라 표현한 3가지의 향신료가 더해졌다. 그리고 거기에 약간의 물을 가미해 불에 얹은 뒤 조린다는 느낌으로 가열했다. 박창은 그 앞에 서서 초조하게 내려다보고 있었다. 한참을 가열한 끝에 그것이 걸쭉하게 조려져서 묽은 고추장 정도의 상태가 되자 박창은 기도하는 심정으로 그것을 조금 떠서 맛보았다.

"오오~ 성공이다!"

잠시 후 박창은 기쁨에 넘쳐 큰 소리로 외치더니 박상을 끌어안고 펄쩍펄쩍 뛰었다.

"형, 진짜 성공이야!"

박상을 놓아준 그는 이번에는 아르데의 양 어깨를 쥐고 감격스레 흔들어댔다.

"아르데 씨, 그동안 맛의 학살자라고 불렀던 것, 진심으로 사과하고 취소할게요. 당신은 천재예요!"

"예?"

자신에게 박창이 그런 별명을 붙인 사실을 전혀 모르고 있던 아르데는 무슨 말인가 싶어 멀뚱멀뚱 박창을 쳐다보았다. 무적택배의 동료들과 이야기할 때만 썼던 별명인 것을 깜빡 잊고 말해 버린 것을 깨달은 박창은 어색하게 웃으며 말을 돌렸다.

"아무것도 아니니까 방금 전의 말은 잊어버리세요. 아무튼 당신은 천재가 틀림없어요. 어떻게 이렇게 만들어볼 생각을 다 했습니까?"

아르데는 곧장 대답하지 못하고 계면쩍은 표정으로 눈을 내리깔았다.

"저어, 의도하고 그랬던 건 아닙니다. 원래는 다르게 할 작정이었는데, 향신료 두 가지를 헷갈려서 그렇게 넣은 겁니다."

그녀의 대답을 들은 박창은 납득하지 못하고 의아해했다.

"실수라면 어떻게 방법을 전부 기억하고 있었던 겁니까?"

"냄비에 넣고 나서 잘못 집어넣었다는 걸 알았거든요. 하지만 이왕 넣은 재료니까 그냥 버리기는 아까워서 그냥 둬본 겁니다."

지나칠 정도로 솔직한 답변이었다. 박창과 박창은 어이가 없어서 가볍게 웃고 말았다. 이 소동에 주방에 있던 모든 사람들의 시선은 그들에게 쏠렸다. 지금까지 박창이 그토록 만들고자 했던 맛이 과연 어떤 것인지 다들 몹시 궁금한 기색이었다. 박창은 개발자인 아르데뿐 아니라 다른 사람들에게도 이 새로운 소스를 맛보게 해주었다.

"어떻습니까?"

박창은 잔뜩 기대에 차서 사람들의 반응을 지켜보았다. 자신과 동료들이 먹으려고 만든 것이기는 하지만 기왕이면 피스뱅 설탕처럼 이곳 사람들에게도 환영받는 맛이 되기를 바랐던 것이다.

"맛있군요. 아주 좋은데요."

"예, 부드러우면서도 산뜻하고 깔끔하군요."

"이 맛이라면 그 누구에게라도 크게 환영받을 겁니다."

주방 사람들은 다들 입을 모아 고추 맛 소스를 환영했다. 음식에 관한 한은 빈말을 하지 않도록 엄격하게 말해 온 터였고, 또 그것이 아니더라도 그들의 표정을 보면 거짓말이 아닌 것을 알 수 있었다. 박창은 좋아서 입이 귀밑까지 걸렸다. 비록 자신이 만들어내지는 못했지만 박창의 입장에서는 별로 중요한 일이 아니었다.

"형, 오늘 저녁에는 이걸로 뭔가 만들어보자. 다들 몹시 기뻐할 거야."

박창은 신이 나서 말했다. 박상은 잠깐 생각해 보더니 말했다.

"식혀서 초장처럼 만들어 생선회에 곁들이면 어떨까?"

"그건 너무 단순하잖아. 생선으로 만들 것 같으면 차라리 매운탕이 어때?"

"간장이 없잖아. 마늘도 없고."

그렇게 대꾸하던 박상은 박창이 실망하는 기색을 보이자 재빨리 다른 안을 내놓았다.

"닭도리탕을 만들어보자. 생강 비슷한 열매가 있으니까 마늘 대신 그걸 넣고 감자랑 양파도 얼추 비슷한 맛이 나는 게 있으니 어떻게 되겠지."

"간장은?"

"간장은 없는 대로 여기 양념을 써서 맛을 내야지. 대충 엇비슷한 맛이라도 나면 그걸로도 성공인 거지. 매콤한 닭고기 조림쯤만 되어도 어디냐."

"그래? 그것도 괜찮겠네. 그럼 나는 이 고추 맛 소스를 더 만들게."

"고추 맛 소스? 그렇게 부르기로 한 거야?"

박상이 웃었다.

"고추는 아니니까 고추라는 이름을 그대로 쓸 순 없잖아."

박창은 신이 나서 고추 맛 소스를 많이 만들어놓겠다며 분주하게 움직이기 시작했다. 박상은 그런 박창의 모습에 피식 웃고 돌아서서 닭도리탕을 만들 준비를 했다. 주방 사람들은 새 소스와 그것으로 만들 새로운 요리에 대한 호기심에 차서 두 형제의 일을 도왔다.

그날 저녁은 만들어놓았던 것을 취소하고 새로 닭도리탕을 만드느라 평상시보다 늦어졌다.

"오늘 저녁은 좀 늦네요."

시장한 얼굴로 식탁에 앉아 있던 릴리가 박상 형제가 들어오자 말했다. 박창은 싱글싱글 웃으며 말했다.

"특별 요리를 만드느라 그렇게 되었습니다."

"특별 요리요?"

릴리가 솔깃해서 묻는데 음식이 담긴 쟁반을 가지고 주방의 견습 요리사들이 들어왔다. 뚜껑이 덮인 커다란 솥 두 개가 식탁 가운데에 놓이고 구운 생선과 야채, 밥그릇 등도 차례차례 놓였다. 그들이 음식을 놓고 나가자 박창은 솥뚜껑을 열었다. 하나는 밥 대신 먹을 에티를 찐 것이고, 다른 하나에는 먹음직스러운 붉은 빛깔의 닭도리탕이 담겨 있었다. 솥에서 풍겨 나오는 냄새를 맡은 릴리와 지혜는 놀란 표정으로 벌떡 일어나 솥을 보았다.

"이거 혹시 닭도리탕이에요?"

릴리가 눈이 동그래져서 물었다. 박창은 득의에 찬 미소를 머금고 고개를 끄떡 숙였다.

"진짜로 고추 맛을 만들어낸 거야?"

지혜는 반신반의의 표정으로 물었다.

"뭐, 내가 만든 건 아니고 아르데 씨가 성공한 거지만, 나의 주도 하에 이뤄진 작업이니까 내 공도 전혀 없는 건 아니지. 아무튼 맛부터 보셔용."

박창은 큰 국자로 닭도리탕을 듬뿍 떠서 각자의 개인 그릇에 담아주었다.

"색깔과 냄새는 꽤 그럴싸한데요?"

우진이 식욕이 당기는 표정으로 냄새를 음미했다. 박창은 팔짱을 끼고 으쓱해했다.

"그 붉은색을 내느라고 얼마나 애먹었다구요. 톡은 원래 노르스름한 색이잖아요. 그리고 재료가 전부 여기 것이라서 완벽한 닭도리탕은 아니지만, 그래도 형이 최대한 비슷하게 만들려고 애썼어요."

지혜와 릴리 등은 벌써 닭 대용으로 사용된 새고기를 입에 가득 넣고 오물거리고 있었다.

"먹을 만하냐?"

박상이 지혜에게 물었다.

"괜찮네. 닭도리탕과 아주 똑같지는 않지만 그럭저럭 비슷한걸."

지혜가 입 안에 든 것을 꿀꺽 삼키고 말했다.

"이 정도만 해도 어디예요? 맨날 밍밍한 음식 먹다가 매콤한 걸 먹으니까 진짜 맛있어요. 입맛이 돌아오는 느낌인걸요."

릴리는 매워서 입을 후후 불면서도 열심히 먹어댔다. 바다와 우진, 마리나도 부지런히 먹고 있었다. 박창은 먹을 생각도 않고 그런 동료들의 모습을 흐뭇하게 바라보고 있었다.

"뭐 하냐? 안 먹고."

박상의 권유에 박창도 식사를 시작했다. 밥을 먹으면서 박창은 박상에게 말했다.

"된장은 어쩔 수 없지만, 간장은 그나마 비슷한 게 있잖아. 언제 한번 틈을 내서 우리 먹을 분량만이라도 가서 사 오든지 하자. 그러면 매운탕 같은 것도 끓일 수 있을 것 아냐."

"글쎄다. 이번 일이 끝나면 생각해 보자."

박상이 대답하는데, 바다가 박상 형제에게 물었다.

"고추 맛이 나는 양념으로 김치도 담글 수 있습니까?"

김치라는 말이 나오자 다른 사람들도 먹기를 멈추고 둘의 대답에 귀를 기울였다.

"그건 아직 모르겠습니다. 오늘 만든 건 걸쭉한 소스 형태거든요. 그게 고춧가루처럼 만들어질지는 알 수 없으니까요."

박창이 답했다.

"배추, 무가 없어서라도 김치는 무리일 겁니다."

박상은 부정적이었다. 그러자 박창이 반박했다.

"김치가 꼭 배추랑 무로만 담그는 건 아니잖아? 깻잎 김치도 있고, 부추 김치, 갓김치도 있잖아?"

"마늘도, 젓갈도 없잖아."

박상은 쐐기를 박았다. 박창도 여기에는 할 말이 없었던지 조용해졌다. 지혜가 한숨을 지으며 탄식했다.

"아깝네. 김치가 있으면 해먹을 수 있는 게 참 많은데."

릴리가 고개를 끄덕였다.

"그러게 말이에요. 김치찌개, 김치볶음밥, 김치부침개, 김치샐러드,

또 뭐가 있더라?"

"김치를 넣어 국을 끓여도 시원하고 맛있죠. 입맛없을 때 밥 말아 먹으면 최고잖아요."

우진에 이어 마라나도 김치로 만들 수 있는 음식을 열거했다.

"두부김치, 두루치기, 부대찌개, 김치전골도 있고 철판 같은 것에 구워 먹어도 좋고, 고기 먹을 때 김치로 싸 먹어도 그만이구요."

"마라나 씨가 말한 건 전부 술안주 계열이네요."

우진의 말에 당사자인 마라나를 포함해 모두 키득키득 웃었다. 박창은 아무리 생각해도 아쉬운지 입맛을 다셨다.

"그러고 보면 김치는 진짜 쓸모가 많아요. 그냥 먹어도 맛있지만 김치찌개 하나만 놓고 봐도 돼지고기, 참치 캔, 고등어, 꽁치 등 뭘 넣느냐에 따라 다양해지잖아요."

다들 그 말에 동감하며 고개를 끄덕이는데, 박상이 말했다.

"김치는 나중에 지구에 돌아가면 실컷 먹기로 하고, 지금은 이 정도로 만족해 주십시오. 없는 건 어쩔 수 없는 거니까. 식기 전에 먹읍시다."

박상이 애써 만든 닭도리탕을 내버려 두고 다른 이야기로 빠졌던 일행은 머쓱한 얼굴로 다시 밥을 먹기 시작했다. 닭도리탕의 맛은 여전했지만, 그들의 표정은 조금 전에 비해 어두워져 있었다. 김치 이야기 때문이라기보다는 김치를 통해 지구를 떠올린 까닭이 더 컸다.

"주방 사람들은 고추 맛 소스를 좋아하던가요?"

잠시 동안의 어색한 침묵을 깨고 우진이 박창에게 말을 걸었다. 박창은 기운을 되찾고 즐겁게 말했다.

"좋아하는 정도가 아니라 한마디로 열광의 도가니였어요. 소스 만드는 법이며 닭도리탕까지 열심히 배우려고 하던걸요. 여기 사람들이 원래 톡을 그대로 즙을 내어 먹을 정도로 매운 걸 잘 먹잖아요. 고추 맛소스 정도는 부드럽다고 하더라구요. 피스벵 설탕이 들어가서 값이 비싸기는 하지만 여기 사람들의 입에도 맞을 것 같아요. 내일부터는 이 소스를 더 연구해서 가루 상태로 만들어도 보고 맛도 더 변용이 가능한지 시도해 볼 겁니다."

지혜는 피식 웃었다.

"실험은 계속된다, 이거야?"

"당연하지. 그래야 닭도리탕 이외에 매운탕이나 다른 음식들도 만들 수 있을 것 아냐."

박창은 팔짱을 끼고 으쓱거렸다.

4

　드디어 쿠네이에서 모두가 애타게 기다리던 것이 도착했다. 그날 중
으로 쿠네이에서 보낸 광석이 프라트 시내에 들어올 것이라는 노드의
전갈을 받은 무적택배 사람들은 조금이라도 일찍 그 모습을 보고 싶은
마음에 마라나와 릴리가 에어 바이크를 타고 나가 아래의 광경을 찍어
보냈다. 나머지 사람들은 오랜만에 무적택배호의 통제실에 모여 대형
모니터로 마라나 자매가 전송해 오는 영상을 지켜보았다.

　"저것 같아요."

　릴리의 목소리가 들리고, 모니터에 병사들에게 에워싸여 프라트 성
내에 들어서는 짐마차들이 보였다.

　"어, 저거 두키 아냐?"

　박창이 깜짝 놀라며 모니터를 보았다. 짐마차를 끌고 있는 것은 이
곳의 말도 아니고, 당나귀 비슷하게 쓰이는 동물인 티모도 아닌 개 비

숫한 두키들이었다.

"그러게 말이에요. 프라트에서는 별로 못 봤는데."

우진도 신기해했다. 송아지만한 크기의 두키들은 제법 속도를 내며 신나게 달리고 있었다.

"저건 마차가 아니라 견차(犬車)라고 불러야 하는 것 아네요?"

박창의 우스갯소리에 우진이 웃으며 머리를 흔들었다.

"두키는 개라고 보기에는 너무 애매한 녀석이잖아요."

두키가 끄는 짐마차는 프라트 시내에 들어서자 속도를 늦추었다. 길을 지나는 사람들은 병사들로 호위되어 가고 있는 두키들이 끄는 짐마차를 호기심 어린 눈초리로 쳐다보고 있었다. 시내를 지나 제철소 앞에 도착한 짐마차에서 광석이 든 상자들이 바쁘게 내려졌다. 그것을 보고 있던 지혜가 우진에게 물었다.

"마스텐 산에서는 아직 안 왔죠?"

"예. 로네스 씨가 마스텐 산 쪽은 산지라서 큰길까지 나오는 데 시간이 좀 걸릴 수도 있다고 하더군요."

"그래요? 영락없이 더 기다려야겠네요. 그쪽은 레스프라트 령 내라서 빨리 될 줄 알았는데."

지혜는 조금 맥빠져 했다.

"그쪽은 광산 개발이 쿠네이보다 먼저 시작되었다고 하니까 그렇게 오래 걸리기야 하겠습니까? 며칠 기다리면 되죠."

우진이 지혜를 위로했다.

우진의 말처럼 며칠이 더 지나자 마스텐 산에서 보낸 광석도 도착하여 제철소는 본격적인 가동을 준비하기 시작했다.

제철소가 처음으로 가동하던 날, 지혜와 바다, 우진은 수정과 조수를 대동하고 그 첫 작업을 지켜보러 갔다. 박상 등 나머지 넷은 작업 모습이 궁금하긴 했지만 봐도 잘 모를 것 같아 나중에 완성품이 나올 때쯤 연락받고 내려가기로 했다.

주방에서 시간을 보내고 있던 박상 형제와 특공대의 훈련을 돌보고 있던 마라나 자매가 지혜로부터 연락을 받고 언덕을 내려가서 제철소에 도착했을 때는 베르테스와 레히트 재상 등 레스프라트의 주요 인사 몇 명도 그곳에 와 있었다. 그들의 앞에 그곳에서 처음 생산된 메도쿰이 공개되자 사람들 사이에서는 짧은 탄성이 올랐다. 길쭉한 직사각형 형태로 굳혀놓은 메도쿰은 맑은 은색을 띠고 있었고, 그 표면에는 베르테스의 즉위식 때 무적택배 사람들이 베르테스에게 주었던 레스프라트의 왕실 문양이 선명하게 박혀 있었다. 자료 등을 통해서 메도쿰이 어떤 금속인지 익히 알고 있던 무적택배 사람들도 막상 메도쿰을 눈앞에 대하니 감격스럽기도 하고 또 그 빛깔에 새삼 탄복했다.

"진짜 백금같이 예쁘네요. 반지나 목걸이를 만들어도 되겠어요."

릴리가 조그맣게 속살거렸다. 우진은 뿌듯한 얼굴로 미소를 지었다.

"아름답긴 하지만, 지구의 금이나 은처럼 무른 금속이 아니라서 목걸이 같은 걸 가공하기는 힘들 겁니다."

박창은 그답게 엉뚱한 감상을 내놓았다.

"좋은 빛깔이긴 한데, 우리 무적택배호에 이걸로 만든 철판을 덧대면 표시가 확 나겠는데요. 철인간들처럼 얼룩이 우주선이 되겠어요."

그러나 지혜는 박창의 너스레에는 신경도 쓰지 않고 사랑스러운 눈길로 메도쿰을 바라보았다.

"이 빛깔을 봐도 제대로 만들어졌다는 느낌이 오잖아요. 멋진 빛깔이에요."

메도쿰을 둘러싼 감격은 베르테스 등 레스프라트 사람들에게도 대단한 것이었다. 펠레즈와 디파 같은 위대한 도시에만 존재하던 고대의 금속이 그들 자신의 손으로 재현된 것이다. 특히 많은 이들의 의혹 어린 시선과 노골적인 불만을 어렵사리 무마해 가며 일을 진행해 온 베르테스와 재상 레히트, 재무대신 엘트의 감회는 남달랐다. 그들은 황홀한 시선으로 메도쿰을 훑어보면서 조심스럽게 다가가 그 차갑고 매끄러운 표면을 만져보기도 했다. 베르테스조차도 이때는 흥분된 기색을 고스란히 드러내고 있었다. 얼마 뒤 가까스로 흥분을 가라앉힌 베르테스가 무적택배 사람들에게 감사의 말을 했다.

"신의 사도 여러분의 은혜가 참으로 큽니다. 다시 한 번 깊은 감사를 드립니다."

베르테스가 고개를 숙이는 것에 맞추어 다른 사람들은 깊숙이 허리를 굽혀 절했다. 박상 등은 멋쩍게 인사를 받았다. 레스프라트의 장래를 생각해서 추진한 일이 아니라 자신들의 필요 때문에 어쩔 수 없이 한 일이다 보니 그런 인사를 받기가 미안하기도 하고, 부담스럽기도 했다.

잠시 후 메도쿰은 탄탄한 철상자에 차곡차곡 담겨서 역시 쇠로 만들어진 육중한 느낌의 마차에 실렸다. 마차의 앞뒤는 물론이고 주위에는 정예병들이 빈틈없이 에워싸고 있었다. 대장간 거리로 보내지는 것이었다.

"굉장한 경비네요. 제철소도 대장간도 시내에 있는데 저럴 필요까지 있을까요?"

지혜가 고개를 갸웃거리며 작은 소리로 속삭이자 우진이 말했다.

"고가의 물건이니 당연한 것이겠죠. 잘은 몰라도 메도쿰의 가격은 이 별의 웬만한 귀금속에 뒤지지 않을 겁니다. 쿠네이의 개발, 유지비만 해도 만만치 않을 텐데, 마스텐 산의 광산도 있고, 서넥 산의 벽돌 산지까지 있지 않습니까."

무적택배 사람들은 웬만한 요인 못지않게 삼엄한 경비를 받으며 제철소 앞을 떠나는 마차를 지켜보다가 언덕으로 올라왔다.

지휘차의 모니터를 통해 제철소를 나와 대장간들이 모여 있는 대장간 거리로 향한 마차가 각 대장간 앞에서 멈추고 메도쿰을 대장장이들에게 건네는 모습이 보였다. 작업장 밖에 나와서 기다리고 있던 대장장이들은 마차의 조수석에 타고 있던 관리의 감독 하에 엄숙한 태도로 메도쿰을 받고 있었다. 관리는 메도쿰을 건넬 때마다 장부에 빠짐없이 기입하고 있었다.

"호송도 그렇지만 나눠주는 것도 꽤나 엄격한 절차를 거치는군요."

마리나가 중얼거렸다. 우진은 지휘차에 함께 타고 있는 노드에게 물었다.

"노드 씨, 대장장이들에게 해머 등의 도구부터 만들어야 한다고 전해 놓으셨습니까?"

"예. 일반 철을 다루던 연장으로는 메도쿰을 다룰 수가 없을 것이라고 말해 놓았습니다. 모두들 흙으로 거푸집을 만들어놓겠다고 했습니다."

노드의 대답을 들은 우진은 만족한 얼굴로 일행을 향해 말했다.

"이제 철판이 만들어지기를 기다리는 일만 남았군요."

지혜는 홀가분한 표정으로 고개를 끄덕였다.

"그렇네요."

한결 가벼워진 기분으로 언덕에 돌아간 무적택배 사람들은 노드와 로네스를 비롯한 다른 사람들을 먼저 내리게 하고 지휘차에 남아 이후의 일정에 대해 이야기를 나누었다.

"철판으로 손상된 표면을 수리하고 나면 무적택배호가 움직일 수 있는 거야?"

박창이 기대 어린 얼굴로 물었다.

"일단 그럭저럭."

지혜의 대답은 별로 시원스럽지 않았다.

"그럭저럭이라니, 무슨 대답이 그래?"

"에너지 때문에 제한이 있어. 이 지휘차나 기타 고대 문명의 시설은 기스칼 3호 종합 위성에서 에너지를 송출받아 사용하니 문제가 없지만, 무적택배호는 다르잖아. 아직도 헬스 용사들의 끊임없는 운동에 의지해 에너지를 얻고 있는 실정이고, 그나마도 전부 축적하지도 못하고 에어 트럭이나 에어 바이크를 움직이는 데에도 사용하고 있으니 충분히 충전하기가 어려워."

"설마 하니 날아갈 수도 없다는 이야기는 아니겠지?"

박창이 불신 어린 기색으로 물었다. 지혜는 태연하게 말했다.

"지금부터 다른 일에 쓰지 않고 착실하게 에너지를 보충하면 이 별의 달에 다녀올 정도는 어떻게 될 거야."

"에너지를 보충할 다른 방법은 없어? 저기 용광로에 설치한 동물들을 이용한 장치 같은 걸 응용할 순 없어?"

"전에 왜 안 되는지 설명했잖아. 할 수 있으면 네가 해봐."

지혜는 일일이 설명하기도 귀찮다는 표정으로 심드렁하니 대꾸했다. 박창은 그 질문을 그만두고 다른 이야기로 옮겼다.

"그런데 달에 가면 정말 뭔가 돌파구가 열릴까?"

"가봐야지. 안 가보면 모를 일이니까."

지혜는 단정을 피했다.

"그럼 달에 다녀올 때까지는 에어 트럭이랑 에어 바이크 사용을 자제해야겠네."

"당연히 그래야겠지. 지금부터 열심히 에너지를 축적해도 충분히 모으기는 어려울 테니까."

"달에 다녀오는 건, 말하자면 완전 성공도 아니고 일보전진인 셈인데 그 한 걸음 내딛기도 쉽지가 않네."

박창은 머리를 긁적이며 중얼거렸다.

"그나마 뒷걸음질치지 않고 일 보 전진이라도 하는 게 어디야? 처음 여기에 떨어졌을 때에 비하면 그것도 배부른 투정이지."

지혜는 냉철하게 말했다. 우진이 고개를 끄덕이고 말했다.

"맞습니다. 어쨌든 조금씩이라도 나간다는 것이 중요하죠. 그나저나 철판이 오면 할 일이 많을 텐데, 그때까지 체력을 비축해 둬야겠습니다."

"단순 작업은 철인간들을 시키면 될 거예요."

그들은 그때부터 철판이 오면 어떤 식으로 일을 나누어 우주선을 수리할 것인가를 놓고 한동안 의논했다.

그러나 며칠이면 철판이 만들어져 올 것이라는 당초의 예상과는 달리 여러 날이 지나도록 철판이 만들어졌다는 소식은 없었다. 박상의 부탁을 받고 대장간 거리에 가서 직접 상황을 보고 온 노드는 메도쿰과 기존의 철이 너무 달라 대장장이들이 메도쿰을 다루는 데 상당히 애를 먹고 있더라고 전했다.

"생각보다 시간이 걸리려나 보네요. 이럴 줄 알았으면 일반 철로라도 철판 만들기를 연습하게 할 걸 그랬어요."

지혜가 푸념하자 박창은 도통 모르겠다는 얼굴로 말했다.

"철판 만드는 게 뭐 어려워서 그러지? 칼이나 활처럼 복잡한 것도 아니고, 그런 건 금방 만들 수 있는 줄 알았는데."

지혜는 한심하다는 눈빛으로 핀잔을 주었다.

"현대의 제철소라면 기계로 뽑으면 그만이니까 그렇겠지. 하지만 여기에 그런 설비가 어딨어? 천생 사람이 손으로 두드려서 만들어야 하는데 그게 그렇게 간단하겠어? 오히려 칼이나 농기구를 만드는 게 쉽겠지. 진작 그 생각을 했어야 했는데, 왜 못했나 몰라."

"그럼 어떻게 해야 하는 거냐?"

박상이 물었다. 지혜는 낸들 알겠냐는 표정으로 어깨를 가볍게 움츠렸다.

"글쎄, 일단 기다려봐야지."

그로부터 며칠이 더 지났다. 일부 대장간에서 만들어진 철판 몇 장이 마침내 무적택배 사람들의 앞에 도착했지만, 이번에는 완성도가 문제였다. 지혜가 실시한 검사에서 모조리 불합격되고 만 것이다.

"강도가 균일하지 못해요. 두께도 그렇구요. 다른 용도에 쓸 거라면 괜찮을지 몰라도 우주선의 수리에 사용하기에는 무리예요. 여러분도 잘 알고 있겠지만, 우주로 나갈 때는 아주 자잘한 실수도 치명적으로 작용할 거예요. 자칫하면 대기권을 통과하지도 못하고 폭발해 버릴 수도 있어요."

담담한 듯 말하고 있었으나 지혜도 맥이 빠지는 모양이었다.

"이제 어떻게 합니까?"

바다가 갑갑하여 묻는데, 우진이 먼저 대답했다.

"그렇게 크게 실망할 일은 아니라고 봅니다. 대장장이들의 가공에서 문제가 발생한 것이지, 메도쿰 자체에 문제가 있는 것은 아니지 않습니까? 성분 검사로는 오차없이 재현이 되었다고 했으니까요."

"그건 확실해요. 아담도 확인한 사실이니까요."

지혜가 단언하자 우진은 별것 아니라는 말투로 일행에게 말했다.

"그렇다면 시간을 더 가지고 기다리면 될 것 같은데요. 이곳의 대장장이들이 메도쿰을 다루는 데 익숙해지면 철판도 보다 잘 만들 수 있게 되지 않겠습니까?"

"그거야 그렇겠죠."

지혜가 수긍하는데, 박창이 불만스레 말했다.

"그런데 언제까지 기다리면 되는 겁니까? 숙달되었다는 것이 무슨 기준 같은 게 있어서 확인이 되는 것도 아닐 테고 말입니다."

그 말에는 우진도 금방 대답하지 못했다. 다른 사람들도 무슨 방법이 없을지 골똘하게 생각하고 있는데 역시 우진이 아이디어를 내놓았다.

"대장장이들에게 옛날의 도검에 대한 자료를 주고 그것들부터 만들게 하면 어떻겠습니까? 어차피 지금 사람들이 메도쿰을 가지고 만들 것도 그런 무기류일 테니, 동기 부여도 될 것이구요."

그러자 지혜가 이상해하며 물었다.

"무기 같은 건 그 사람들이 원래 만들던 대로 하면 되는 것 아닌가요? 군이 자료를 찾아서 줘야 할 필요가 있겠어요?"

"지혜 씨도 말한 것처럼 금속이 많이 다르지 않습니까. 지금의 철은 무르고 약해서 검이든 창이든 무조건 크고 두껍게 만드는데, 메도쿰처럼 제련이 어렵고 단가가 비싼 금속으로 그렇게 만들면 엄청난 낭비가 될 겁니다. 물론 대장장이들도 스스로 연구해서 변화를 가하겠지만, 그러자면 시행착오도 많을 것이고 시간도 걸릴 테니, 새로운 금속에 어울릴 만한 모델을 그 사람들에게 제시해 주는 게 빠르고 편할 겁니다. 제가 원래 관심이 있다 보니 지식의 관에서 그런 쪽의 자료도 정리해서 가져온 게 있으니까 그걸 보여주면 됩니다."

우진의 설명을 듣고 있던 마라나가 그의 생각에 동조했다.

"우진 씨의 말이 맞는 것 같아요. 실제로 여기 사람들이 지금 사용하는 무기는 둔중한 스타일이 주류예요. 아무리 공들여 날을 갈아서 세워도 금방 무뎌지기 때문에 무게로 내려치고 찍는 식으로 무기를 사용하거든요. 무른 철로 얇고 길게 만들면 금방 이가 나가고 부러져서 아무 짝에도 쓸모가 없으니까 자연히 그렇게 된 거죠. 하지만 금속이 달라지면 디자인도 크게 바뀌어야 할 거예요. 엄연히 좋은 자료가 있는데 멀리 돌아가면서 시행착오를 하게 내버려 둘 이유가 없죠."

"내가 듣기에도 괜찮은 생각 같네요. 아무래도 메도쿰을 잘 다루게 되면 철판을 만들기도 쉬워지겠죠. 철판은 조금 뒤로 미루고 그렇게 하기로 하죠."

지혜도 긍정적이었다. 그때 바다가 한 가지 안을 내놓았다.

"그건 좋습니다만, 철판이 나올 때까지 마냥 기다리면서 시간을 흘려보내는 것도 아깝지 않습니까? 그 사이에 전에 이야기가 나왔던 것처럼 고대 문명과 관련있는 다른 지역을 둘러보는 것이 어떻겠습니까? 디파의 자료에 없는 우주 지도나 항해도를 구할 수 있을지도 모르고 또 뭔가 우리에게 필요한 정보나 물건이 있을지도 모릅니다."

바다의 제안을 두고 잠시 서로를 쳐다보던 박상 등은 큰 이견 없이 찬성하는 분위기였다. 지혜가 말했다.

"그렇게 하죠. 그냥 기다리는 것보다는 낫겠죠. 다른 곳에서 뜻밖의 단서를 찾을 수 있을지도 모르잖아요."

"그러자면 어느 곳부터 가봐야 할지 조사해야겠군요. 무작정 다닐 수는 없을 테니까요."

박상이 말하자 우진이 답했다.

"우리가 직접 조사하기는 어려우니까 노드 씨에게 부탁하죠. 여행을 많이 다니고, 좋아하는 사람이니까 잘 알아봐 줄 것 같은데요."

"그건 좋은데, 어딜 다니더라도 디파에 갔던 사람들이 개선하는 것은 보고 난 뒤로 하죠. 대장장이들이 메도쿰으로 제대로 무기를 만들 수 있을지도 지켜보고, 또 결과적으로 우리 때문에 디파 토벌전이 벌어진 것이나 매한가지인데, 개선식 때 여기를 비우는 것은 좀 그렇지 않을까 싶어요."

마리나가 말했다.

"그것도 그렇군요."

박상을 비롯해 다른 사람들도 마리나의 말에 납득했다. 그래서 무적택배 사람들은 디파 토벌에 나섰던 이들이 프라트에 개선하는 것을 지켜본 뒤에 다른 지역에 가보기로 결론을 내렸다. 그런데 그때 지혜가 갑자기 생각났던지 중요한 문제를 제기했다.

"깜빡 잊고 있었네요. 우리의 피부 색을 어떻게 하죠? 여기 사람들 중에는 우리 같은 피부 색이 없던데, 이대로는 어디서든 너무 눈에 띄어요."

그녀의 말에 다른 사람들도 아차 하는 표정이었다.

"전에 박창 씨가 썼던 위장 크림을 쓰면 어떨까요?"

우진이 물었지만, 박창은 애매한 반응이었다.

"글쎄요, 어떨는지 모르겠네요. 사람들이 못 알아보는 것도 같았지만, 불안한 마음에 눈 빼고 다 가리고 나가다시피 했었거든요."

그러자 마리나가 말했다.

"그래도 그 수밖에 없죠. 피부 색이 좀 어색하더라도 큰 문제는 없을 거라고 봐요. 옛날에 문명이 발달했을 때 여러 지역의 사람들이 섞여 지내서 그런지 레스프라트를 보더라도 피부 색이나 골격이 비슷한 사람들끼리만 모여 살지는 않더군요. 또 레스프라트 이외의 지역이라면 일단 외국인 셈이니까 어떻게 넘어갈 수 있겠죠. 위장 크림을 바르고 파우더로 잘 마무리하면 어떻게 될 거예요."

"그럴까요?"

마리나의 낙관에도 불구하고 지혜는 불안을 떨치지 못하는 기색이었으나 타고난 피부 색을 어찌할 수도 없고, 그렇다고 프라트에만 틀어박혀 있을 수도 없는 노릇이었다. 결국 피부 색은 변장하기로 결론이 났는데, 이번에는 박창이 다른 문제를 꺼냈다.

"피부 색은 그렇게 한다 치고, 말은 어떻게 하죠? 통역기를 달고 가기는 그렇잖아요."

"그런 문제가 또 있었군……."

박창은 고민스러운 표정으로 턱을 괴었다.

"이럴 줄 알았으면 레스프라트 어라도 좀 배워둘 걸 그랬네요."

마리나가 쓴웃음을 지으며 말했다.

"이제 와서 그런 말 해봤자 소용없죠. 통역기가 있기도 했지만 모두들 얼른 지구에 돌아갈 생각만 했지 여기서 뭔가를 배운다든지 적응할 생각은 안 했으니까."

지혜가 푸념처럼 말했다. 잠시 침묵이 지나간 뒤 우진이 말했다.

"이렇게 하면 어떨까요? 통역기를 쓰되 머리에 모자를 쓰든지 해서 가리는 겁니다. 귀에 이어폰을 꽂고 머리칼이나 모자로 가리면 말을 알아들을 수는 있을 테니까요. 우리가 할 말이 있을 때는 아담이 지구어와 이곳의 말을 통역할 수 있으니까 아담에게 통역하게 하구요."

그 외에도 몇 가지 이야기들이 더 나왔지만 우진의 의견이 제일 무난한 듯했다. 언행에 여러 가지 불편과 제약이 생기기는 해도 레스프라트를 벗어나는 이상 감수할 수밖에 없다고 판단을 내린 박상 등은 그렇게 하기로 결론을 내렸다. 일행의 뜻이 대충 모아지자 우진이 마지막으로 내용을 정리했다.

"그럼 내일이라도 노드 씨와 로네스 씨에게 고대 문명과 관련이 있는 도시나 지역 또는 전설 같은 것을 조사해 달라고 하죠. 그리고 대장장이들을 모레쯤 여기에 불러달라고 해서 전에 한 것처럼 자료를 보여주구요. 지식의 관에서 제가 찾아본 자료 중에는 무기 제작에 관한 홀로그램 자료도 있으니까 그걸 보여주고 무기나 갑옷 등의 모델을 건네주면 될 겁니다."

그런데 지혜가 재빨리 말했다.

"대장장이들에게 도검류의 모델을 줄 때, 이왕이면 펠레즈의 성주님과 아들에게 줄 검을 하나씩 부탁하면 안 될까요?"

난데없이 왜 그런 이야기가 나오나 싶어 지혜의 얼굴을 잠시 멀거니 바라보던 우진은 순간 뭔가 떠오른 듯 유쾌한 웃음을 터뜨렸다.

"아, 그때 부러뜨렸던 검 때문에 그러는군요."

지혜는 겸연쩍은 미소를 흘렸다.

"맞아요."

"지혜 누나가 성주님의 검을 부러뜨렸다고?"

의아하게 되뇌던 박창도 말하던 도중 그 일을 기억해 내고 키득거렸다.

"참, 그랬었지. 처음에 펠레즈에 갔을 때 시간의 관에서 엘리베이터 문을 억지로 열려고 하다가 그 가문의 보검이라는 검 두 개를 다 부러 뜨렸었지. 누나가 용케도 그걸 기억하고 있었네."

"사실은 잊고 있었는데, 저번에 디파에 가서 지식의 관으로 내려가는 엘리베이터를 탔을 때 퍼뜩 그 생각이 나더라구."

지혜는 펠레즈에서의 일을 떠올리며 멋쩍어했다.

"그것도 좋겠네요. 펠레즈의 성주님은 우리에게 여러 가지로 편의를 베풀어주시고 갈 때마다 대접도 잘해주셨는데 한 번도 보답을 못했잖아요."

마라나는 좋은 생각이라며 찬성했다. 그러자 릴리가 눈을 반짝이며 말했다.

"괜찮다면 대원들이 사용할 아절트 나이프도 만들면 어떨까요? 다들 우리가 가진 걸 무척 부러워하던데, 여기의 철로 만들어서는 쓸모가 없어서 지급되지 못하고 있거든요."

그러나 우진은 곤란한 표정을 지었다.

"그것까지 부탁하면 숫자가 너무 많아지지 않을까요? 특공대는 국왕 직속 부대니까 나중에 카라인 대장이 오면 건의해 보는 것이 어떨까요?"

"그건 우진 씨의 말이 맞습니다. 나중에 철판도 만들어야 하는데, 우리들 것만 만들라고 할 수는 없지요. 그건 다음으로 미루는 것이 좋겠습니다."

박상까지 이렇게 말하자 릴리는 계면쩍어하며 머리를 긁적였다.

"꼭 그러자는 건 아니고 그냥 생각이 나서 해본 말이에요."

릴리가 무안해할까 봐 마음이 쓰였던지 우진이 미소 지으며 말했다.

"대장장이들에게 무기와 갑옷 도안을 줄 때 아절트 나이프도 넣어보겠습니다. 누군가가 마음에 들어해서 만들어볼지도 모르죠."

"괜찮아요. 너무 신경 쓰지 마세요."

릴리는 아무 일도 아니라는 듯 생긋 웃고 다른 이야기를 꺼냈다.

"디파에서 토벌군이 돌아오면 굉장히 크게 개선 행사를 할 모양이던데, 기왕이면 그때까지 만들어지면 더 좋겠네요. 레스프라트의 주요 인사들이 거의 다 모인다니까 펠레즈의 성주님도 오실 거잖아요."

"그렇게 되면 좋겠지만, 우리 마음대로 되는 건 아니니까 지켜봐야죠. 예정보다 밀리기는 했지만, 무적택배호의 에너지를 더 채운다고 생각하고 편히 마음먹기로 해요. 조바심 친다고 나아질 건 없으니까요."

지혜가 말했다. 다들 그 말에 조용히 수긍하는데 박창만 혼잣말로 중얼거렸다.

"오늘 철판이 온다기에 형이랑 특별 메뉴를 준비했는데, 소용없게 되었네요."

"특별 메뉴요? 뭔데요?"

귀가 번쩍 뜨인 릴리가 얼른 물었다. 박상이 답했다.

"별것 아닙니다. 고추 맛 소스에 여러 향신료와 양념을 더해서 고기를 재어뒀습니다. 고추장구이처럼 해보려구요."

"맛있겠네요."

듣기만 해도 군침이 도는지 릴리는 혀까지 널름거렸다.

"형이 이번에 새로 개발한 건데 꽤 맛있어요. 주방 사람들은 베르테 스님에게도 올리고 싶다면서 배우던데요. 가만히 보니까 우리가 새로운 음식을 만들면 그걸 배워서 왕궁에서도 그대로 상에 올라나 보더라구요."

박창이 말했다.

"말하자면 임금님의 수라상에 오른다는 거네요."

우진이 재미있어했다. 박창은 어깨를 펴고 긍지를 담아 말했다.

"그렇다고 우리 주방이 수라간은 아닙니다. 거기서 왕궁의 요리를 만들지는 않으니까요. 그보다는 먹을거리 혁명의 전진 기지라고 할 수 있죠."

"참, 자랑스럽기도 하겠다."

박상이 가소롭다는 투로 중얼거리는 것을 들은 우진과 지혜 등은 킥 킥 웃었다. 그러나 박창 자신은 대단히 진지하고 엄숙하기까지 했다.

"누가 뭐래도 먹는 문제는 중요해요. 피스벵 설탕이랑 고추 맛 소스 없이 여기 음식만 먹었어봐요. 지금쯤 입맛 상실로 모두들 얼굴이 누렇게 들떠 있을걸요. 잘 먹어야 살아갈 힘도 의욕도 유지할 수 있는 겁니다."

그의 강변에 박상은 어이가 없다는 듯 실소했고, 다른 이들의 반응도 비슷했다.

이틀 뒤, 구왕궁의 언덕에는 한 무리의 대장장이들의 모습이 보였다. 조수 한 명씩을 거느리고 나타난 그들은 국가적인 사업에 선택된

이들답게 한눈에 보기에도 원숙함과 자신감이 배어 있는 중장년층의 장인들이었다. 그러나 그런 그들도 이때만큼은 어린아이들처럼 한껏 긴장하고 흥분해 있었다. 노드에게서 고대의 금속으로 만들 새로운 무구의 제작법을 배운다고 듣고 온 터라 그런 것도 당연했다. 노드는 그들을 곧장 우진과 바다가 기다리는 곳으로 데리고 갔다.

주방에서 잠깐 나와 멀리서 그들의 모습을 지켜보던 박창이 흥미로워하며 곁에 선 박상에게 말했다.

"다들 팔뚝이 장난이 아니네. 그치, 형?"

"팔을 많이 쓰니 당연한 것이겠지."

"한 2, 30명 되는 것 같은데, 저 사람들이 하나씩만 만들어도 꽤 많이 만들겠지?"

"글쎄다. 우리가 보기에는 많지만 여기 사람들에게는 그렇지도 않겠지. 평화기도 아니고 무기의 수요가 많을 테니까."

"그런가? 기념으로 뭔가 하나쯤 얻었으면 했는데, 그것도 어렵겠네."

박창은 아쉬운 표정으로 입맛을 다셨다. 박상은 피식 웃으며 말했다.

"왜? 식칼이라도 하나쯤 부탁해 보게?"

"식칼? 그건 무쇠로 만든 거라도 쓰는 데는 크게 상관없는 거잖아. 아냐, 그것도 괜찮을지도 모르겠군. 신검급 식칼이 될 것 아냐? 나중에 내 수제자급 요리사에게 상으로 물려주는 것도 멋질지 몰라."

박창은 재미있겠다는 듯 싱글거리면서 주방으로 들어갔다.

다음날 저녁에는 로네스가 고대 문명과 관련이 있는 것으로 알려진 곳들에 대해 자료를 정리해서 가져왔다. 조사하기에는 짧은 시간임에도 그녀는 지도에 위치와 지명을 표시하고 노트에 상세한 사항을 적어왔다.

"가급적 빨리 조사해 달라는 말씀에 따라서 우선 대략 정리한 내용을 가져왔습니다. 위대한 도시 펠레즈와 위대한 도시 디파처럼 고대 문명의 후계자를 자처하는 도시는 붉은색으로 표시하고, 고대와 연관된 전설이 있는 지역이나 도시는 푸른색으로 표시했습니다. 간혹 오래되었을 뿐인 도시를 위대한 도시라고 주장하는 경우도 없지 않기 때문에 근거가 불충분하다고 보이는 경우는 노란색으로 처리했습니다. 기록이나 문헌을 중심으로 찾아보았습니다만, 자료가 한정되다 보니 다른 대륙에 대해서는 그다지 충분하지 못합니다. 앞으로도 틈나는 대로 더 보강하겠습니다."

로네스가 설명했다. 대략적인 내용이라는 말과는 달리 지도나 노트의 내용은 상당히 꼼꼼하고 일목요연하게 정리되어 있었다.

"이 정도만 해도 훌륭하군요. 수고가 많으셨습니다."

박상은 로네스에게 답례하고 동료들과 함께 지도부터 찬찬히 훑어보았다. 위대한 도시로 분류된 붉은색 도시가 몇몇 보이기는 했지만 위치가 문제였다.

"곤란한데. 아메트에 세 군데나 있지만 여긴 갈 수가 없잖아."

지혜가 통역기를 끄고 박상에게 소곤거렸다.

"갔다가 발각되는 날이면 끝장나겠지."

박상은 쓰게 웃었다.

"원래는 아메트도 레스프라트처럼 같은 기스칼에 속한 땅인데, 어쩌다 이렇게 원수지간이 되었나 몰라."

지혜가 고개를 갸웃거리며 하는 말에 마라나가 역시 통역기를 끄고 대답처럼 말했다.

"이웃 국가 간에 사이가 나쁜 경우는 지구의 역사를 봐도 흔한 일이 잖아요. 게다가 서로 닮았기 때문에 더 그런지도 모르죠."

우진도 지구어로 한마디 했다.

"그것도 있겠지만 고대의 앙금이 남아서 그런 것도 있을 겁니다. 아메트의 수도 오르세는 기스칼의 수도이기도 했지 않습니까? 그런데 같은 기스칼의 후예인 펠레즈와 디파가 도시 건설 초기부터 밀접한 협력 관계를 맺고 있었던 것과는 달리 오르세와는 전혀 그런 흔적이 없는 걸 보면 당시의 지도부들이 오르세와의 단절을 결정한 게 아닌가 하는 생각이 들어요."

"그럴 수도 있겠네요."

수긍하는 지혜를 웃음 띤 얼굴로 곁눈질하며 박창이 짐짓 심술궂게 말했다.

"지혜 누나가 아담의 메모리를 몽땅 날려먹어서 그런 사실을 확인할 수 없는 게 안타까울 따름이네요."

지혜가 째려보며 반박하려는 찰나 바다가 지도에서 한 지점을 짚으며 말했다.

"여기는 어떻겠습니까? 레스프라트에서 비교적 가까우면서도 아메트에서는 먼 곳이군요."

지혜는 노드와 로네스가 있다는 것을 상기하고 화를 억눌렀다. 그리고 바다가 가리킨 곳을 수정에게 읽게 했는데, 레스프라트의 이웃 국가 그리어의 옆에 있는 칼리케아라는 국가의 수도 칼키아였다. 칼리케아는 바다로 튀어나온 반도 국가로 수도 칼키아는 그 튀어나온 끝에 자리하고 있었다. 그들은 수정에게 로네스가 정리해 온 노트에서 칼키아에 대한 내용을 찾아 읽도록 했다. 첫머리에 우주에서 날아온 도시라는 말부터 나와 그들의 관심을 끌었다. 바다는 수정에게 낭독을 멈추게 하고 로네스에게 물었다.

"이 칼키아란 도시 말입니다만, 우주에서 날아왔다는 말이 무슨 뜻입니까?"

"저도 잘은 모르겠습니다. 다만 칼키아 사람들은 자신들의 도시가 고대에는 우주에 떠 있었는데 대파멸 이후 우주에서 날아와서 지금의 위치에 자리 잡았다고 주장하고 있습니다."

"도시가 통째로 날아왔다니, 무슨 말이지?"

박창이 미간을 좁히고 중얼거리자 릴리가 추측했다.

"이동 능력을 가진 우주 기지였던 것 아닐까요?"

"그런 건 보통 대형 군사 기지 같은 것 아닙니까?"

"그럼 더 좋죠. 튼튼하고 장비도 최고로 좋을 것 아닙니까? 이동 능력이 있는 대형 기지라면 우주에서 돌아오면서 이동 능력이 없는 다른 우주 도시의 주민들을 태우고 왔을 수도 있죠."

릴리와 박창이 나누는 말을 듣고 있던 지혜는 통역기를 끄고 아담에게 고개를 돌렸다.

"아담, 앞으로 우리가 지구 말로 물을 때는 지구 말로 대답해."

—알겠습니다.

"지금 이 지도에 있는 칼키아라는 도시의 위치는 고대에 어떤 곳이었지? 도시 같은 것이 있었어?"

—셀리스트라는 항구 도시가 있었습니다. 무역항 및 산업 도시로서 오랜 옛날부터 번성했던 곳입니다.

아담의 대답을 들은 지혜는 만족한 표정으로 고개를 끄덕이고 동료들을 바라보았다.

"아무래도 여기부터 들러봐야겠네요. 이의는 없겠죠?"

반대하는 목소리는 없었다. 그녀는 통역기를 켜고 로네스에게 물었다.

"칼키아라는 도시에도 펠레즈의 시간의 관이나 디파의 기억의 보관소 같은 유적이 남아 있습니까?"

"예. 도시를 건설한 고대의 어른들과 철인간들을 모신 곳이 있다고 합니다. '고대의 기록관'이라는 이름으로 불린다더군요."

"칼리케아라는 나라는 레스프라트와 어떤 관계에 있습니까?"

이번에는 박상이 물었다.

"칼리케아는 레스프라트와 직접 국경을 맞대고 있지 않아 분쟁이 있은 적은 없었습니다. 해상을 무대로 중개무역을 활발히 하는 상업 국가이기 때문에 레스프라트에도 칼키아의 배가 종종 들어옵니다. 레스프라트의 배가 그곳까지 가는 일도 있구요. 그러니 비교적 우호적인 편이라고 할 수 있을 겁니다."

로네스의 설명을 들은 박상은 일행에게 말했다.

"전에 의논한 대로 개선식까지 기다렸다가 그 다음에 이 칼키아라는 도시부터 가보기로 합시다. 그 다음의 일은 이 자료를 더 꼼꼼히 살펴보고 차차 정하기로 하구요."

다들 동의하자 박상은 로네스에게 고개를 돌리고 말했다.

"디파에서 개선군이 도착한 다음에 칼키아에 가봐야 할 것 같습니다. 노드 씨에게 그 준비를 하도록 전해주십시오."

로네스의 표정이 어두워졌다. 자료를 준비하는 과정에서 이런 말이

나오지 않을까 어느 정도 짐작을 하고 있었지만 그녀가 생각하기에는 너무 위험한 일이었다.

"쿠네이에서도 경험하셨지만, 레스프라트를 벗어나는 것은 위험이 큽니다. 피부 색 때문에라도 다른 사람들이 여러분을 알아볼 가능성이 크고, 여러분께 해를 끼치려는 자들이 있을 수도 있습니다."

로네스가 반대하리라는 것은 박상 등도 짐작하고 있는 바였다. 하지만 우주선을 수리해서 이곳의 달에 가는 것만으로는 성공이라 할 수 없었다. 지구에 귀환하기 위해서는 레스프라트 안에만 있어서는 해결할 수 없는 일들이 여러 가지 있었다. 박상은 단호하게 말했다.

"말씀은 알겠습니다만, 놀러 가려는 것이 아니라 꼭 필요한 일이기에 가려는 것입니다. 폐하께 말씀을 잘 드리고 준비해 주십시오."

그들이 뜻을 꺾지 않을 것이라는 것을 깨달은 로네스는 더 이상 설득하려 하지 않았다.

"알겠습니다. 베르테스 폐하께 그렇게 말씀드리겠습니다."

로네스가 그곳을 나간 뒤, 무적택배 사람들은 수정의 번역으로 칼키아에 대한 자료를 더 살펴보았다. 그런데 몇몇 생소한 표현들이 있어 번역이 그다지 매끄럽지 못했다. 그래서 그들은 로네스가 정리한 노트 전체를 번역해서 프린트한 뒤에 다시 검토하기로 하고 수정에게 그 작업을 지시했다.

한편 로네스는 베르테스에게 보고하러 가기에 앞서 노드를 찾았다. 노드는 대장장이들을 대장간 거리에 데려다 주고 와서 그들이 홀로그램 자료로 공부한 방의 정리를 살펴보고 자신의 집무실에서 다음날의 일정을 점검하고 있는 중이었다.

"노드, 신의 사도들께서 개선식이 열린 뒤에 칼키아로 가시겠대."

방을 들어서며 로네스가 하는 말에 노드는 어리둥절해하며 그녀를 보았다.

"칼키아? 그게 어디야?"

"칼리케아의 수도 말이야."

"아, 그리어의 옆에 있는 그 나라를 말하는 거구나. 그 나라의 수도도 위대한 도시랬지? 그전부터 위대한 도시에 관심이 많으시더니 거기까지 가보려고 하시나 보지?"

"그렇게 남의 일처럼 말할 일이 아니야. 거긴 레스프라트가 아니라구. 베르테스 폐하께서도 신의 사도 분들이 하는 일에는 함부로 간섭하지 못하시니 분명히 가게 될 텐데, 여러 가지로 걱정이야."

로네스는 근심 어린 얼굴로 의자에 털썩 앉았다. 노드는 빙긋 웃더니 책상에서 일어나 로네스의 맞은편에 왔다.

"토리콘에서 있었던 일 때문에 그러는 거지?"

"꼭 그것 때문만은 아냐. 칼키아는 일국의 수도인데 토리콘처럼 어이없는 일이 일어나지는 않을 테니까."

"그럼?"

"그분들의 경호 문제가 제일 걸려. 피부 색 때문에라도 누구나 알아보고 말 거야. 피부에 뭔가를 발라 변장을 하고 다니겠다고 하시는데 아무래도 안심이 안 돼."

"그건 확실히 문제네."

노드도 그제야 걱정스러운 표정이 되었다.

"신의 사도들께서 레스프라트를 떠나 다른 나라로 가시는 건 생각보다 대단히 위험한 일이야. 생각해 봐. 그분들이 레스프라트 사람들에게 지닌 의미를 빼놓고라도, 피스벵 설탕이나 이번에 만들어질 메도쿰 기술이 얼마나 중요하고 경제적 의미가 큰 것인지. 다른 나라에서 그 분들을 알아보면 강제로라도 잡아두려 하지 않는다는 보장이 없어. 게 다가 칼리케아는 중개무역으로 부를 쌓은 국가야. 상업적인 계산이 대 단히 빠른 사람들이지."

"그래도 칼리케아가 꼭 그렇게 나온다는 보장은 없잖아. 그 나라는 영토도 레스프라트보다 작고 레스프라트와 전통적으로 우호 관계인 그 리어와 이웃하고 있잖아. 그리고 신의 사도들께는 철인간이랑 여러 가 지 무기가 있으니까 만일의 사태가 나더라도 그렇게 간단하게 잡히거 나 하지는 않을 거야."

노드는 로네스를 안심시키려 했지만 로네스는 떨떠름한 얼굴로 머 리를 주억거렸다.

"나도 그렇게 생각하려고 하지만 쉽게 마음이 놓이지 않아. 세상일 이라는 게 꼭 우리 뜻대로 되는 건 아니잖아."

"그렇게 걱정되면 네가 잘 말씀드려 보지 그랬어?"

"한 번은 말씀드려 봤지. 하지만 소용이 없었어. 디파 토벌도 그렇 고 일련의 일들이 일정한 계획 하에 진행되는 것 같아. 폐하께서도 찬 성하시지는 않겠지만 아마 어쩔 수 없지 않을까 싶어. 우선 폐하께 보 고드리고 준비를 시작해야겠지."

로네스는 긴 한숨을 토하고 의자에 등을 기댄 채 눈을 감았다. 노드 는 가만히 로네스의 얼굴을 바라보다가 혼잣말로 중얼거렸다.

"이번에는 다른 때보다 더 철저하게 준비해야겠군. 어떤 일이 있을 지 모르니까 식량에다 약품, 무기 등 필요한 것들을 모두 가득 채워놔 야겠다."

조금 뒤 자리에서 일어난 로네스는 그 길로 베르테스에게 가서 무적택배 사람들의 칼키아 방문 계획을 전했다. 로네스가 그랬던 것처럼 베르테스는 대단히 곤혹스러운 반응을 보였다.

　"레스프라트를 벗어나면 위험할 수 있다는 말씀은 드려보았소?"

　"예."

　"하지만 소용이 없었겠군."

　"그렇습니다."

　베르테스는 나지막이 한숨을 쉬었다. 무적택배 사람들이 레스프라트를 벗어나는 것은 그들에게나 레스프라트에 있어서나 위험한 일이었다. 그러나 그렇다고 해서 레스프라트 안에만 머물라고 강요할 수는 없는 노릇이었다.

　"칼키아에는 언제쯤 가실 것 같소?"

　"위대한 도시 디파를 탈환한 개선군이 돌아온 다음으로 생각하고 계셨습니다."

　"알겠소. 틸론 경에게 경호를 강화하도록 지시할 테니, 그대는 델라제 경과 의논해서 준비를 철저히 갖추도록 하시오."

　베르테스로서는 그렇게 말할 수밖에 없었다.

　대장장이들의 교육은 다른 사람들처럼 오래 걸리지는 않았다. 나흘간 고대의 대장일에 대한 홀로그램 자료를 반복해서 보고 나서 대장장이들은 자신들의 작업장으로 돌아갔다.

　"자료는 내어주셨어요?"

　그날 저녁 식사 시간에 릴리가 우진에게 물었다.

"예. 이 별의 무기사(武器史)에서도 현대적인 화기가 등장하기 이전 시대의 것들 중에서 합금 시대의 것으로 골라 프린트한 자료를 그 사람들 전체에게 줬습니다. 대장장이라고 한마디로 총칭해도 다들 전문 분야가 조금씩 다르고 기호도 다를 테니까, 저랑 바다 형이 누구에게 무엇을 만들어보라고 멋대로 정할 수는 없겠더라구요. 그래서 서로 의논해서 정하라고 했습니다."

"기호와 전문 분야가 겹치는 사람들도 있을 텐데, 그러다 서로 싸움 나는 거 아닙니까?"

박창이 짓궂게 말을 던졌지만, 우진은 아니라며 머리를 흔들었다.

"그들 나름대로 잘 해결하더군요. 자료를 공동으로 검토한 뒤에 노드 씨와 로네스 씨에게 중재를 부탁해서 해결하기로 했다고 들었습니다."

"자료에 있는 건 주로 칼입니까?"

박상이 물었다.

"아니오. 굳이 그럴 필요는 없지요. 도검류도 있고 창, 도끼, 철퇴, 갑옷, 투구, 방패 등 다양하게 넣어봤습니다."

"펠레즈의 성주님께 드릴 칼 이야기는 하셨나요?"

그 일이 내내 마음에 걸렸던지 지혜가 확인했다.

"예. 우리가 그 사람들의 솜씨를 정확히 아는 것도 아니고, 그렇다고 아무나 짚어서 시킬 수도 없고 해서, 도검류가 만들어지면 우리가 우선적으로 두 자루를 고르기로 이야기가 되었습니다."

"그 방법도 괜찮겠네요. 개중에 좋아 보이는 걸 고르면 될 테니까."

지혜는 만족해했다. 그런 그녀에게 박창이 심술스레 물었다.

"누나는 칼에 대해서는 아는 바가 없잖아. 어떻게 고르려고?"

"내가 고를 필요 뭐 있어? 우진 씨랑 마리나, 릴리 씨가 봐주면 되지."

지혜는 뭐가 문제냐는 투였다. 그런데 마리나가 걱정했다.

"우리가 고르는 건 좋은데, 다들 처음으로 만드는 것이라 솜씨가 서툴지나 않을지 모르겠네요. 우리가 가질 것이라면 상관없지만, 남에게 줄 물건인데요."

"그렇지는 않을 겁니다. 어찌 보면 후일 대량 생산이 될 때보다 지금 만드는 것들이 더 나을 수도 있죠. 지금은 실력을 검증받은 장인들이 하나하나 자기 명예를 걸고 만드니까요. 비록 메도쿰이 아닌 일반 철을 사용해 왔다고 하더라도 솜씨가 뛰어난 장인들인 만큼 그런 솜씨가 반영될 겁니다. 그리고 지구 역사에서 보더라도 어떤 기술이 새로이 전래된 경우는 대중화되기 이전, 즉 초기에 만든 것들 중에 걸작이 많았다고 하더라구요. 가령 일본의 경우도 강철검이 일반화된 전국 시대보다는 한반도에서 기술이 갓 전래되었을 무렵인 무로마치 시대에 명검이 많이 나왔다고 하거든요."

"그래요? 그렇다면 어떤 작품들이 나올지 기대해 볼 만하겠네요."

릴리는 무척 흥미로워했다. 그때 지혜가 프린트한 종이 묶음을 꺼내더니 일행에게 말했다.

"이건 로네스 씨의 노트를 수정이 번역한 거예요. 여기 와서 처음 접하는 용어는 수정의 조언을 얻어 제 나름대로 적당한 단어로 바꿔봤어요. 일단 먼저 봐둬야 할 부분은 이 다음에 갈 칼키아에 대해서인데요. 놀랍게도 칼리케아는 레스프라트나 아메트와는 달리 공화정 국가래요. 귀족회와 평민회의 양원이 있고, 귀족회에서 수상을 선출한다는군요."

"여기에도 공화국이 있다니 뜻밖인데요. 레스프라트, 아메트, 그리어가 전부 군주국이라서 다른 나라도 죄다 그런가 보다 했는데."

박창이 뜻밖이라는 표정으로 말했다. 우진도 박창과 비슷한 반응이었다.

"생각해 보면 고대의 기스칼의 정치 제도도 지구의 민주정과 비슷했던 모양이니까 지금 공화국이 있다고 해도 놀랄 일은 아니지만, 그래도 뜻밖인데요. 군주제 국가에 둘러싸여 있으면 여러모로 위협받지 않았을까요? 군주제 국가의 입장에서는 칼리케아의 제도나 사상이 위험시될 수도 있을 텐데요."

"그런 상세한 것까지 노트에 적혀 있지는 않아서 잘 모르겠어요. 하지만 공화국이 칼리케아 하나만은 아닌 모양이에요. 그 옆의 나라도 공화정이라고 하니까요."

지혜가 말하는데, 마리나가 부연했다.

"레스프라트가 군주정이긴 하지만 펠레즈나 디파처럼 상당히 자율권을 보장받은 지역도 있고 여러모로 지방분권적인 면모가 있는 것 같아요. 세습적으로 이어지는 귀족 칭호가 있거나 뚜렷하게 계급이 나뉘는 것도 아니구요. 그런 면에서는 군주제라고는 해도 지구의 절대 왕정과는 좀 다른 것 같더군요."

"아무튼 시간 날 때 한 번씩 읽어둘 필요는 있는 것 같아요. 다른 곳에 대한 정보도 그렇지만, 특히 칼키아에 관한 부분은 거기 가기 전에 읽어두기로 해요."

지혜의 말에 모두들 고개를 끄덕였다.

새 금속으로 만든 대장장이들의 첫 작품이 나온 것은 그들이 고대의 방식을 배우고 도안을 가져간 지 십수 일이 지나서였다. 무적택배 사람들이 부탁했던 검 이외에도 창, 도끼, 철퇴, 화살촉, 갑옷 등 여러 가지 무구(武具)가 만들어져서 박상 일행의 앞에 도달했다. 대장장이들이 완성된 자신들의 작품 중에서 가장 자신있는 것을 하나씩 골라 보낸 것이었다. 박상 등은 전원 다른 일을 미루고 응접실에 모여서 펠레즈의 성주 부자에게 줄 물건을 고르는 작업에 들어갔다.

"와, 역시 빛깔부터 다르네요. 시퍼렇게 날 선 것 좀 봐. 휘두르는 맛도 지금의 무기랑은 전혀 달라요."

릴리는 연방 감탄하며 이것저것 집어 들고 휘둘러 보며 즐거워했다.

"이 검은 어디선가 본 것 같군요. 꼭 조선검처럼 생겼는데요."

마라나가 유달리 길고 직선으로 뻗은 검을 집으며 말하자 우진이 싱긋 웃었다.

"역시 알아보시네요. 제 취향으로 넣어봤습니다. 여기 사람들이 조선검을 만드는 것도 재미있을 것 같아서요."

"나쁠 건 없죠. 이것도 나름대로 멋진 검이잖아요."

마라나는 검을 뽑아 들고 날렵하게 뻗은 검신을 유심히 살펴보며 말했다. 박상은 검신이나 날보다 장식적인 면에 관심을 보였다.

"칼 자체에 비하면 손잡이와 칼집은 수수한 편이군요."

그의 말처럼 모든 칼의 칼집과 칼자루는 큰 차이점 없이 별다른 장식이 가미되지 않은, 평이한 생김새를 하고 있었다. 릴리가 추측해서 말했다.

"그건 아마도 이곳 사람들에게 칼이 주된 무기가 아니어서 그럴 거예요. 칼보다는 도끼나 철퇴 같은 무기가 전장에서 주류를 이루거든요. 일반 병사의 경우 실전에 사용하기에는 날이 잘 상하고, 부러지기

쉬운 칼보다는 타격 무기가 더 쓸모가 있으니까요."

들고 있던 우진이 끼어들었다.

"그 말이 전적으로 틀리지는 않겠지만, 그래도 높은 신분의 사람들이 가진 칼은 칼자루에 장식도 많이 되어 있고, 멋진 칼집이 딸려 있는 것 같던데요. 무기는 실용적인 측면이 우선적이기는 해도 장식적 측면도 무시할 수는 없으니까요. 제 생각에는 대장장이들이 가능한 한 짧은 기간에 성과물을 내려다 보니 시간이 많이 걸리는 장식은 생략했을 거라고 봅니다."

"그러고 보면 펠레즈의 성주님이 가지고 있던 칼도 칼집은 되게 멋있었던 것 같아요."

박창이 우진의 말에 고개를 주억거리며 수긍했다.

"우진 씨는 정말 아는 것도 많다니까."

릴리는 입술을 삐죽이며 샐쭉한 표정을 지었다. 그러나 정말 화가 난 것은 아니어서 금방 아무렇지 않은 얼굴로 갑옷이며 투구 등 다른 물건에 관심을 돌리고 있었다. 한편 지혜는 마리나에게 어떤 검을 펠레즈의 성주 부자에게 줄 것인지 자문을 구하고 있었다. 마리나는 신중한 태도로 칼들을 살피고 있었으나 고르기가 쉽지 않은 듯 심각한 표정이었다.

"전부 모양과 형태가 다르다 보니 오히려 어렵군요. 다들 고유한 개성이 있으니 말이에요."

그러자 박창이 대뜸 안을 내놓았다.

"각각의 대장장이들이 만든 것 중에 제일 자신있는 것을 골라서 준 거라지 않습니까? 어떤 칼을 고르더라도 크게 뒤처지는 물건은 없을 것 같은데요. 어느 걸 골라도 비슷하다면 모양이 멋진 놈으로 골라주죠. 성주님과 그 아들이니까 자기들이 칼을 들고 싸울 일은 사실 거의 없을 텐데요 뭘.”

　일견 무책임한 말 같기도 했지만, 나쁘지는 않겠다고 생각한 그들은 논의 끝에 무난하다 싶은 것을 두 자루 골라냈다. 선택이 끝나자 무적택배 사람들은 노드를 불러 나머지를 내주었다. 노드는 그것들을 즉시 베르테스가 있는 왕궁에 가지고 가서 전달했다. 베르테스는 노드에게 무적택배 사람들에게 보냈던 무기들 외의 나머지 제작품들을 대장장이들로부터 이미 받았다며 그날 노드가 가지고 온 것들과 합해 신무기들을 공개적으로 시험해 볼 예정이니 그것을 보고 가라고 했다. 노드는 기꺼이 그 명에 따라 왕궁에서 기다리고 있다가 연락을 받고 시험장으로 갔다.

　그곳은 왕궁의 안쪽에 있는 여러 개의 정원 중의 하나였다. 노드가 그곳에 있는데 왕실근위대의 대장과 수도 방어군의 사령관 등 고위 무장들이 차례로 도착했다. 무장들의 다음에는 레히트 재상과 재무대신 엘트, 군무대신 뤼니켈이 나란히 왔다. 뤼니켈은 40대 중반의 남자로 귀족적인 풍모가 도드라지는 인물이었다. 레스프라트의 유서 깊은 귀족 가문 출신인 그는 레스프라트의 멸망 후 가산을 털어 의용군을 조직하여 아메트에 끈질기게 맞섰던 사람으로, 그 자신이 병력을 다룬 경험도 풍부하고 학식도 깊어 많은 이들로부터 존경받고 있었다. 베르테스는 모두가 모인 뒤에 나타났다.

　“내가 조금 늦은 모양이구려. 늦어서 미안하오. 시작합시다.”

　베르테스의 말이 있자 시종장이 손짓을 하고 곧 여러 개의 상자가 베르테스의 앞에 운반되어 왔다. 베르테스의 앞에 상자들을 늘어놓은 시종들은 뚜껑을 열어놓고 물러섰다. 베르테스는 그중에서 칼 한 자루를 꺼내더니 모두가 볼 수 있게끔 높이 들고, 천천히 칼집에서 뽑았다. 사람들은 숨을 죽이고 그 모습을 지켜보고 있었다. 칼집에서 칼날이 서서히 드러나는 것을 보고 있던 그들의 입에서는 나지막한 탄성이 새어 나왔다. 얇으면서도 길고 날렵하게 생긴 검신은 투명한 은빛이었으며 태양빛을 받아 푸른 광채를 발했다.

"저건 고대의 검이 아닌가?"

무장들 사이에서 흥분된 속삭임이 일었다. 베르테스는 그들의 반응을 지켜보다가 입을 열었다.

"이 자리에 있는 것들은 고대의 무기가 아니오. 바로 얼마 전 프라트의 대장간에서 만들어진 것들이오. 그대들도 근래에 신의 사도들의 지도를 받아 모종의 일이 진행되고 있다는 것은 알고 있었을 것이오. 그 작업은 고대의 금속을 재현하는 것이었소. 금속의 이름은 메도쿰이라고 하며 실제로 고대에 사용했던 금속이라고 하오. 워낙 중대한 사안이라 그동안 비밀리에 진행했었소만, 오늘 그 결과를 그대들과 더불어 지켜보고자 하오."

베르테스의 말에 그저 놀라기만 하는 사람들도 있었으나 어렴풋이 짐작하고 있던 이들도 없지는 않은 듯했다. 베르테스의 말이 이어졌다.

"말로 이러니저러니 설명하는 것보다는 직접 눈으로 보는 것이 제일일 것이오. 군무대신께서 새 무기들을 시험할 방법을 마련하였다고 하니 지켜보도록 합시다."

노드를 비롯한 참석자들은 어떻게 이 새로운 무기들을 시험할 것인지 흥미진진해서 집중했다. 군무대신 뤼니켈이 두어 걸음 앞으로 걸어 나오더니 참석자들에게 설명했다.

"방금 폐하께서 직접 보여주신 칼 이외에도 대장장이들이 여러 종류의 무구를 만들었습니다만, 그들 전부를 대상으로 하기에는 시간이 많이 걸리니 칼과 화살촉을 세 가지 방식으로 시험하고자 합니다. 첫 번째 시험에서는 두 명의 검사가 지금의 칼과 새로운 칼을 가지고 대련하겠습니다. 이 두 검사는 특별히 개인 무용이 뛰어난 이들 중 선발하였으며, 실력이 막상막하라 평해지는 이들입니다."

그의 설명이 끝나자 두 명의 검사가 마당 가운데로 나와 베르테스와 참석자들에게 깍듯이 고개를 숙였다. 한 사람에게는 현재 일반적으로 사용되는 철검이 주어졌고, 다른 사람에게는 이번에 대장장이들이 만든 칼 중 하나가 주어졌다. 두 개의 칼은 한눈에도 크기며 두께에서 확연히 차이가 났다. 몇 걸음 물러나 거리를 두고 마주 서 있던 두 사람은 군무대신 뤼니켈의 신호에 따라 대련을 시작했다. 두 사람의 재빠르고 군더더기없는 몸놀림은 뤼니켈의 말처럼 서로 실력에 차이가 없다는 것을 잘 보여주는 듯했다. 그러나 막상 칼끼리 부딪치는 순간 당연히 나야 할 날카로운 파열음 대신에 깡 하는 소리가 나며 철검의 날에 새 검이 박혀드는 모습이 보였다. 철검을 든 사람은 깜짝 놀라 급히 물러났다. 반면 메도쿰으로 만든 검을 든 쪽은 훨씬 가벼운 무게와 길어진 길이, 그리고 예리하고 강한 칼날을 효과적으로 이용하기 시작했다. 처음에는 위에서 내려치기 위주였던 공격이 횡으로 또는 어슷하게 베는 동작이 가미되면서 변화무쌍해졌다. 철검을 든 검사는 되도록 검끼리 부딪치는 상황을 피하려 하였으나 빠르게 파고드는 새 검을 전부 피할 수는 없었다. 점차 공세적으로 나오는 상대방에게 방어 위주의 소극적인 모습을 보이며 고전하는 모습이 역력해졌다. 무술 대회가 아닌 이상 승부가 날 때까지 몰고 갈 필요는 없었다.

뤼니켈은 우열이 가려지자 대련을 중지시켰고 두 사람이 들고 싸운 두 자루의 검이 베르테스의 앞에 놓였다. 메도쿰으로 만든 검은 아무런 손상 없이 말끔했으나 철검은 군데군데 날이 빠져 있고 표면에는 중심부부터 자잘한 금이 수없이 생겨 있었다. 베르테스는 그것을 다른 사람들에게도 건네 살펴보게 했다. 고대의 금속이므로 당연히 지금의 철보다 강할 것이라고 짐작은 하고 있었지만, 직접 두 개의 검을 비교해 보자 모두들 놀라움을 감추지 못했다.

두 번째 시험은 지금의 철검을 날이 위로 가게끔 받침대에 받쳐 놓은 상태에서 새로운 검으로 그 날을 내려치는 것이었다. 철검은 쩽 하는 소리를 남기고 단번에 부러졌다. 지켜보던 이들에게서 나지막한 탄성이 흘러나왔다.

마지막 시험은 메도쿰으로 만든 화살촉을 단 화살로 치러졌다. 짚단을 뭉쳐 만든 인형 위에 철로 만든 갑옷을 여러 겹 입혀서 묶은 것을 세워놓고 50m 정도 떨어진 거리에서 궁수가 세 발의 화살을 연달아 쏘았다. 그 뒤 화살을 뽑아내고 인형의 갑옷을 벗겨보니 두 발의 화살은 7장, 한 발의 화살은 6장의 갑옷을 꿰뚫은 상태였다.

세 차례의 시험 결과는 그 자리에 있던 모든 이들을 크게 흥분시키기에 충분했다. 장군들은 너나없이 새로운 금속에 대해 격찬을 아끼지 않으며 이것이 레스프라트 군을 무적의 군대로 만들어줄 것이라고 격앙된 어조로 말했다. 그들의 흥분이 진정되기를 기다려 재상 레히트가 말했다.

"메도쿰이 실로 놀라운 금속인 것은 사실이지만 이것을 만드는 데는 많은 노력과 비용이 소요됩니다. 단적으로 말해 현재 메도쿰으로 칼 한 자루를 만드는 데 드는 비용은 철검의 5배 이상입니다. 앞으로 제철소를 더 많이 지어 지금보다 많은 양을 생산할 수 있게 된다고 하더라도 메도쿰은 여전히 비싼 금속으로 남을 수밖에 없습니다. 따라서 레스프라트 군 전체를 메도쿰으로 무장하는 것은 무리입니다. 물론 근위대를 비롯한 정예군에는 단계적으로 무장이 시작될 것이나 전체로 확대되기는 어려울 것입니다."

무장들의 흥분은 레히트의 설명에 조금씩 가라앉았다. 그러나 실망이라기보다는 전체적으로 그럴 만도 하겠다는 수긍의 분위기였다. 압도적으로 강한 금속인 메도쿰이 현재의 철과 비슷한 비용이라면 그것이 오히려 이상한 일일 터였다. 재무대신 엘트가 그 뒤를 이어 입을 열었다.

"앞으로 메도쿰의 생산을 확대하는 데 드는 비용도 문제입니다. 현재의 시설만으로는 그다지 많은 양을 생산할 수 없고, 필연적으로 시설을 더 확충해야 하는데 국고만으로 그 비용을 충당하기는 대단히 어렵습니다. 따라서 메도쿰으로 만든 생산품의 일정량은 상인들을 통해 판매하여 그것으로 비용을 충당해야 할 것으로 생각됩니다."

그러자 즉각 반박하는 목소리가 나왔다.

"하지만 그랬다가는 아메트까지 흘러가지 말라는 법이 없습니다. 레스프라트의 상인이 넘기지 않더라도 무슨 수를 써서든 손에 넣고자 하면 그렇게 될 것 아닙니까?"

"그렇습니다. 이처럼 강한 무기가 적의 손에 넘어가는 것은 너무 위험합니다."

"자칫하면 우리가 만든 무기로 우리가 당할 수도 있습니다."

대부분의 무장들은 메도쿰을 판매할 것이라는 엘트의 말에 강한 거부감을 드러냈다. 그러나 엘트는 차분하게 응대했다.

"절대 그런 일은 일어나지 않을 것입니다. 생각해 보십시오. 직접 생산하는 우리 레스프라트조차 모든 병력에 지급하지 못하는 비싼 메도쿰 무기를 다른 나라가 어떻게 우리보다 많이 가질 수 있다는 말입니까? 메도쿰 무기를 살 수 있는 사람은 신분이 아주 높거나 부유한 일부 계층에 국한될 수밖에 없습니다. 혹시라도 전장에서 메도쿰으로 만든 무기를 지닌 자를 만난다면 이는 그가 높은 지위에 있는 자라는 등식이 성립되니 공도 세우고 좋은 무기도 얻는 기회로 삼으시면 그만일 것입니다."

장군들은 엘트의 말에 설득된 것인지 잠잠해졌다. 좌중의 분위기가 차분해지자 베르테스가 입을 열었다.

"메도쿰은 피스벵 설탕에 이어 신의 사도들께서 우리 레스프라트에 베풀어주신 큰 은혜요. 피스벵 설탕이 아메트의 악정으로 피폐해진 레스프라트에 재건을 위한 발판을 마련해 주었던 것과 마찬가지로 메도쿰은 레스프라트를 더욱 강하게 만들어줌과 동시에 건실한 재정을 유지할 수 있는 기반이 되어 줄 것이오. 최근 아메트의 내전이 종식되고 셋째 왕자 카우드가 새 왕으로 올랐다는 소식에 많은 사람들이 우려를 품고 있는 것으로 알고 있소. 그러나 아메트의 카우드가 제아무리 호전적인 자라 해도 당장은 군대를 일으킬 여건이 아니오. 그에 비해 우리 레스프라트는 빠르게 질서를 되찾고 있으며 신의 사도들의 은혜에 힘입어 나날이 부강해지고 있소. 오늘 메도쿰을 다른 어떤 사람들보다 먼저 그대들에게 공개한 것은 우리에게 새로운 힘이 더해졌으며 그 힘이 그대들에게 주어질 것이라는 사실을 알려주기 위함이오. 아메트의 상황 따위에 연연하지 말고 자신감을 가지시오."

"예."

장군들은 힘찬 목소리로 대답하며 일제히 고개를 조아렸다.

메도쿰으로 만든 무기의 성능 시험을 끝까지 지켜본 노드는 뿌듯한 마음으로 무적택배 사람들이 있는 구왕궁으로 향했고, 장군들도 각자의 자리로 돌아갔다. 엘트와 레히트, 그리고 군무대신 뤼니켈은 베르테스와 그의 집무실에 들러 메도쿰에 대한 구체적인 계획을 짜기 시작했다.

"제련된 상태의 메도쿰을 보았을 때부터 짐작은 하고 있었지만, 정말 놀라운 금속입니다. 그 정도면 가히 모든 무구가 명작의 반열에 들고도 남겠습니다. 오늘의 일이 바깥에 알려지면 상인들이 더욱 몸이 달아 안달을 부릴 텐데 어떻게 조율해야 할지 고민입니다. 그렇지 않아도 언덕 아래에 있는 제철소에서 어떤 것을 만들어내는지 대략 눈치를 채고서 어떻게든 저를 만나려고 애쓰는 통에 피하기가 쉽지 않은 형편이었는데 말입니다."

엘트는 자리에 앉자마자 즐거운 얼굴로 고민 아닌 고민을 늘어놓았다. 레히트도 알 만하다는 표정으로 호응했다.

"제게도 그런 청이 많이 들어오고 있습니다. 예로부터 상인들이란 결코 돈 냄새를 놓치는 법이 없다더니, 어떻게 알아냈는지 제법 구체적으로 알고 있는 눈치를 보이는 경우도 있더군요. 아까와 같은 놀라운 물건을 시장에 내놓는다면 너도나도 손을 대려고 할 것이 뻔하지요."

두 사람의 흡족해하는 모습에 베르테스의 얼굴에도 만족스러운 미소가 떠올랐다.

"그 문제는 재상과 재무대신, 군무대신께 일임하겠습니다. 세 분이라면 사심없이 레스프라트에 가장 이득을 남기는 방법으로 처리하실 것으로 믿고 있습니다."

"그렇게 믿어주시니 기쁜 한편 송구스럽습니다. 뤼니켈 경, 엘트 경과 더불어 최선을 다해 폐하의 뜻에 따르겠습니다."

레히트가 대답했다. 베르테스는 부드럽게 고개를 젓고 세 사람에게 말했다.

"되도록 빠른 시일 내에 적당한 장소를 물색하여 제철소를 더 만들도록 하고, 쿠네이와 마스텐 산의 개발에도 더욱 박차를 가해주십시오. 아직 재정이 그리 넉넉치 못한 상황에서 위대한 도시 디파를 되찾는 데 많은 비용이 소요되기까지 했으니, 자금을 충당하기가 쉽지는 않겠으나 어느 것도 지체되어서는 안 될 것입니다."

그러자 엘트가 회심의 미소를 지으며 대답했다.

"그 점은 크게 염려하지 않으셔도 될 것입니다. 피스뱅 설탕을 대량 생산하기 시작했을 때와 같은 방식으로 처리하면 국고의 부담이 크게 덜어질 테니까요. 상인들은 기꺼이 주머니를 열 것입니다."

"그런 방법이 있었군."

베르테스가 수락하자, 레히트가 그답지 않은 익살스러운 말투로 엘트에게 말했다.

"그런 교섭이라면 엘트 경께 맡기겠소. 난 당최 상인들과 밀고 당기는 일에는 서툴러서."

"재상께서 너무 인정이 많으셔서 그렇습니다. 반면에 저는 독하니까요."

엘트는 레히트의 농담에 기분 좋게 화답했다. 흡족한 얼굴로 그 모습을 지켜보던 군무대신 뤼니켈이 베르테스에게 말했다.

"메도쿰과 관련해서 제가 한 가지 제안을 해도 되겠습니까?"

"말씀하시오."

"오래지 않아 위대한 도시 디파를 탈환한 디르크 원수 휘하의 부대가 프라트에 개선해 올 것이 아닙니까? 그때 개선한 장병들과 프라트의 시민이 지켜보는 가운데 새 금속 메도쿰을 대대적으로 선보이는 것이 어떨까 합니다."

"선을 보이다니? 어떻게 말이오?"

레히트가 물었다.

"오늘 실시한 메도쿰 무구의 평가를 보다 규모를 확대하고 볼거리를 보강해서 실시하는 겁니다. 개선군에 대한 환영의 의미도 될 것이고 또한 시민들의 사기를 드높이는 효과도 거둘 수 있을 것입니다."

"좋은 생각이신 것 같습니다."

엘트는 적극적으로 찬성하고 나섰다.

"그런 행사를 가지면 레스프라트 신민들의 자신감과 긍지를 높여줄 뿐 아니라 자연스럽게 메도쿰에 대해 널리 알려지게 되어 국가 재정에도 기여하는 바가 클 것입니다."

엘트의 주장에 레히트도 그럴싸하다고 생각되었던지 납득하는 모습이었다. 베르테스는 세 사람에게 말했다.

"경들의 생각이 그러하다면 내가 반대할 이유가 어디 있겠소? 세 분이 잘 논의하셔서 진행해 주시오."

그 문제가 결정된 뒤 레히트가 베르테스에게 말했다.

"얼마 전에 그리어에서 연락이 왔는데, 이번 개선에 맞추어 보내기로 한 축하 사절이 머지않아 프라트에 도착할 것 같습니다. 이번 사절단에는 그리어의 둘째 왕자 파라스님이 대표로 오고 있으며, 금번 방문에서 양국의 오랜 우호 관계를 재확인하고 새로 동맹을 체결하는 논의를 하고자 희망한다는 의사를 밝혀왔더군요. 전에 비해 상당히 적극적인 태도를 보이고 있습니다. 어쩌면 이번에 그쪽에서 중요한 제안을 해올지도 모르겠습니다."

"중요한 제안이라니, 무슨 말씀이십니까?"

베르테스가 물었지만 레히트는 자세한 이야기는 피했다.

"아직 확실한 사실로 확인된 사항이 아니므로 지금 폐하께 말씀드리기는 저어됩니다. 나중에 말씀드리겠습니다."

베르테스는 의아해하면서도 구태여 캐묻지는 않았다. 군무대신 뤼니켈은 뭔가 짚이는 바가 있는지 묘한 미소를 지으며 말했다.

"그리어가 지금까지는 레스프라트의 독립을 환영하는 태도를 보이면서도 추이를 관망하는 듯하더니 이제야 우리가 완전히 안정되었다고 판단한 모양이군요."

"그리어의 입장에서는 아메트가 밉기는 하지만 그 저력이 만만치 않은 만큼 우리 레스프라트의 상황을 봐가면서 태도를 정할 필요가 있었겠지요. 그 점은 이해해 줘야지요."

레히트가 말했다. 베르테스는 레히트의 말에 동감했다.

"그리어와의 동맹은 레스프라트에게 있어서도 반드시 필요한 일이니 잘된 일로 받아들여야겠지요. 사절단이 도착하면 정중히 대접하고 잘 논의하도록 하십시오."

"예."

세 대신은 고개를 조아렸다.

■제 15장

개선

1

　마침내 위대한 도시 디파를 탈환한 군대가 프라트에 개선하는 날이 왔다. 이른 새벽부터 프라트 전체가 개선군을 맞이하기 위해 술렁이고 있었다. 거리며 집집마다 형형색색의 깃발이 내걸리고 가장 좋은 옷을 차려입은 사람들이 동이 트기도 전부터 개선 행렬을 보기 위해 좋은 자리를 잡으려고 부산하게 뛰어다녔다. 그 바람에 성벽이며 시가지의 주요 건물 옥상은 개선 행렬을 구경하려는 사람들로 꽉 들어차 있었다.

　무적택배 사람들은 군대가 개선해서 시가지를 돌고 난 다음에 광장에서 열리는 새 무기의 시험식에 잠깐 참석하기로 했기 때문에 그전까지는 구왕궁에 머물러 있을 예정이었다. 그러나 그들이라고 개선 행렬을 보고 싶은 마음이 없는 것은 아니어서, 주방에 있는 사람들과 특공대원들에게 그날만큼은 시내에 내려가서 개선 축제를 즐기도록 해주고, 자신들은 구왕궁 왼편 건물의 높은 곳에 모여서 개선군이 온다는 방향을 쳐다보고 있었다.

"여기서는 너무 멀어서 깨알처럼 작게 보일 것 같은데."

박창이 아쉬워하는 것을 보고 릴리가 제안했다.

"저랑 마리나가 에어 바이크를 타고 가서 위에서 찍어 보내면 어떨까요? 그러면 자세히 볼 수 있을 텐데요."

"정말요?"

처음에 반색을 하던 박창은 곧 지혜의 눈치를 살피며 떠름하게 말했다.

"그러면 좋긴 하겠지만, 무적택배호에 에너지를 충전해야 하는데 에어 바이크를 써서 되겠습니까?"

말로는 그러면서도 지혜에게 애절한 눈빛을 할끔할끔 보내는 박창의 눈치 작전에 지혜는 못 이기는 척 말했다.

"다른 사람들에게도 의견을 물어보고 괜찮다고 하면 그렇게 하든지. 어차피 철판이 나오고 우주선을 수리하려면 시간이 걸릴 것 같으니까."

그러자 박창은 지체없이 다른 사람들을 설득하기 시작했다.

"여기서 깨알 같은 사람들을 봐도 재미없잖아요. 이런 건 다시 못 볼 구경거린데 이왕이면 제대로 보자구요."

"제 생각에도 그게 괜찮을 것 같네요."

우진이 먼저 동의했다.

"나도 상관없기는 한데, 에어 바이크가 사람들의 머리 위를 돌아다니면 방해가 되지는 않겠습니까?"

박상은 개선 행렬에 지장을 주지 않을까 걱정했다. 릴리가 말했다.

"그렇게 지면에서 가깝게 있지도 않겠지만, 설령 눈치 채더라도 별로 문제 될 건 없을 거예요. 프라트 사람들이 에어 바이크를 모르는 것도 아닌걸요. 저희가 알아서 잘할게요."

"그렇다면 반대하지는 않겠습니다."

박상의 찬성에 이어 바다는 아무래도 상관없다는 입장이었다. 그래서 그들은 즉시 그곳을 내려가 무적택배호로 자리를 옮겼다. 마리나와 릴리는 에어 바이크를 타고 개선군이 어디쯤까지 왔는지 보겠다며 나갔고, 나머지 사람들은 통제실에 앉아 있었다.

"이러고 있으니까 처음에 여기 떨어지던 날이 생각나네요."

우진은 오랜만에 무적택배호의 조종석에 앉으니 감회가 새로운 듯 계기들을 만지작거리면서 말했다.

"정말. 그때는 오자마자 우리 우주선은 대형 참사의 주범이 되질 않나, 바깥에서는 전쟁이 벌어지지 않나. 거기다 말은 안 통하지, 사람들 수준은 중세적이지, 진짜 앞이 깜깜했는데."

박창이 한숨을 섞어가며 하는 말에 지혜는 피식 웃었다.

"그런데 지금은 앞이 훤하기라도 해?"

"뭐, 그때보다야 훨씬 낫지."

그렇게 대꾸하던 박창은 무엇을 떠올렸는지 자세를 고쳐 앉으며 지혜에게 말했다.

"참, 내가 그 얘기를 했던가?"

"무슨 얘기?"

"오늘 저녁에 열리는 축하연에 아르데 소스로 만든 요리가 선보이는 거 말이야."

"아르데 소스가 뭐야?"

지혜가 의아하게 묻자 박창은 도리어 의외라는 표정이 되더니 말했다.

"어? 내가 이야기 안 했었나 보네. 여기 사람들이 고추 맛 소스를 부르는 이름이야. 아르데 씨가 만들었잖아."

"난 또 뭐라고. 왕궁에서는 이미 먹고 있다며?"

"그렇지. 하지만 오늘은 많은 사람들에게 처음으로 선보이는 자리잖아. 말하자면 사교계에 정식으로 데뷔하는 자리라고나 할까."

박창이 무게를 잡고 말하자 지혜는 실소했다.

"말 갖다 붙이기는……."

그때 박창의 말을 관심 깊게 듣고 있던 우진이 말을 건넸다.

"여기 사람들은 굉장히 맵게 먹는다면서요? 우리가 먹는 그대로 먹던가요?"

"우리가 먹는 식대로 만든 것도 쓰는데, 거기에 톡의 비율을 더 높인 걸 더 좋아하는 것 같더군요. 톡을 먹던 사람들답게 얼얼할 정도로 매운 맛에도 태연해요. 오늘 연회에 내놓는 음식만 해도 우리는 매워서 몇 입 먹지도 못할걸요."

박창이 고추 맛 소스로 만든 요리에 대해 더 설명하려는데, 마침 스피커를 통해 릴리의 음성이 들려왔다.

"저기 아래에 보이네요. 큰 도로를 가득 메우고 오고 있는데요. 지금 화면을 전송할 테니까 모니터를 켜보세요."

우진은 재빨리 모니터를 켰다. 릴리의 말처럼 상공에서 내려다본 개선 행렬이 모니터에 나타났다. 마리나와 릴리는 천천히 공중을 날면서 행렬의 전체 모습을 일행에게 보여주었다.

선두에는 여러 열의 군악대가 음악을 울리고 있고, 그 뒤에는 디파 토벌전에 참가한 부대의 군기를 든 병사들이 열을 지어 행진했다. 그리고 그 다음에 말을 탄 호위 기병들에 둘러싸인 큰 마차가 있었다. 총 사령관 디르크가 탄 마차로 뚜껑이 없는 개방형이었다. 디르크의 마차 다음에는 이번 승리의 주역이라 할 수 있는 샤트가 타고 있고, 그 뒤에는 1만의 별동대를 이끌고 디파에 입성해 결정적인 쐐기를 박았던 클루오가 4마리의 말이 끄는 마차에 타고 있었다. 클루오의 마차 뒤에는 그가 일찍이 약속했던 대로 당시 그를 따랐던 부대원들이 부대의 깃발을 휘날리며 당당히 행군하고 있었다. 어깨를 쫙 펴고 씩씩하게 걸음을 옮기는 그들의 모습에서는 긴 행군으로 인한 피로라고는 찾아볼 수 없었다. 그들의 뒤에 이어지는 장병들도 승리의 기쁨에 도취된 분위기였다. 그러나 기나긴 행렬의 중간쯤에 이르자 분위기는 일순 돌변했다. 아메트 군 포로들과 디파의 전(前) 성주 일가를 포함한 아메트의 협조자들이 고개를 떨구고 터벅터벅 내키지 않는 걸음을 옮기고 있었다. 그들의 뒤에는 다시 의기양양한 개선군의 행렬이 길게 꼬리를 끌며 이어지고 있었다.

모니터를 열심히 보고 있던 지혜가 이상하다는 듯 말했다.

"이상하다. 사람들만 보이고 전리품이 보이지 않네요. 영화 같은 데서 보면 이런 개선 행렬에는 산더미 같은 전리품을 가지고 오던데."

그러자 우진이 말했다.

"적국의 영토를 점령한 것이 아니라 되찾은 것이니 그렇겠지요. 디파의 민심을 잘 추슬러서 레스프라트로 돌려놓는 일이 더 중요한 것 아니겠습니까?"

"그렇게 되나요?"

지혜는 멋쩍게 중얼거렸다. 우진의 짐작이 맞는지 어떤지는 몰라도 개선 행렬의 제일 뒤까지 훑어보아도 전리품이라 할 만한 것은 없어

보였다.

느린 듯 위풍당당하게 전진한 개선 행렬은 프라트의 성문 앞에 이르러 멈추었다. 성문 앞에 베르테스가 주요 신료들을 거느리고 나와 그들을 기다리고 있었다. 왕이 나와 있다는 이야기를 들은 총사령관 디르크는 서둘러 마차에서 내려 베르테스가 있는 곳으로 걸어갔다. 그의 아들 샤트와 다른 장군들도 그의 뒤를 따랐다. 장군들은 베르테스의 모습이 보이자 일제히 멈추어서서 그에게 깍듯이 고개를 숙였다. 디르크 모스는 엄숙한 목소리로 베르테스에게 디파 토벌전의 승리를 보고했다.

"신 디르크 모스 이하 전 장병은 위대한 도시 디파를 적국 아메트로부터 되찾고 반역자들을 토벌하라는 폐하의 명을 받들어, 이를 수행하고 돌아왔습니다."

"수고가 많으셨소. 최소한의 희생으로 신속하게 승리를 거두고 위대한 도시 디파를 레스프라트의 품으로 되돌린 그대들의 공이 참으로 크오. 레스프라트의 모든 국민을 대신하여 무한한 감사를 보내며 기쁨을 같이하는 바이오. 오늘부터 나흘간 성대한 축제를 열어 그대들의 빛나는 승리를 기념하도록 하겠소."

"감사합니다."

"프라트 시내를 돌며 개선 행렬을 한 뒤에는 중앙광장에서 특별한 환영 행사가 있을 예정이오. 그대들이 거둔 위대한 승리와 더불어 우리 레스프라트의 장래를 더욱 공고히 해주는 경사가 있소."

베르테스의 말을 들은 디르크 등의 얼굴에 의아한 기색이 번졌다. 그러나 베르테스는 그 이상 설명하지 않았다. 짤막한 환영 인사가 끝난 뒤 베르테스와 디르크는 한 마차에 나란히 탔고 개선 행진이 다시 시작되었다.

"와아아아~ 만세! 만세!"

천둥 소리처럼 거대한 환호성이 대지에 메아리쳤다. 성벽 위에 늘어서 있던 사람들이 내지르는 소리였다. 시민들은 성안으로 들어서는 개선군에게 꽃과 향기로운 나뭇잎 등을 뿌리며 열렬히 환영했다. 그러한 환영은 성벽을 지나 시가지에서도 계속되었다. 시내의 거의 모든 건물에 빡빡하게 올라선 사람들이 개선군을 맞이했다. 개선 행렬은 프라트 시내의 주요 거리를 길게 순회한 뒤 마음껏 축제를 즐기라는 말과 함께 해산됐다. 병사들은 그들을 위해 마련된 음식과 음료를 먹고 마시며 축제에 가담했다.

한편 장교급의 군인들은 미리 공지받은 대로 프라트의 중앙광장에 모였다. 중앙광장에는 디파 토벌전 전에 개최되었었던 무술 대회 때처럼 가운데를 비워놓고 정면에 커다란 단상이 놓이고 관람석이 빙 둘러져 마련되어 있었다.

베르테스는 주요 각료들 및 디르크 총사령관과 그의 아들 샤트를 비롯한 디파 토벌전의 주역들을 대동하고 단상에 올랐다. 이웃 나라 그리어에서 도착한 사신들도 단상에 자리했다. 그 뒤 베르테스의 초대를 받고 온 무적택배 사람들이 도착하자 베르테스를 비롯한 모든 사람이 자리에서 일어나 그들을 맞이했다. 그리어의 사신들은 정중히 예를 표하면서도 예리하게 눈을 빛내며 무적택배 사람들과 철인간 등의 로봇을 샅샅이 훑어보았다.

무적택배 사람들이 마련된 의자에 앉고 나자 베르테스와 단상의 다른 사람들도 착석했다. 광장의 분위기가 어느 정도 정돈되자 베르테스가 단상 앞으로 걸어나가 큰 소리로 말했다.

"오늘의 이 자리는 위대한 도시 디파를 탈환한 영웅들을 환영함과 동시에 우리 레스프라트에 일어난 놀라운 일을 널리 알리고자 하는 목적에서 마련되었소. 신의 사도들께서 피스뱅 설탕에 이어 또다시 놀라운 선물을 우리 레스프라트에 안겨주셨소. 바로 고대의 금속을 재현한 새로운 금속 기술이오. 금속의 이름은 메도쿰이며 그동안 우리가 사용해 온 철에 비해 가볍고, 강하며 예리하오. 레스프라트가 맞이한 이 두 가지 경사를 함께 기뻐하며 지켜봅시다."

베르테스의 말이 끝나자 광장 곳곳에서 커다란 술렁거림이 일었다. 프라트 시민들 사이에는 구왕궁이 있는 언덕 아래에 우뚝 솟은 이상한 건물과 갑작스레 조성된 대장간 거리를 두고 이런저런 추측들이 돌아다니고 있었지만, 디파에서 막 돌아온 그들에게는 그야말로 처음 접하는 놀라운 소식이었다.

베르테스가 자신의 자리에 돌아와 앉고 나자 단상 뒤에서 한 명의 청년 장교가 나와 베르테스를 비롯한 참석자들에게 인사하고 단상 앞쪽에 나가섰다. 왕의 전령 중 한 명인 청년 장교였다. 그는 광장에 모인 모든 사람들을 향해 큰 목소리로 말했다.

"지금부터 신의 사도들께서 베풀어주신 축복인 신금속 메도쿰으로 만든 무구들을 이 자리의 모든 사람들에게 공개하겠습니다. 먼저 폐하의 직속 부대인 특공대 소속 디르크 아르데가 메도쿰으로 만든 검의 시범을 보이겠습니다."

그의 말이 끝난 뒤 광장 한쪽에서 병사들이 무엇인가를 가지고 나와 광장 가운데에 나란히 일렬로 세워놓았다. 짚으로 만든 인형에 갑옷을 입힌 것이었다. 6개의 짚인형이 입은 갑옷에는 아메트의 문양이 선명하게 쓰여져 있었다. 다른 쪽에서 아르데가 모습을 보이자 많은 사람들이 박수와 환호를 보냈다. 디파로 출병하기 전에 열렸던 무술 대회의 우승자였던 그녀를 기억하고 있는 이들이 많았던 것이다.

아르데는 단상을 향해 고개를 숙여 인사한 뒤 짚인형들을 향해 몸을 돌렸다. 사람들은 이제 무슨 일이 일어날 것인가 긴장해서 지켜보고 있었다. 아르데가 천천히 검집에서 검을 뽑았다. 길고 얇으며 날렵한 검신은 그녀가 본래 지니고 있는 디르크 가문의 고대 검을 연상시켰으나, 그것과는 분명히 구별되는 다른 것이었다. 햇빛을 받은 검신이 발하는 맑은 광채에 사람들은 감탄을 금치 못했다. 그리고 다음 순간 아르데는 짚인형을 향해 달려가더니 검을 머리 위로 들어 크게 내려쳤다. 인형이 갑옷째 반으로 쪼개지는 광경에 사람들이 놀랄 겨를도 없이 아르데의 검은 다음 인형을 가로로 양단했고, 이어 세 번째 짚인형은 어슷하게 베어 동강 냈다. 숨 돌릴 틈도 없이 검으로 네 번째 짚인형의 동체를 깊이 찔러 들어간 아르데는 그 상태에서 검을 위로 쳐올려 갑옷과 인형을 찢으면서 빼냈다. 그리고 다섯 번째 짚인형은 검을 크게 휘둘러 십자로 베어냈다. 짚인형과 갑옷이 네 동강이 나는 모습에 모두들 숨을 삼켰다. 마지막 여섯 번째 짚인형에 이르자 아르데는 육안으로 제대로 확인할 수 없을 만큼 빠르게 검을 휘둘러 베어내고 검을 모두에게 보라는 듯이 높이 치켜들었다. 잠시 멀쩡한 듯 보이던 짚인형은 이내 일곱 조각으로 산산이 조각나서 바닥에 흩어졌다. 그러나 아르데의 손에 들려 있는 검은 검집에서 뽑아냈을 때처럼 선명한 광채를 발하며 전혀 손상없는 상태를 유지하고 있었다. 잠깐 동안 고요한 침묵이 광장을 덮었다. 그리고 곧 그것은 엄청난 환성으로 바뀌었다. 사람들은 아르데의 실력에도 새삼 놀랐지만 새로운 검의 무섭도록 예리한 날과 강한 검신에 경탄을 금치 못하고 있었다. 아르데가 단상에 인사하고 물러나자 다음 시범이 있었다.

　아르데가 조각낸 짚인형과 갑옷 조각들이 치워지고 그 자리에 이번에는 받침대에 받쳐진 철검들이 등장했다. 10개에 달하는 철검들은 모두 검날이 위로 향하게 옆으로 세워져 있었다. 그리고 철검과 같은 숫자인 10명의 병사들이 나왔다. 그들은 철검 앞에 서서 단상에 대고 절하고 허리에 찬 칼을 뽑을 자세를 취했다. 크게 북소리가 한 번 울리자 그들은 일제히 칼을 뽑았다. 모양과 길이 등은 조금씩 달랐으나 칼날의 빛은 그것들이 모두 메도쿰으로 만들어진 칼이라는 것을 보여주고 있었다. 한 번 더 북이 울리자 단상에서 볼 때 왼쪽의 병사부터 칼을 높이 들더니 철검을 강하게 내려쳤다. 철검이 단말마의 비명과도 같은 쩡 소리를 남기고 말끔히 부러지자 큰 탄성이 사방에서 나왔다. 그 뒤 다음 병사가 같은 동작으로 철검을 동강 내고, 다음 병사가 하는 식의 도미노 동작이 이어졌다. 10개의 철검이 모조리 부러지고 나자 아까보다 더욱 큰 충격이 광장을 뒤덮었다. 아르데처럼 특별히 강한 사람이 아닌 이들이 보인 시범이라 메도쿰의 강함이 실감나게 느껴진 때문인 것 같았다. 뜨거운 환호가 계속되는 가운데 다음 시범이 준비되었다.

　이번에는 광장 한쪽 끝에 다시 아메트의 갑옷을 입은 짚인형이 나란히 10개가 세워졌다. 그리고 그 반대 편에서 말을 탄 10명의 기병들이 등장했다. 기병들의 손에는 저마다 창이 들려 있었다. 그들의 창날에서는 메도쿰 특유의 광채가 번득이고 있었다. 광장 한쪽에 정렬해 있던 기병들은 북소리를 신호로 창을 치켜들고 짚인형들을 향해 달려갔다. 짚인형의 가까이에 다다른 그들은 짚인형의 동체에 창을 깊숙이 박아 넣었다. 창을 그대로 두고 그 자리에서 한 바퀴 빙 돌아서 다시 짚인형에게 간 기병들은 박아 넣었던 창을 뽑아 들었다. 그리고 창을 높이 치켜들고 광장을 빙 돌았다. 두꺼운 갑옷을 뚫고 짚인형에 깊이 박혔던 창날은 전혀 상하지도 휘어지지도 않은 건재함을 과시했다.

마지막으로 마련된 시범은 궁술이었다. 방금 전의 창술 시범에서처럼 아메트의 갑옷을 입힌 10개의 짚인형이 광장 한쪽에 세워졌다. 지금까지와 다른 것이 있다면 각 짚인형마다 여러 겹의 갑옷이 입혀져 있다는 것이었다. 짚인형의 반대 편에는 10명의 궁수가 나와 섰다. 궁수들의 경우에는 가장 많은 수의 갑옷을 꿰뚫은 자에게 상으로 메도쿰으로 만든 화살이 수여된다는 발표가 있자 사람들의 관심은 더욱 고조되었다. 궁수 한 사람당 세 대씩 화살을 쏘게 되어 있었으며, 북소리를 신호로 동시에 한 발씩 쏘는 방식이었다.

"이번에는 라얄 씨가 안 보이네요?"

비록 먼 거리이기는 하지만 궁수들의 면면을 찬찬히 훑어보던 우진이 릴리에게 물었다.

"지금 저것은 활을 정밀하게 잘 쏘는 것보다는 강하게 쏘는 게 더 중요해서 무술 대회 때와는 달라요. 라얄은 명사수이기는 하지만 힘이 센 타입은 아니거든요. 오늘 나간 사람들은 모두 활을 잘 쏠 뿐 아니라 강하게 쏘는 궁수들을 선발했다고 들었어요."

릴리가 설명하는 사이 첫 번째 화살이 발사되었다. 우진과 릴리는 얼른 입을 다물고 지켜보았다.

세 번의 활 쏘기가 끝나고 갑옷에 박힌 화살을 뽑아낸 다음 각 궁수들의 성적을 발표되었다. 발표될 때마다 관중석에는 또다시 탄성이 올랐다. 한 대의 화살이 적게는 4, 5장 많게는 7, 8장까지 갑옷을 꿰뚫고 있었다. 제아무리 전문적으로 훈련받은 강한 궁수라고는 하나 이전의 철로 만든 화살촉이라면 결코 있을 수 없는 일이었다. 궁수들 중 가장 좋은 기록의 궁수는 공표했던 대로 메도쿰으로 만든 화살을 상으로 받았다.

광장에서의 행사가 끝나자 무적택배 사람들은 언덕 위의 구왕궁으로 돌아갔다. 하급 장교들은 그들을 위해 마련된 연회를 즐기러 무리지어 갔고, 장성들을 비롯한 고급 지휘관들은 베르테스가 주최하는 승리 축하연에 참석했다.

연회장에는 테이블마다 진귀한 술이 올려져 있고, 향기로운 꽃과 화려한 램프들로 아름답게 장식되어 있었다. 모두 정해진 자신의 자리를 찾아 그 앞에 서자 베르테스는 큰 소리로 사람들에게 말했다.

"모두가 어려운 일이라 여겼던 위대한 도시 디파의 탈환을 단기간에 최소한의 희생으로 이루어낸 그대들의 공이 참으로 크오. 수고가 크셨소."

지휘관들을 치하한 베르테스는 몸을 돌려 옆에 있는 그리어의 사신 일행을 소개했다.

"이번의 빛나는 승리를 맞이하여 레스프라트의 오랜 우방인 그리어에서 특별히 축하 사절을 보내왔소. 사절단의 대표이신 그리어 왕의 둘째 아드님이신 하르트이드 파라스 왕자를 소개하겠소."

참석자들이 고개를 조아려 경의를 표하는 가운데 그리어의 둘째 왕자 파라스가 베르테스에게 살짝 고개를 까딱이고 입을 열었다.

"그리어의 두 번째 왕자 하르트이드 파라스입니다. 베르테스 폐하의 따뜻한 환대에 감사드리며 위대한 도시 디파를 아메트로부터 당당히 탈환하신 것을 경하드립니다. 오랜 세월 협력하여 아메트에 대항해 왔던 레스프라트에 불행한 사태가 일어난 뒤 안타까운 마음을 금할 길 없었으나 이제 이렇듯 당당히 재건된 것을 보니 기쁘기 한량없습니다."

20대 후반인 파라스는 부드럽고 세련된 인상의 젊은 남자로 목소리
도 차분하고 매끄러웠다. 파라스의 인사가 끝나자 베르테스는 연회의
시작을 알렸다.

"오늘 이 자리는 그대들을 위한 자리요. 마음껏 즐겨주기 바라오."

베르테스와 파라스 왕자 등이 착석하자 다른 사람들도 차례차례 자
리에 앉았다. 사람들은 각자의 앞에 한 병씩 놓인 술병을 들어 잔에 따
르고 양 옆의 사람과 인사를 하고 작은 소리로 이야기를 나누었다. 주
로 화제에 오르는 것은 낮에 보았던 신금속 메도쿰으로 만든 무기의
시범에 대한 내용이었다.

"프라트에 와서 이런 놀라운 경험을 하게 될 줄은 몰랐습니다."

"누가 짐작이나 했겠습니까? 고대의 금속이 재현되다니요. 그저 놀
라울 따름입니다."

"그러게 말입니다. 그 정도 성능이면 지금의 무기를 가지고는 대적
이 되지 않겠습니다."

"시장에 나오면 무척 고가의 상품이 되겠지요?"

"쉽게 값을 매기기 어렵겠지요."

곧 시종들이 들어와서 요리를 늘어놓았다. 그런데 그중에 사람들의
눈길을 끄는 음식이 세 가지 있었다.

"이게 무엇이지?"

"이런 음식은 처음 보는데……."

사람들은 신기해하며 그 요리들을 바라보았다. 그것은 붉은 빛깔이
감도는 국물에 자작자작하게 담긴 생선찜과 붉은색 소스에 여러 가지
야채와 새고기를 넣어 매콤하게 볶은 요리, 역시 같은 붉은색 소스로

버무려 구운 육류였다. 세 가지 요리의 옆에는 푹 찐 에티와 납작한 빵이 같이 있어 어느 것과 곁들여 먹어도 되게끔 되어 있었다. 요리의 정체가 궁금한 나머지 시종에게 묻는 이도 여럿 있었다.

"이 빨간 것이 대체 무엇인가?"

"신의 사도의 지도 아래 새로 개발된 것으로 고추 소스 또는 아르데 소스라고 합니다."

"아르데? 혹시 디르크 원수의 따님이신 디르크 아르데님을 말하는 건가?"

"예. 신의 사도 박창님의 지도를 받아 이 소스를 만들어내셨다고 합니다."

시종들의 공통적인 대답을 들은 사람들의 시선은 디르크 부자를 향했다. 디르크 아르데의 이름은 적어도 레스프라트의 군인이라면 모르는 이가 없었다. 그러나 디르크 모스와 샤트도 처음 듣는 이야기라 어리둥절하기는 그들과 매한가지였다. 아르데가 이전부터 음식을 만드는 일에 취미가 있다는 것은 알고 있었지만 새로운 맛을 개발했다는 것은 그들로서도 의외였다.

"샤트, 너는 어떻게 생각하느냐?"

디르크가 작은 소리로 묻자 아들 샤트는 애매한 표정으로 잠깐 생각하더니 나름의 짐작을 내놓았다.

"글쎄요. 만일 아르데가 만든 것이 맞다면 아마도… 실수로 한 일이 아니겠습니까?"

아들의 대답을 들은 디르크는 웃음을 참으며 수긍했다.

"그럴 가능성이 크겠지?"

"프라트에 가면 꼭 요리를 배우겠다고 포부가 대단하더니, 정말 배우고 있기는 한가 봅니다."

"신의 사도게 배웠다면 조금은 나아지지 않았을까?"

"아마 어렵지 않겠습니까?"

샤트는 묘한 미소를 머금었다.

부자가 그런 이야기를 나누는 동안 다른 사람들은 호기심에 이끌려 너도나도 그것들을 개인 접시에 덜어서 먹기 시작했다. 구왕궁의 주방 사람들이 그랬던 것처럼 사람들은 이 새로운 음식에 열렬한 반응을 보였다. 처음에는 놀라움과 신기함을 표시하던 그들은 이내 무척 열중해서 먹기 시작했다. 옆 사람과 대화를 할 틈도 없이 부지런히 먹어대는 통에 시종들은 부지런히 아르데 소스로 만든 요리를 새로 가져와야 했다.

연회가 성황리에 끝나고, 사람들은 맛있는 요리로 잔뜩 불려진 배와 적당히 오른 취기에 휩싸여 만족스러운 기색으로 숙소에 들었다. 디르크 부자도 그런 이들 중 일부였다. 두 사람이 프라트에 있는 저택에 도착하자 그곳에서는 디르크 원수의 아내와 아르데, 라얄 등이 그들을 기다리고 있었다. 뜨거운 포옹으로 인사를 나눈 뒤 그들은 응접실에 둘러앉아 서로의 근황을 이야기했다. 테이블 위에는 기묘한 모양의 과자가 소복하게 담긴 그릇과 차가 나와 있었다.

"제가 구운 과자예요. 드세요."

아르데가 생글생글 웃으며 말했다. 그러나 그 말을 들은 디르크와 샤트의 표정은 미묘하게 경직되었다.

"으음, 연회에서 너무 많이 먹었더니 배가 불러서 차도 못 마실 것 같구나."

디르크는 정말로 유감이라는 표정을 지으며 말했다. 샤트도 재빨리 아버지에게 보조를 맞추었다.

"나도 그래. 오늘 나온 요리가 어쩌나 맛이 좋던지 나도 모르게 과식을 해서……."

곤란한 얼굴로 어물거리던 그는 갑자기 표정을 바꾸더니 말했다.

"네가 만들었다는 아르데 소스를 넣은 요리였는데, 자꾸 입맛이 당겨서 배가 부른데도 먹게 되더라."

"그래요?"

아르데의 얼굴에 환한 미소가 피어났다.

"원래는 고추 맛 소스인데, 주방 사람들이 자꾸 제 이름을 따서 아르데 소스라고 부르더라구요. 박창님도 그게 좋겠다고 말씀하셔서 이름이 그렇게 되어버렸어요."

"네가 그것을 만들었다는 이야기를 듣고 깜짝 놀랐다. 정말 대단하구나."

디르크의 말에 아르데는 얼굴을 붉혔다.

"저 혼자 한 일이 아닌걸요. 박창님의 일을 도와드리려다 우연히 그렇게 된 거예요."

"어쩌면 너는 이 일로 역사에 길이 남을지도 모르겠다."

샤트는 웃으며 아르데를 놀렸다. 디르크도 유쾌하게 웃으며 고개를 흔들고는 라얄에게 시선을 돌렸다.

"그나저나 라얄 너는 어떠냐? 이야기를 들어보니 너도 아르데와 같이 주방에 다닌다던데, 음식은 좀 배웠느냐?"

디르크가 짓궂은 웃음을 머금고 라얄에게 물었다. 라얄은 보일 듯 말 듯한 미소를 머금었다.

"몇 가지 배우기는 했습니다만, 저는 별로 소질이 없는 것 같습니다."

"이번 토벌전에서도 그렇고, 네가 수고가 많구나."

디르크는 손을 뻗어 라얄의 어깨를 두드렸다. 샤트는 아르데에게 낮에 보았던 일에 대해 묻고 있었다.

"그나저나 오늘 낮의 행사에서 선보였던 그 금속은 대체 어떤 것이냐? 어떻게 소리 소문도 없이 그런 것이 만들어졌지?"

샤트가 아르데에게 물었다.

"저도 구왕궁에 죽 머물러 있었지만 최근이 되어서야 알았어요. 소문이 좀 돌기는 했는데, 극비로 진행된 일이라 정확하게 아는 사람은 거의 없었거든요. 낮에 개선 행렬 때 언덕 아래쪽에 높이 솟은 건물 보셨지요? 거기서 메도쿰을 만든다더군요. 그리고 기존의 상점가를 개조한 대장간 거리도 새로 생겼는데, 거긴 완전히 울타리로 거리 전체를 둘러치고 병사들이 출입구를 항시 지키고 있다고 들었습니다."

"그 정도의 금속이라면 철통처럼 방비하는 것이 당연하겠지."

디르크는 고개를 저어 수긍하고 아르데에게 물었다.

"아르네, 네가 보기에는 어떻더냐? 네가 지니고 있는 우리 가문의 검처럼 강한 금속이냐?"

"직접 맞부딪칠 수는 없으니 정확한 비교는 어렵지만, 제가 다루어 본 바로는 대단히 강합니다. 가볍고 예리하고 단단하다는 점에서 필적하지 않을까 싶습니다."

"그런 금속이라면 만들기도 쉽지 않겠군. 지금의 철보다 당연히 비싸겠지?"

샤트가 물었다.

"정확히는 몰라도 일반 철보다 수배의 비용이 든다는 것 같았어요."

"비용 문제 때문에라도 많이 보급되지는 못하겠구나."

디르크가 유감스러워하자 샤트가 말했다.

"그러나 결전 부대만이라도 무장한다면 그 효과는 대단히 클 것입니다."

"그건 그렇겠지."

이야기가 길어질 기미를 보이자 디르크의 부인 시나가 그들에게 말했다.

"먼 길 오시느라 피곤할 텐데 그런 이야기는 나중에 천천히 하고 오늘은 이만 쉬는 것이 좋지 않겠어요?"

"그렇게 합시다. 오늘만 날도 아니고 내일도 또 행사가 기다리고 있으니까."

디르크는 순순히 아내의 말에 따라주었다. 디르크가 자리에서 일어나자 샤트 등도 일어났다. 샤트는 일어나면서 아르데 모르게 그녀가 만든 과자를 하나 집어 들었다. 방으로 가면서 과자 조각을 약간 입에 넣은 샤트의 표정이 떠름해졌다.

"아르데의 솜씨는 여전하군."

제대로 씹지도 않고 냉큼 삼켜 버린 그는 얼굴을 찡그리고 라얄에게 소곤거렸다. 라얄은 조용히 미소를 지을 뿐이었다.

개선 다음날은 왕궁의 홀에 레스프라트의 대신들과 주요 인사들 및 그리어의 사신들과 고급 지휘관들이 모인 가운데 디파 토벌전의 승리에 대한 논공행상이 행해졌다. 무적택배 사람들은 구태여 참석할 필요가 없다고 생각하여 구왕궁에 머물러 있었지만 노드와 로네스는 그들을 대신하여 참석했다. 홀에서 열린 행사가 끝난 후에는 또 왕의 연회가 열렸다. 하지만 두 사람은 연회에는 참석하지 않고 돌아와서 자신들이 보고 들은 내용을 알려주었다. 우진과 박창 등도 논공행상의 내용에 은근히 관심을 보였지만, 특히 디파 토벌전에 참가해서 전체 과정을 지켜보고 협력했던 마라나 자매는 어떤 식으로 공로가 평가되고 포상이 이루어졌는지에 대해 크게 궁금해했다.

두 사람이 전한 바에 따르면 우선 디파의 탈환에 특별히 공이 큰 것으로 인정되는 사람들에게는 베르테스로부터 메도큠으로 만든 무구가 하사되었다. 그것들은 전부 대장장이들이 메도큠으로 처음으로 만든 기념비적인 작품들이었다. 총사령관 디르크 모스와 그의 아들 샤트, 특공대를 이끌고 디파의 성문탑을 장악한 특공대 대장 카라인과 1만의 별동대를 이끌고 디파로 되돌아가 결정적인 공로를 세운 메지 클루오 등이 그 주인공들이었다. 그 정도는 무적택배 사람들도 짐작을 하고 있었지만 로네스의 다음 말에는 모두들 크게 놀랐다.

"대체로 모두에게 흡족한 포상이 내려졌다는 평이었습니다만, 가장 놀라운 것은 총사령관 디르크 모스와 디르크 샤트에 대한 것이었습니다. 베르테스 폐하께서는 디르크 가문을 위대한 도시 디파의 성주 가문으로 임명하셨습니다. 폐하께서 그 말씀을 하시는 순간, 홀 전체가 놀라움을 넘어서 경악하는 분위기였고, 당사자인 디르크 원수께서도 매우 크게 놀라셔서 한동안 대답을 하기 어려웠을 정도였습니다. 모르긴 몰라도 지금쯤 프라트 전체가 그 소식으로 들끓고 있을 겁니다."

노드 자신도 어지간히 놀랐던 모양으로 목소리가 다소 높아져 있었다.

"이 나라 전체에서 두 개밖에 없는 위대한 도시의 성주 가문이 되다니, 어마어마한 일이군요. 디르크 부자의 공이 대단히 크긴 하지만 정말 파격적이네요."

마라나 역시 놀라워했다. 우진이 공감했다.

"쉽지 않은 일이죠. 가진 것이 많을수록 더 집착하게 되고 손에서 놓지 않으려고 하는 것이 인간의 본성이라는데 말입니다."

"정말이야. 아무나 그렇게 하지는 못할 거예요. 나부터도 메도쿰으로 만든 첫 작품들은 기념으로라도 다 가지고 싶은 생각이 들던데, 그걸 그렇게 상으로 줘버리다니."

박창도 감탄의 말을 했다. 그때 릴리가 로네스에게 물었다.

"메지 클루오라는 소년 지휘관은 어떻게 되었는지 아세요? 1만의 별동대를 이끌고 디파로 갔던 소년 말이에요."

"아, 그분이라면 디파에 입성했을 당시 디르크 총사령관께서 정식으로 장군으로 임명하셨던 것으로 압니다. 폐하께서도 장차 레스프라트를 위해 크게 쓰일 인재라시며 칭찬을 아끼지 않으시고 많은 상을 내리셨습니다."

"굉장한 화젯거리가 되었겠군요."

아르데와 라얄을 따라 주방에 왔을 때의 앳된 모습을 상기하며 박창이 말하자 로네스는 크게 고개를 흔들었다.

"예. 디르크 가문이 위대한 도시 디파의 성주 가문으로 임명된 일에 버금가게 많은 사람들의 입에 오르내리더군요. 아직 20세도 되지 않았을뿐더러 그토록 곱게 생긴 분이 그처럼 어려운 일을 해냈다는 사실이 믿기 어렵다는 반응이 많았습니다."

로네스의 눈에도 그렇게 보였던지 클루오를 뚜렷이 기억하고 있었다.

"무리도 아니죠. 전장에 있었던 우리도 그가 그 일을 해내는 것을 보면서 그저 놀랄 따름이었는걸요."

마라나의 말에 릴리가 머리를 끄덕이며 말했다.

"맞아요. 처음에는 디르크 샤트 씨가 뭔가 잘못 판단한 것이 아닌가 생각했는데, 정말로 그걸 해내더라구요. 클루오도 대단하지만 샤트 씨도 진짜 굉장한 사람인 것 같아요. 원래 같으면 보통 심각한 위기 상황이 아닌데, 그걸 그렇게 멋지게 뒤집다니 말이에요."

"그러게 말입니다. 정말 사람을 겉모습만으로 판단해서는 안 된다는 말이 딱 맞는 게, 겉보기에는 머리까지 근육으로 들어찼을 것처럼 생겼는데 그토록 머리를 잘 쓰다니 말이에요."

칭찬이랍시고 박창이 하는 말에 로네스와 노드는 하마터면 소리 내어 웃을 뻔했다. 박상이 박창의 옆구리를 꾹 찌르고 조그맣게 주의를 주었다.

"우리끼리 있는 것도 아니고 말 좀 가려서 해라."

그 뒤에도 한참을 클루오와 디르크 부자의 이야기로 꽃을 피우는데, 바다가 분위기를 살피다가 조용히 입을 열어 박상에게 말했다.

"칼키아에는 언제쯤 가볼 겁니까?"

"개선 축제가 끝난 다음이 되어야겠죠."

바다에게 답한 박상은 노드에게 물었다.

"칼키아에 갈 준비는 잘 되어가고 있습니까?"

"예. 필요한 물품들은 다 준비되었습니다."

노드가 대답하는데 로네스가 서둘러 그의 말을 막고 박상 등에게 질문했다.

"칼키아에서는 며칠 정도 계실 예정이십니까?"

"글쎄, 가보지 않고는 모르겠습니다만."

펠레즈나 디파의 경험에 비추어볼 때, 칼키아에 무엇이 있는지 모르는 이상 일정을 미리 정할 수가 없었고, 박상의 대답은 애매할 수밖에 없었다.

"여러분의 신분을 드러내지 않고 여러 날 다닐 것이라면 생각해야 할 것이 많습니다. 지휘차는 사람들의 눈에 띄지 않게 숨겨둔다손 치더라도 어떤 식으로 신분을 꾸미고 다닐 것인지도 문제입니다. 어디를 가더라도 미테르 교의 사제 분들이나 특공대원들이 여러분을 호위하며 함께 움직일 텐데 이미 그것만으로도 사람들의 시선을 끌 수밖에 없습니다."

로네스의 지적에 무적택배 사람들은 고민에 빠졌다. 지금까지 쿠네이를 제외하고는 레스프라트를 벗어난 적이 없었던 터라 그런 문제까지 생각할 필요가 없었다. 박상 등이 어떻게 할까 생각하고 있는데, 노드가 한 가지 안을 내놓았다.

"상인단으로 꾸미면 어떻겠습니까? 여행자로 하기엔 경호하는 사람들이 너무 많아 이상해 보일 수도 있지만, 상인단은 쉽게 설명이 가능합니다. 그리고 비싼 상품을 다루는 상인들이라면 무장한 경호인들이 많아도 이상할 게 없으니까요."

"상인단이라… 나쁘지 않은 생각 같군요."

박상이 수긍했다. 로네스와 다른 사람들도 그 생각에 동의하는 분위기였다.

"그것도 재미있겠네요. 그럼 뭔가 상품을 가져가야죠. 상품도 없이 돌아다니기는 그렇잖아요? 뭘 가져가면 좋겠어요?"

릴리가 눈을 빛내며 묻자 우진이 말했다.

"아무래도 비싸고 귀한 물건이 좋겠지요. 여러분을 경호하는 전투 사제와 특공대원들은 누가 보더라도 여느 사람이 아닌 데다, 숫자도 십수 명이나 됩니다. 그만한 사람들이 지킬 필요가 있는 물건이어야 사람들에게 의심을 사지 않을 겁니다."

그러자 노드가 즉각 제안했다.

"설탕은 어떻겠습니까? 설탕은 어디서나 수요가 있고, 무게와 부피에 비해 가격이 비싸므로 짐의 규모에 비해 경호가 많아도 이상하지 않습니다."

박상을 비롯한 무적택배 사람들은 노드의 안에 만족을 표시했다.

"좋습니다. 그렇게 하면 문제가 해결되겠군요. 두 분에게 준비를 일임할 테니 그렇게 준비해 주십시오."

"알겠습니다. 언제쯤 출발하도록 할까요?"

"개선 축제가 끝나고 며칠 내, 가능하면 대엿새를 넘기지 않고 갈 수 있으면 좋겠습니다."

박상이 대답하는데, 박창이 끼어들어 노드에게 말했다.

"설탕 이외에 가져갈 만한 상품을 제가 한번 마련해 볼 테니 작은 상자와 유리병을 십여 개 마련해 주십시오. 너무 큰 것 말고 설탕을 조금씩 담아 내놓을 때 쓰는 것 같은 크기면 됩니다."

"작은 상자와 유리병 말씀입니까? 예, 알겠습니다."

노드는 고개를 젓고 박상 등에게 말했다.

"그러면 개선 축제가 끝난 닷새 뒤쯤으로 예정하고 준비하도록 하겠습니다."

"부탁합니다."

박상은 가볍게 고개를 까딱했다. 두 사람이 나간 다음, 우진이 박창에게 물었다.

"설탕 외에 가져갈 상품이라니, 뭘 말씀하시는 겁니까?"

박창에 앞서 지혜가 뻔한 것 아니겠냐는 표정으로 말했다.

"보나마나 아르데 소스를 말하는 것 아니겠어요?"

그러나 박창은 의기양양하게 머리를 흔들었다.

"흐흐흐, 틀렸네요. 아르데 소스는 그에 맞는 요리법을 알아야 제대로 즐길 수 있는데 그걸 왜 가져갑니까?"

"그럼 뭐예요?"

릴리가 궁금해했다.

"사탕을 만들어볼까 합니다. 드롭스랑 봉봉 같은 것이요. 지식의 관에 있을 때 이 별의 빵과 과자에 대해 정리해 놓은 것이 있는데, 거기에 있는 내용과 제가 아는 기술을 응용하면 될 겁니다. 이 별의 과일즙과 향신료를 드롭스에 넣고, 봉봉에는 견과류나 과일 조린 것을 넣어서 만드는 겁니다."

"맛있겠네요. 그렇지 않아도 사탕이나 캐러멜 생각이 가끔 났었는데."

릴리는 손뼉을 치며 좋아했다.

"우리도 먹고 상품으로 그쪽에 한번 내놓아보는 거죠. 그냥 설탕만 가지고 가는 것보다 재미있을걸요."

릴리의 반응에 고무된 박창은 신이 나서 말했다.

"우린 놀러 가는 게 아냐."

지혜가 한마디 했지만, 박창은 아랑곳하지 않았다.

"누가 뭐래? 이왕 상인으로 위장할 거, 진짜 상인들처럼 보이면 더 좋잖아. 또 알아? 장사가 잘되서 한몫 크게 잡게 될지. 누나도 알다시피 우리 박민당이 빵이랑 과자도 맛있지만 사탕도 좋아하는 사람들이 많았잖아. 여기 사람들도 좋아했으면 좋겠어."

　박창은 사탕을 만들어서 사람들을 놀라게 해줄 생각에 벌써 기분이
좋아져 있었다.

2

　홀에서 행해진 논공행상과 그에 이은 연회가 끝난 늦은 시각, 그리어의 사신들은 잠자리에 들지 않고 숙소의 일실에 모여 회의를 가졌다. 양국의 동맹을 새로 체결하는 문제를 놓고 다음날부터 레히트 재상을 비롯한 레스프라트의 주요 인사들과 회동을 가질 예정이었기 때문에 그들끼리 사전에 논의하는 것이었다.

　가장 먼저 입을 연 것은 사절단의 대표인 그리어의 둘째 왕자 파라스였다.

　"이번에 직접 와서 지켜본 결과, 레스프라트가 안정기에 접어든 것은 확실하다고 판단되며, 베르테스 왕의 국정 장악력도 의심의 의지가 없는 것 같습니다. 또한 왕 자신의 자질이나 능력도 크게 흠잡을 부분은 없는 것으로 보입니다. 그러므로 여러분께서 반대하지 않으신다면 우리의 폐하께서 내리신 명에 따라 레스프라트에 결혼 동맹을 제의할까 합니다."

"파라스 전하의 말씀에 동의하는 바입니다. 폐하께서 염려하시는 것처럼 레스프라트의 베르테스 왕이 정치적인 기반이 부족한 것은 사실이나, 이번에 전하께서도 확인하셨듯이 레스프라트 군을 확실하게 장악하고 있으며 민중들의 지지도 대단합니다. 거기에 위대한 도시 디파를 아메트로부터 되찾고 고대의 금속을 재현하는 경사까지 겹쳤으니 그 입지는 이제 누구도 감히 넘보지 못할만치 견고해졌다고 볼 수 있습니다."

파라스의 말에 사절단의 실질적인 실무 책임자인 할른이 찬성했다. 할른은 50대에 접어든 원숙한 느낌의 여성으로, 베르테스의 즉위식에도 그리어의 사신으로 왔었던 인물이었다. 다른 이들의 생각도 할른과 크게 다르지 않았다.

"제가 보기에도 그렇습니다. 아메트를 견제하고 세력의 균형을 유지하기 위해서라도 우리 그리어와 레스프라트의 동맹은 반드시 필요합니다."

"아메트의 새 왕이 된 카우드는 죽은 크라그의 아들들 중에서도 가장 그 아비를 닮았다는 말을 듣는 자입니다. 내전과 디파를 잃은 충격 등으로 인해 얼마 동안은 숨을 고르고 있겠지만, 언젠가 반드시 움직일 것입니다. 그때를 대비해서라도 레스프라트와의 관계를 공고히 하고 공동 대처해야 합니다."

사람들은 한 목소리로 레스프라트와의 결혼 동맹에 찬성했다.

"혹시라도 결혼 동맹을 레스프라트 측에서 거절하지는 않겠지요? 그렇게 되면 우리로서는 체면이 크게 손상되는 일이 아닙니까?"

파라스가 조금 염려스러운 기색으로 말하자 할른이 잘라 말했다.

"절대 그런 일은 없을 것입니다. 제가 알고 있는 베르테스 왕은 영민하고 주도면밀한 분입니다. 그리어와의 결혼 동맹이 그 자신에게 얼마나 큰 힘이 되고 위신을 높여주는 일이 될 것인지 모를 정도로 어수룩하지 않습니다. 그렇지 않아도 레히트 재상 등이 독신인 국왕에게 적합한 상대를 비밀리에 물색하고 있다고 들은 바가 있습니다. 우리가 먼저 결혼 동맹을 제안하면 오히려 크게 환영할 것입니다."

"그렇다면 걱정할 것은 없겠군요."

그렇게 말하면서도 파라스의 표정은 썩 밝지만은 못했다. 사실 그리어가 먼저 결혼 동맹을 제의하는 것은 레스프라트의 급격한 재건에 기인한 바가 컸다. 물론 동맹의 부활은 시기에 차이가 있을지언정 이루어질 일이었지만, 레스프라트가 지금처럼 빠르게 회복되고 나아가 발전 기미를 보이게 되자 그리어가 더욱 적극적으로 나서게 된 것이었다. 그리고 그 원동력은 피스벵 설탕이 가져온 경제적 혜택이었다. 그런 생각이 든 파라스는 조금 씁쓸한 투로 말했다.

"그 피스벵 설탕이라는 것이 참 대단하기는 합니다. 설탕이 없었더라면 레스프라트가 짧은 기간에 이 정도로 자리 잡을 수 없었을 것이 아닙니까."

다른 이들도 부러움 섞인 말로 동조했다.

"그것은 분명하지요. 아메트의 수탈이 극심해 처음 나라를 되찾을 때는 남은 것이 거의 없는 상태였다던데 지금은 디파 토벌까지 너끈히 해내지 않았습니까? 설탕이 없었다면 불가능한 이야기지요."

"상인들의 말에 따르면 어디서나 살 사람은 많은데 물량이 그에 따르지 못하는 형국이라 레스프라트에서 그야말로 돈을 긁어모으고 있다더군요."

"가끔 물에 넣어 끓여 먹는 외에는 쓸모가 없다고 여긴 피스벵이 이렇게 요긴한 상품으로 둔갑할 줄 누가 알았겠습니까?"

"설탕도 설탕이지만, 앞으로는 그 메도쿰이라는 금속으로 만든 무기까지 있지 않습니까. 그 무기가 시장에 나오게 되면 그야말로 부르는 게 값일 겁니다."

누군가 메도쿰의 이야기를 꺼내자 파라스가 그럴 리가 있겠냐는 듯 물었다.

"그처럼 강한 무구를 다른 나라에 팔려고 하겠습니까?"

그러자 할른이 말했다.

"십중팔구는 시장에 내놓으리라고 봅니다. 피스벵 설탕 덕분에 레스프라트의 재정이 많이 좋아졌다고는 하지만 아직 그리 건실하다고는 볼 수 없습니다. 또 디파 토벌에 든 비용을 충당할 필요도 있을 것이구요."

"그런데 그 신의 사도라 불리는 이들은 대체 누구일까요? 미테르 교에서 말하는 것처럼 정말 신의 사도일까요?"

사신들 중 한 명이 도무지 모르겠다는 얼굴로 사람들을 둘러보며 의문을 제기했다.

"흔히들 고대인이 아니겠는가 추측하지 않습니까?"

파라스가 말했다. 그러자 질문을 꺼낸 이가 말했다.

"하지만 미테르 교에서는 대신관이 그들이 올 것을 오래 전부터 예언하였다고 말하지 않습니까? 실제로 미테르 교의 파디아 대신관이 아메트의 태수에게 사로잡혀 화형당할 위기에 처하자 그 일이 일어났구요. 우연치고는 시기가 너무도 절묘하게 맞아떨어지고 있습니다."

그에 이어 리프라는 사람이 말했다.

"그분들의 하얀 피부도 그렇습니다. 고대인들이 그런 피부를 가졌었다는 이야기는 들은 적이 없습니다."

그러나 파라스는 납득하지 않았다.

"이상한 점이 분명히 있기는 합니다. 하지만 그렇다고 그들이 정말로 인간이 아닌 어떤 초월적인 존재라고 볼 수는 없지 않습니까? 듣자하니 그들도 식사를 하고 다른 곳에 이동할 때는 하늘을 나르는 탈것을 이용한다고 합니다. 정말로 인간이 아닌 초월적 존재라면 그런 것을 이용할 필요가 없지 않겠습니까?"

파라스의 의문에 할른이 차분한 어조로 대답했다.

"미테르 교에서 그분들을 신의 사도로 모시는 것은 사실이나, 인간이 아닌 초월적 존재라고 말하고 있지는 않습니다. 신의 뜻, 신의 의도를 체현하는 존재라는 식으로 접근하는 것으로 알고 있습니다."

할른의 설명을 듣고 있던 파라스는 조금 어색한 표정이 되어 말했다.

"그러고 보니 할른 경과 리프 경 등은 미테르 교의 신자셨지요. 실례가 되었다면 양해 바랍니다."

"아닙니다. 얼마든지 나올 수 있는 이야기지요."

할른은 온화하게 말했다. 무적택배 사람들에 대한 이야기는 거기서 마무리 지어졌다. 잠깐 침묵이 흐르는 사이 뭔가를 말을 꺼내려다가 주저하는 기색을 보이던 파라스가 입을 열어 할른에게 물었다.

"할른 경께서는 레스프라트의 정세에 밝으신 편이지요? 그래서 말입니다만, 베르테스 왕의 평소 생활은 어떻습니까? 그에 대해 뭔가 들으신 이야기가 있습니까?"

할른은 염려스러운 기색이 어린 파라스의 얼굴을 바라보며 부드럽게 말했다.

"전하께서 어떤 이야기를 듣고 싶으신지는 알겠습니다. 저도 폐하께 결혼 동맹의 가능성에 대해 말씀을 듣고 난 후부터 레스프라트의 지인들을 통해 나름대로 정보를 수집해 보았습니다. 제가 알아본 바에 의하면, 베르테스 왕은 대단히 정력적으로 국정에 임하는 한편 매우 금욕적인 면모를 보이고 있다고 합니다. 신의 사도들이 머물고 있는 구왕궁에 다녀오는 이외에는 대부분의 시간을 집무실과 회의실에서 보내거나 주요 시설의 시찰에 보내고 있으며, 개인적인 시간은 주로 혼자 조용히 지내는 편이라고 들었습니다."

할른의 설명을 듣고도 파라스는 뭔가 꺼림칙한 듯 가만히 있다가 다시 물었다.

"여자… 문제는 어떻습니까?"

"그런 이야기는 전혀 듣지 못했습니다. 왕으로 즉위하기 이전의 일까지는 알 수가 없으나, 적어도 즉위 이후에 그런 문제가 일어난 적은 없는 것으로 압니다."

"그렇다면 다행이군요."

혼잣말로 중얼거린 파라스는 이내 겸연쩍어하며 변명처럼 말했다.

"국가의 대사를 놓고 사사로운 감정에 얽매여서는 안 된다는 것은 잘 알고 있습니다. 다만 혈육의 일이다 보니 좋은 일이든 나쁜 일이든 알아보고 싶은 마음에 물어본 것입니다."

"전하의 그 마음을 저희라고 어찌 모르겠습니까? 그토록 사랑스러우신 클로페 전하의 일이 아닙니까?"

할른은 온화한 미소를 머금고 말했다.

"이해해 주시니 감사합니다."

파라스는 할른에게 답례하고 참석자들에게 당부했다.

"그러면 폐하의 분부에 따라 레스프라트와의 혼인동맹을 추진하도록 합시다. 다만 그 과정에서 절대 우리 그리어의 위신이 깎이는 일이 없도록 여러분께서 각별히 언동에 신중을 기해주셔야 합니다."

"명심하겠습니다."

할른을 비롯한 사신들은 엄숙히 다짐했다.

다음날 그리어의 사신단은 레히트 재상과 외무대신 벨틴 등과 회동을 가졌다. 레스프라트와 그리어의 동맹을 새로 수립하는 것을 협의하는 자리였다. 그 자리에서 그리어의 사절단 대표인 파라스 왕자는 그리어의 셋째 공주 하르트이드 클로페와 레스프라트의 국왕 베르테스의 혼인으로 두 나라의 동맹 관계를 굳건히 하자는 그리어 국왕의 제안을 정식으로 내놓았다. 레히트 등은 환영의 뜻을 비치고 베르테스에게 적극적으로 건의겠다는 말로 답을 대신했다.

회담이 끝난 직후 레히트는 베르테스에게 가서 그리어의 제안을 전했다. 그러자 베르테스는 전혀 의외라는 반응을 보였다.

"매우 갑작스러운 제안이군요. 그리어의 셋째 공주라면 아메트의 전왕 크라그가 요구했다는 분이 아닙니까?"

"그렇습니다. 그리어의 국왕이신 티오 폐하께서 몹시 아끼는 따님으로도 알려져 있습니다. 그만큼 그리어 쪽에서 대단한 성의를 보이고 있는 셈이지요."

"그러고 보니 그리어 측에서 중요한 제안을 할 것 같다고 전에 재상께서 말씀하셨던 적이 있었지요. 이것을 두고 하신 말씀이셨습니까?"

"예. 그리어에 있는 지인에게서 슬쩍 언급을 받았습니다. 한두 사람의 즉흥적인 판단으로 이루어질 일이 아니니만큼 그쪽 내부에서도 논의 과정을 거치기 마련이니까요. 하지만 그쪽에서 직접 제안해 오지 않는 이상 확실한 일이 아니니 함부로 입에 담지 않는 것이 좋을 것 같아 그때는 말씀드리지 않은 것입니다.”

차분하게 설명한 레히트는 베르테스의 안색을 살폈다. 그의 담담한 얼굴에서는 표정을 읽기 어려웠다.

“폐하, 어찌 대답하면 되겠습니까?”

짐짓 베르테스의 의사를 묻고 있으나 레히트는 이미 답을 짐작하고 있는 듯한 태도였다. 베르테스는 희미하게 웃었다.

“무슨 대답을 할지 재상께서도 아시지 않습니까. 우리 또한 그리어와의 동맹을 필요로 하는 이상, 선택의 여지가 없는 일이지요.”

“폐하의 말씀이 옳으십니다. 거절은 즉 그리어에 대한 모욕으로 받아들여질 것이고, 그러면 그리어와는 결정적으로 관계를 그르치게 되지요.”

레히트는 베르테스의 대답을 당연한 것으로 받아들였다.

“그러면 곧 주요 대신들에게 연락해서 국무회의를 열고 이 문제를 정식으로 상정하겠습니다. 그리어의 사절단을 너무 오래 기다리게 해서는 안 될 테니까요.”

“그렇게 하십시오.”

레히트는 서두르는 기색으로 베르테스의 집무실을 나갔다. 레히트와 이야기를 마치고 잠시 혼자 앉아 있던 베르테스는 시종에게 재무대신 엘트를 불러오도록 했다.

“무엇 때문에 그리 심각한 표정을 짓고 계십니까? 모두가 즐거운 축제 기간이 아닙니까?”

집무실에 들어온 엘트는 베르테스의 얼굴을 보고 농담처럼 말을 건넸다. 베르테스는 의례적인 인사도 생략하고 곧장 본론으로 들어갔다.

"그리어에서 결혼 동맹을 제안해 왔네."

"예?"

엘트는 아직 듣지 못했던 모양으로 놀라는 얼굴이었다.

"자네에게도 금시초문인가 보군."

"누구와 말입니까?"

"셋째 공주라는군."

"셋째 공주라면 아메트의 늙은 자베스가 탐을 냈다는 분이 아닙니까? 대단한 미인이라고 하던데, 그리어에서 생각보다 대단히 적극적으로 나서는군요."

"레히트 재상도 같은 말을 하더군."

"진심으로 경하드립니다. 신분으로 보나 다른 어떤 면에서 보더라도 그 이상의 왕후감은 없을 것입니다."

엘트는 흥분해서 말했다. 그러나 베르테스는 복잡한 눈빛으로 조용히 그를 바라보다가 말했다.

"자네는 무척 기뻐 보이는군."

"그럼 폐하께서는 기쁘지 않으십니까? 제 입장에서는 생각지도 않았던 복이 굴러들어 온 기분입니다. 그리어는 비록 영토는 레스프라트보다 작으나 풍부한 생산 능력과 많은 인구를 가진 부유한 나라입니다. 그런 나라의 공주시니 폐하 자신과 장차 태어나실 폐하의 후계자게 더할 나위 없이 큰 위세를 더해주실 겁니다. 천하의 박색이라도 기쁘게 받아들일 입장인데, 게다가 소문난 미인이시지 않습니까?"

엘트는 베르테스의 태도가 오히려 이해가 되지 않는다는 반응이었다. 베르테스는 씁쓸한 웃음을 머금었다.

"그래, 자네 말대로 과분한 일이지. 절대 거절해서도, 또 거절할 이유도 없는 좋은 일이고……."

"그런데 왜 그러십니까?"

"싫다는 건 아니네. 다만 조금 걱정이 되는군. 그리어는 아주 오래되고 긍지 높은 왕실인데, 그런 왕가의 공주이니만큼 자존심도 남다르지 않겠나."

그러자 엘트는 소리 내어 웃었다.

"그런 말씀은 폐하답지 않으십니다. 폐하는 본디부터 가문이니 혈통이니 하는 것에 주눅 들지 않는 분이지 않으셨습니까?"

베르테스는 대답하지 않았다. 엘트는 미소를 머금고 베르테스의 얼굴을 똑바로 들여다보며 또박또박 말했다.

"걱정하지 마십시오. 그리어가 먼저 제안한 일입니다. 레스프라트와 폐하를 그만큼 평가하기에 가능한 일입니다."

"그래. 그렇겠지."

그렇게 대꾸한 베르테스는 눈을 내리깔고 잠시 망설이는 듯하다가 어렵사리 말을 꺼냈다.

"엘트, 이드리스 말인데… 카라인 대장을 따라 디파에 다녀온 것으로 알고 있는데, 괜찮든가?"

엘트의 표정이 약간 흐려졌다.

"저도 바빠서 아직 따로 만나보지 못했습니다만, 그렇다는 것 같았습니다."

"자네라도 가끔 챙겨주게. 그녀도 나처럼 다른 가족이 없지 않나."

"그러겠습니다. 강한 사람이니 잘해 나갈 겁니다. 걱정 마십시오."

"그렇겠지."

대답과는 달리 베르테스의 얼굴은 별로 밝지 못했다. 엘트는 단호하게 말했다.

"이드리스에 대해서는 염려하지 말고 잊으십시오. 제가 책임지고 살펴보겠습니다. 다른 옛 동료들도 있으니 그녀도 외롭지만은 않습니다."

"알았네. 자네를 믿겠네."

그렇게 대답하던 베르테스는 엘트의 얼굴에 어려 있는 희미한 불안을 감지하고 미소를 지으며 분명한 어조로 말해주었다.

"걱정하지 말게. 나도 바보는 아니니까."

엘트는 대답 대신 미소를 보였다. 그때 문을 두드리는 소리가 나고 시종이 들어와 레히트가 주재한 회의가 마련되었다고 알려왔다. 두 사람은 자리에서 일어나 회의실에 갔다.

나흘간의 개선 축제가 끝난 뒷날 오후, 펠레즈의 성주 부자가 구왕궁에 올라왔다. 축제 기간 동안에는 크고 작은 행사가 계속 이어진다고 이야기를 들은 터라 축제가 끝난 다음날쯤 만나자고 노드를 통해 전해두었는데 그에 따른 것이었다. 아들을 대동하고 무적택배 사람들을 찾아온 슈스 성주는 응접실에서 지혜가 그들 앞으로 두 개의 길쭉한 상자를 내밀자 어리둥절한 반응이었다.

"이전에 펠레즈에 처음 갔었을 때 시간의 관에서 본의 아니게 두 분의 검을 부러뜨린 적이 있었지요? 좀 늦었지만 그때의 보상이라고 생각하고 받아주십시오."

배시시 웃으며 지혜가 말하자 두 사람은 그제야 내용물을 짐작하고 조심스레 상자를 열었다. 그런데 슈스 부자는 상자 안에 들어 있는 검을 가만히 내려다보기만 할 뿐 꺼내볼 생각을 하지 않았다.

"꺼내서 보지 그러십니까?"

박창이 말했지만, 슈스 성주는 깜짝 놀라며 고개를 아래위로 흔들었다.

"어찌 감히 여러분의 앞에서 무기를 뽑겠습니까?"

"저희가 드린 것이니 괜찮습니다. 한번 뽑아서 살펴보십시오. 개선 행사가 있던 날 광장에서 열린 시범에서 선보였던 새 금속 메도쿰으로 만든 검입니다. 이 두 자루의 검은 이번에 베르테스 폐하께서 디파 토벌전에 공이 큰 이들에게 내렸던 무구들처럼 메도쿰으로 처음 만들어진 것들입니다."

우진이 설명했다. 두 사람의 눈이 휘둥그레지며 기대감으로 초롱초롱해졌다.

"뽑아서 보십시오."

박상까지 나서서 권하는 것에 용기를 얻은 두 부자는 그때서야 조심조심 검을 집어서 꺼내더니 수평이 되게 들고 칼집에서 뽑았다. 투명하리만치 맑은 은빛 칼날이 서서히 드러나자 슈스 성주와 그 아들은 숨을 죽이고 그것을 황홀하게 응시했다.

"참으로 아름답습니다. 마치 보석 같군요."

슈스 성주는 표정까지 몽롱해져 있었다. 그런 두 사람의 모습에 지혜의 얼굴에도 흐뭇한 미소가 번졌다.

"마음에 드신다니 다행이네요."

지혜의 목소리에 슈스 성주와 아들은 정신을 차리고 반쯤 뽑았던 검을 검집에 넣고 고개를 숙였다.

"이렇듯 의미가 깊고 귀한 선물을 주시니 뭐라 감사의 말씀을 드려야 좋을지 모르겠습니다. 가문의 보물로 소중히 간직하여 대대손손 자손에게 물려주겠습니다."

성주 부자는 기쁨에 겨워 몇 번이고 절했다. 그런 그들에게 박창이 작은 그릇 두 개가 담긴 쟁반을 내놓으며 말했다.

"이번에 새로 만든 과자인데 한번 맛을 보시겠습니까?"

한쪽 그릇에는 빨강, 노랑, 초록, 붉은색 등 색색의 투명한 드롭스가 담겨 있고, 다른 쪽에는 견과류 또는 과일 조린 것이 들어 있는 봉봉이 있었다.

"이게 뭡니까? 아주 예쁘게 생겼군요."

성주가 신기해했다.

"사탕이라는 겁니다. 피스벵 설탕을 주재료로 해서 과즙이나 향신료, 견과류 등을 가미한 것이죠."

박창의 설명을 들은 두 사람은 드롭스와 봉봉을 하나씩 집어 입에 넣었다. 박창은 동석해 있는 노드와 로네스에게도 권했다. 노드와 로네스도 사탕을 본 것은 처음이라 냉큼 맛을 보았다. 박창은 기대에 차서 그들의 반응을 기다리고 있었다. 그러나 네 사람은 한참을 말없이 열심히 사탕의 맛을 음미하고 있었다. 참지 못한 박창은 결국 물어보았다.

"어떻습니까? 먹을 만합니까?"

성주 부자는 사탕으로 볼록해진 입을 손으로 가리고 대답했다.

"네. 이것 참 신기한 맛이군요."

"너무 맛있습니다."

로네스와 노드도 같은 반응이었다. 박창은 만족스러운 표정을 짓고

드롭스와 봉봉이 든 작은 유리병 두 개를 내어 슈스 성주와 아들에게 주었다.

"펠레즈에 갈 때마다 대접을 잘해주셨는데 그동안 변변히 인사도 드리지 못했습니다. 약소하지만 받아주십시오."

박창은 자못 점잔을 빼며 말했다. 성주 부자는 기쁘게 사탕을 받았다.

"여러분께 별로 해드린 일도 없는데, 이렇듯 귀한 선물을 두 가지나 주시니 기쁜 한편 황송하기 이를 데 없습니다. 감사히 받겠습니다."

두 사람은 기쁜 낯으로 사탕 병과 검이 든 상자를 소중히 안고 그곳을 나갔다. 그들이 나간 다음 박상이 박창에게 말했다.

"언제 또 사탕을 준비했었냐?"

"만든 김에 고마운 마음도 표현할 겸 준비했어. 주방 사람들과 아르데 씨 등 모두들 굉장히 좋아했으니까 슈스 성주님의 입에도 맞을 것 같더라고."

"달콤한 간식거리가 별로 없으니 당연히 좋아하겠지. 아무튼 잘했다."

그때 봉봉을 입에 넣고 우물거리던 릴리가 웃으면서 말했다.

"펠레즈의 성주님은 너무 엄숙하지 않아서 좋네요."

지혜도 마라나의 평에 공감했다.

"굉장한 명문가의 사람인데도 소박해 보여요."

사탕을 하나씩 먹으며 그런 이야기를 나누는데 로네스와 노드가 슈스 성주를 배웅하고 돌아왔다. 무적택배 사람들은 며칠 뒤로 예정된 칼키아 방문에 대해 그들에게 물었다.

"별일이 없으면 사흘 뒤에 예정대로 출발했으면 합니다. 괜찮겠습니까?"

박상이 묻자 노드가 대답했다.

"예, 준비는 대체로 다 되었습니다. 그런데……."

"왜 그러십니까?"

노드답지 않게 말끝을 흐리는 것이 이상해서 박상이 물었다. 로네스가 대신 답했다.

"아직 정식으로 발표된 것은 아닙니다만, 우리 레스프라트와 그리어 간에 결혼 동맹이 맺어질지도 모른다는 이야기가 있습니다."

"결혼 동맹요? 누구와 누가 하는 겁니까?"

우진이 물었다.

"베르테스 폐하와 그리어의 셋째 공주이신 하르트이드 클로페님이라고 합니다."

"확실한 이야기입니까?"

"예. 거의 확실한 것으로 압니다."

로네스의 대답을 듣고 박창이 통역기를 끄더니 일행에게 속삭였다.

"꽤 재미난 이벤트가 되겠네요."

릴리와 우진 등이 고개를 주억거리는데 지혜가 박창에게 핀잔을 주었다.

"지금 그런 게 문제야?"

그리고 그녀는 로네스에게 물었다.

"만일 성사되면 언제쯤 식이 열리게 됩니까?"

"글쎄요. 준비할 일들이 많아 시일이 좀 걸릴 것으로 보입니다."

그러자 지혜는 그것 보라는 표정으로 박창을 쳐다보더니 로네스와 노드에게 말했다.

"그러면 그동안 칼키아에 다녀와도 별 지장은 없겠네요. 다른 일이 없다면 예정대로 칼키아에 가는 것으로 하죠."

로네스는 여전히 크게 내키지 않는 기색이었으나 순순히 받아들였다.

"알겠습니다."

"노드 씨, 이 사탕 말인데요, 상품으로 어떨 것 같습니까? 칼키아에 가져가면 팔릴까요?"

박창이 노드에게 물었다. 노드는 비로소 알겠다는 듯 웃음을 보였다.

"전에 말씀하신 상품이란 것이 이것이었군요. 틀림없이 잘 팔릴 거라고 봅니다. 모르긴 몰라도 피스벵 설탕보다 훨씬 고가의 상품이 될 것입니다."

노드의 확언에 박창은 기꺼운 표정이 되었다.

"그럼 갈 때까지 사탕을 만들어둘 테니 설탕이랑 같이 가져가는 걸로 하죠."

박창이 기분 좋게 말하는데 로네스가 조심스럽게 물었다.

"사탕이라는 것이 아직 시장에 소개된 적이 없는데, 칼키아에서 사람들에게 어떻게 소개하면 될까요?"

"아르데 소스처럼 구왕궁 주방에서 새로 개발된 거라고 하면 되죠. 어느 시대나 앞서 가는 상인들도 있는 법 아니겠습니까?"

박창이 말했다. 단순한 해법이었지만 로네스는 수긍하는 것 같았다.

"알겠습니다. 베르테스 폐하께 보고드리고 사흘 후에 출발할 수 있게끔 준비하겠습니다."

두 사람은 베르테스에게 보고하고 오겠다며 응접실을 나갔다.

"이제 며칠만 지나면 이 세계에 와서 처음으로 레스프라트 이외의 땅에 가보게 되겠군요. 쿠네이는 정확히 말해 사람들이 사는 곳이 아니었잖습니까."

생각만으로도 흥분이 되는지 우진이 상기된 표정으로 말했다. 다른 사람들도 비슷한 심정이었다. 박상은 일행에게 신신당부했다.

"위험할지도 모르니 거기서는 각별히 행동에 조심해야 합니다. 절대로 개별 행동은 하지 말고 항상 함께 다니도록 합시다."

이때만큼은 박창을 포함해 모두들 긴장해서 고개를 끄덕였다.

『무적택배』 5권에 계속…

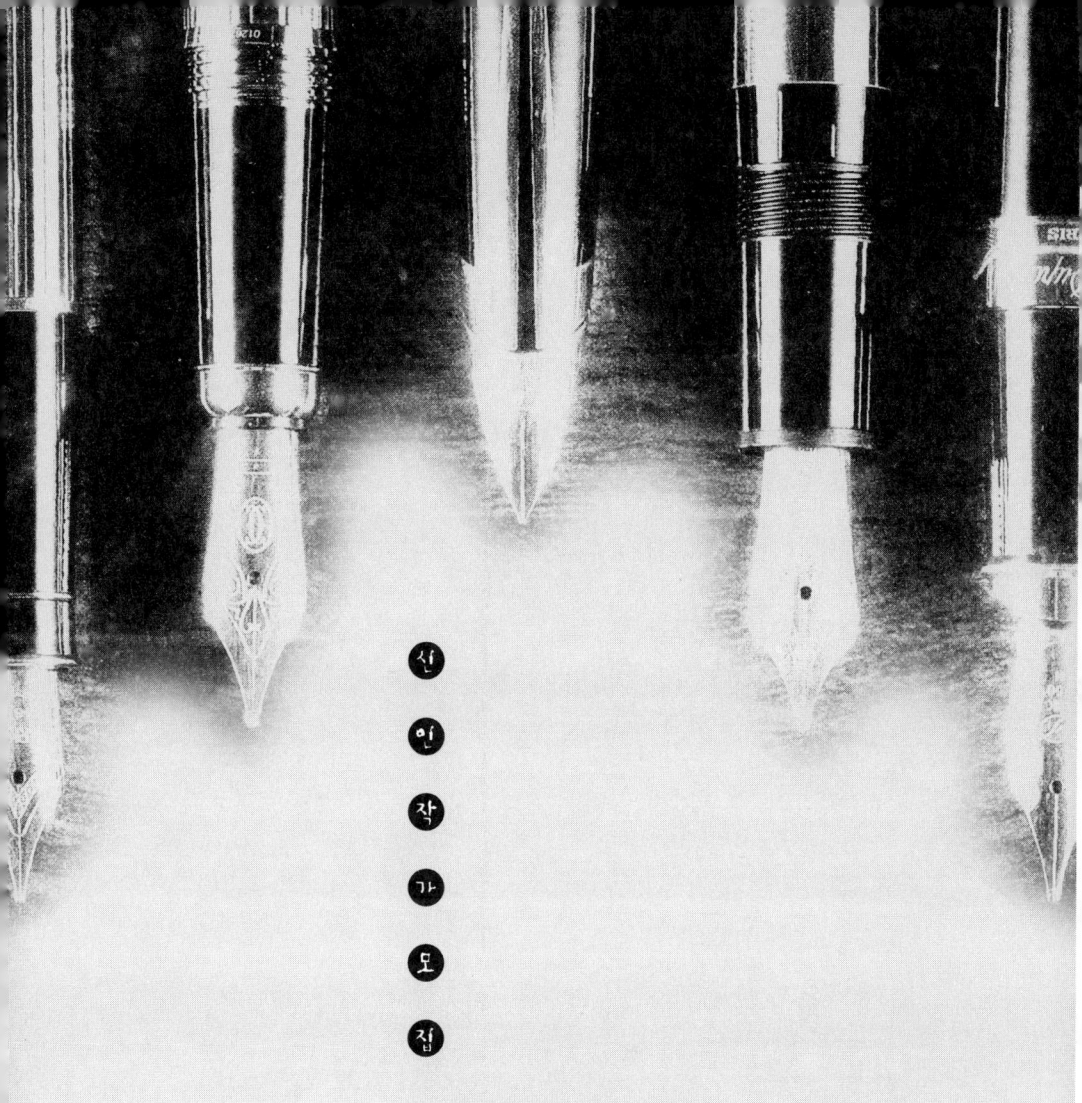

시작이 반이라고 했습니다.
작가의 길에 대한 보이지 않는 벽을 과감히 깨뜨리십시오!
청어람은 작가 지망생 여러분들의
멋진 방향타가 되어드리겠습니다.

저희 도서출판 청어람에서는
소설 신인 작가분들을 모집합니다.
판타지와 무협을 사랑하시는 분들의 많은 참여를 바랍니다.
소정의 원고(A4용지 150매)를 메일이나 우편으로 보내주시면
검토 후 출판 여부를 알려드리겠습니다.

주소:경기도 부천시 원미구 심곡1동 350-1 남성B/D 3F 우편번호420-011
TEL:032-656-4452 · **FAX**:032-656-4453
http://www.chungeoram.com
e-mail:chungeoram@chungeoram.com